Bernhard Roth

Die Entbindung
oder
Von einem,
der spät zur Welt kam

R. BROCKHAUS VERLAG WUPPERTAL

ABCteam-Bücher erscheinen in folgenden Verlagen:

Aussaat Verlag Neukirchen-Vluyn
R. Brockhaus Verlag Wuppertal
Brunnen Verlag Gießen und Basel
Christliches Verlagshaus Stuttgart
Oncken Verlag Wuppertal und Kassel

© 1998 R. Brockhaus Verlag Wuppertal
Umschlag: Dietmar Reichert, Dormagen
Gesamtherstellung: Breklumer Druckerei Manfred Siegel KG
ISBN 3-417-11136-6
Bestell-Nr. 111 136

INHALT

I. Die Nabelschnur 5
II. Das Erbe 114
III. Die Entbindung 176
IV. Das Lächeln 200

I. Die Nabelschnur

1

Sobald ich genügend gut klettern konnte, bezwang ich täglich die riesige Buche in unserem Garten und ließ mich auf einem der obersten Äste nieder, von wo aus ich die Fenster unseres Hauses, des Pfarrhauses von Bottigen, im Auge behalten konnte. Die meisten Mitglieder unserer Familie öffneten erst nach dem großen oder kleinen Geschäft das WC-Fenster. Ich hörte die Wasserspülung und sah sie ihre Köpfe mit einem seltsam nachdenklichen Ausdruck halb aus dem Fenster stecken. Sie schauten alle hinaus, aber niemand kam auf die Idee, in die Buche hinauf zu schauen. Es fragt sich auch, ob sie mich überhaupt gesehen hätten. Manchmal hielt ich ihre Gesichter nicht mehr aus und musste meinen Blick abwenden.

Nie ist mir etwas passiert auf dem Baum oben oder auf dem Weg hinauf oder hinunter. In diesem Ästegewirr fühlte ich mich bedeutend sicherer als im Gewirr der Familienbeziehungen. Meine Geschwister schwirrten durchs Pfarrhaus wie jene Autoskooter auf dem Jahrmarkt, wo ich auch immer nur am Rande stand und zuschaute, zwischen dem Begehren zum Mitfahren und der Erleichterung hin- und hergerissen, dass ich einigermaßen unbehelligt war. Die nie ruhenden Geschwister surrten mir in den Ohren und flimmerten mir vor den Augen, mir, dem mit Abstand Jüngsten der Pfarrfamilie Peterli. Auf dem Baum oben kam ich zur Ruhe. Kein Surren und kein Flimmern mehr, sondern ein Augenblick des Stillehaltens, den ich zur Beobachtung nutzte.

Hatten sich die Geschwister wieder ins Innere des Hauses zurückgezogen, sann ich über sie nach. Ich bewunderte und fürchtete zugleich den Jähzorn von Köbi, der es fertigbrachte, seine Fischerrute nach Müeti zu werfen. Er stand eines Tages oben an der Treppe zum Dachboden, wo Köbi und Christian ihre Kammern hatten, und schleuderte alle Flüche der Welt auf sie herunter. Sie stand unten an der Treppe und sandte flehende Worte zu ihm empor. An den Grund ihrer Auseinandersetzung kann ich mich nicht erinnern, aber ich erinnere mich an die Fischerrute, die plötzlich aus dem Dachboden heruntergeflogen kam und knapp an Müeti vorbei unter den Esstisch zischte, um den wir andern versammelt waren.

So etwas hätte Christian nie getan, nie. Christian neigte zu schweren Depressionen. Ich fand ihn sehr lieb und sehr seltsam. Er trug seinen Kopf hoch oben wie eine Giraffe und bekam vieles überhaupt nicht mit, so weit weg war dieser Kopf. Andererseits kam es vor, dass er sich mit mir balgte. Das tat Vater nie. Christian war lieb und nah und einfach nicht zu verstehen.

Aus den verzerrten Schwesterngesichtern um mich herum schloss ich, es müsse im Leben immer jemand Recht haben. Recht haben musste das Höchste sein auf Erden, denn dafür gaben meine Schwestern ihr Leben, ohne auch nur eine Sekunde lang zu zögern. Jede kämpfte auf ihre Art. Susanne, von den Eltern Susanne und von den Geschwistern Suse gerufen, wenn die Situation es erforderte, war ausdauernd und schrill, Sarah beherrschte das Schluchzen in jeder Lebenslage und die hintergründige Boshaftigkeit. Ruth, die älteste der Geschwister, warf ihre schwer zu widerlegende Rechtschaffenheit in die Waagschale und konnte sich im entscheidenden Moment unsichtbar machen. Eine Eigenschaft, um die sie schwer beneidet wurde.

Aber vor dem Müeti waren alle gleich. Ein Wort von Müeti beendete jeden Streit der Schwestern ums Rechthaben. Christian war fürs Streiten unbrauchbar, eher hätte er sich die Zunge abgebissen, als auch nur ein einziges Streitwort zu sagen. Nicht mal ein vor Gott und Müeti erlaubtes wie »Stärnecheib« oder »Tunnerwätter« hätte er über die Lippen gebracht. Ich selber hatte vor lauter Zuhören und Zuschauen keine Zeit zum Mitstreiten, und Köbi stellte eine eigene Kategorie dar, die Fischrutenwerfer-Kategorie. Das macht sechs Kinder. Eigentlich wären wir sieben. Aber eines ist bei der Geburt gestorben; es wäre ein zusätzlicher älterer Bruder geworden, vorausgesetzt, es hätte mich dann trotzdem noch gegeben. Acht Jahre lang gab es kein Kind mehr, dann noch mich, und gleich nachher war es mit der Gebärfähigkeit meiner Mutter vorbei. Ein Kind der letzten Chance bin ich, sozusagen.

Ich saß fürs Leben gern auf der Buche. Altersmäßig sah ich meine Geschwister von unten, aber auf der Buche sah ich sie von oben. Etwas Rätselhaftes stand ihnen beim Abschiedsblick durchs Fenster ins Gesicht geschrieben. Es war, so glaube ich heute, ihr freudiges Erstaunen darüber, dass sie ohne Angabe weiterer Gründe allein sein durften, Einzelwesen, die ganz sich selber genügten. Die kurzen Minuten hinter der verschlossenen WC-Türe verschafften ihnen auf streitfreie Art den hieb- und stichfesten Beweis dieser Tatsache.

Müeti sah ich nie aus dem WC schauen. Ich habe keine Ahnung, wann sie überhaupt drin war. Hingegen weiß ich noch genau, dass ich die WC-Türe nicht abschließen durfte und es, als ich den Zeitpunkt für gekommen hielt, trotzdem tat. Ich brachte den Riegel nicht mehr auf und wartete unendlich lange, bis ich um Hilfe rief. Die Zeit des Zögerns war ein Wechselbad von aufregenden und zugleich schrecklichen Empfindungen, wie ich sie nie zuvor erlebt hatte: Ich war jetzt auch ein Einzelwesen im WC und kostete dieses Gefühl aus, aber ich war schon beim ersten Einzelwesen-Abenteuer zum Gefangenen meiner selbst geworden und wusste, dass dies die gerechte Strafe für das Vergehen darstellte, die Türe ohne Müetis Erlaubnis verriegelt zu haben. Das Schlimmste daran war, dass alles herauskommen würde, wenn ich um Hilfe rief, aber wenn ich nicht um Hilfe rief, würde ich nicht aus dem Gefängnis hinauskommen.

Endlich rief ich. Es gab die befürchtete gewaltige Aufregung. Müeti rief Vater um Hilfe, aber Vater befreite mich nicht selber. Er holte den Nachbarn zu Hilfe. Der Nachbar, ein Dachdecker, stieg mit einer Leiter von außen durchs WC-Fenster ein. Noch heute sehe ich ihn mit zwei, drei Schritten durchs Badezimmer gehen und den Riegel zurückschieben, als sei es die leichteste Sache der Welt, während ich wie angefroren neben der Waschmaschine stand, die sich im gleichen Raum befand, und voller Scham zu Boden blickte; Scham darüber, dass ein fremder Mann bei mir eindrang, auf die Bitte meines Vaters, der ihn geholt hatte im Auftrag von Müeti. Wir hatten halt keine so große Leiter.

2

Bei Müeti gab es Trost und Vergebung für meine missglückte WC-Aktion. Bei Müeti gab es immer Trost und Vergebung, dazu noch Frieden und Sicherheit. »A däne Herzli han i gsuufet«, soll ich eines Tages ausgerufen haben. Mit den »Herzli« hatte ich ihre Brüste gemeint, die ich als Vierjähriger zu Gesicht bekam, als sie ihr Nachthemd überzog. Den Ausruf vom Saufen hat sie als eines unter zahlreichen Zitaten ihres Jüngsten in ein kleines Schulheft notiert, welches sie mir anlässlich meiner Heirat überreichte, nachdem sie vor neunzig Leuten eine Dreiviertelstunde lang daraus vorgelesen hatte. Von ihren Herzli ging ich in die Welt hinaus, und dorthin kehrte ich immer wieder zurück, um Trost, Frieden und Sicherheit zu finden. Ein Säufer an Mutterbrüsten.

Alle Hochzeitsgäste erfuhren von der Schnur, die ich im Alter von fünf Jahren vorgeschlagen hätte, weil ich sehr krank gewesen sei. Mit Hilfe dieser Schnur könne ich Müeti in Zukunft wecken, indem man sie an ihrer großen Zehe befestigen und von ihrem Zimmer in mein Zimmer ziehen könne, so dass ich im Notfall nur an der Schnur zu ziehen bräuchte, und schon käme sie zu mir. »Wänn ich jetzt tät stärbe und vom Himmel abeluege, müesst ich gseh, wie truurig du bisch«, steht auch im Büchlein der Zitate, aus dem sie vorlas. Als ich sie nach einer Dreiviertelstunde in einem verzweifelten Mut-Anfall durch den Brautführer unterbrechen ließ, rief sie in den Saal: »Ich hätte noch viel, es ist erst die Hälfte!« Schon wegen dieser Hälfte starb ich vor Scham, weil sie, indem sie vorlas, an jener Schnur zog, die ich als Fünfjähriger für notwendig erachtet hatte, und ich sah beim Zuhören nicht vom Himmel hinab auf die Trauer meiner Mutter über meinen Tod, sondern aus der Hölle hinauf auf die Schmerzen einer Frau, die sich verzweifelt gegen ein Stück eigenes Sterben wehrte und meine Hochzeitsfeier in einen Todeskampf verwandelte.

In die Schule zu gehen war eine der Expeditionen vom Mutterherzen weg und wieder dorthin zurück. Am Gartentor hörten jeder Friede und jede Sicherheit auf. Ich atmete tief ein, und dann rannte ich los. Mein Ziel war eine Brücke vor dem Schulhaus. Ein rascher Blick nach allen Seiten, und wenn auch nur der Schatten einer Gestalt jener Kerle zu sehen war, deren Blicke genügten, um mir das Herz in die Hosen sinken zu lassen, dann rutschte ich wie der Blitz die Böschung hinunter und verbarg mich unter der Brücke. Erst wenn das Schulhaus erreicht war und der Lehrer das Zimmer betreten hatte, atmete ich auf: Wenn auch nicht Friede, so doch Sicherheit war wieder für einige Stunden meines Daseins gewährleistet. Auf dem Nachhauseweg konnte ich mich wiederum unter der Brücke verbergen, bis die bösen Buben sich von dannen getrollt hatten; dann galt es noch einmal zu rennen bis ans Gartentor. Manchmal erwischten sie mich trotzdem und verprügelten mich. Sterben meinte ich zu müssen, als ich eines Tages hoffnungsfroh in einer kleinen Gruppe von Buben, die ich für Kameraden hielt, Unterschlupf gefunden hatte für den Nachhauseweg und ein paar Bösewichte ausgerechnet unter meiner Brücke hervorstürmten, mich aus der Gruppe herausgriffen und verprügelten. Dass die vermeintlichen Kameraden untätig zusahen, sei es verlegen grinsend, weil sie davon gewusst hatten, sei es aus Erleichterung, nicht selber an die Kasse zu kommen, schmerzte mehr als die Schläge und bestätigten mir: Es gab eben doch nur einen einzigen sicheren Ort auf der Welt. Bei Müeti.

Vom Tag an, als meine Brücke sich von einem Ort der Sicherheit in eine weitere Quelle der Gefahr gewandelt hatte, war ich wochenlang krank. »Gäu, Müeti, wenn ig im Himmu wär, hett ich das ned«, steht dazu im Zitate-Heft, das Müeti führte.

3

Nach der Predigt am Sonntagmorgen setzte sich Vater ans Klavier und sang. Er sang die Kirchenlieder des Morgengottesdienstes noch einmal durch, dann Lumpenlieder von Ramseiers, Zigeunern und Geißen, die man nicht melken kann. Manchmal kamen Geschwister dazu mit Geige, Handorgel und Flöten. Es geschah, dass ich mich auf Vaters Knie setzen und meine Hände auf die seinen legen durfte, während er spielte. Vaters Hände fühlten sich kühl und geheimnisvoll an, während sie über die Tasten tanzten. Der Platz auf seinen Knien war mir nicht vertraut, sondern so aufregend und selten wie ein Ritt auf dem Karussell des Jahrmarktes. Um zwölf Uhr setzten wir uns alle zu Tisch, auch Köbi, wenn er bis dahin seinen Samstagabendrausch schon ausgeschlafen hatte und nicht schon wieder Richtung Biel oder gar Bern verschwunden war. Jemand drehte das Radio an, wir lauschten andächtig klassischer Musik, bis das Essen kam, und spielten »Komponisten erraten«. Meistens gewann Vater. Dann wurde das Radio abgestellt, wir verwandelten uns in einen mächtigen Tischkanon-Chor, und das Essen begann.

Auch unter der Woche saßen nie weniger als zehn Personen um den großen Tisch am Ende des Hausganges, dort, wo sich der Gang verbreiterte zu einer weiten Nische mit großen Fenstern auf Wiesen und Äcker hinaus. Am Sonntag wuchs die Tischgesellschaft auf zwölf bis vierzehn Leute an. Der interessanteste unter den regelmäßigen Besuchern war Tom, ein junger, lediger Lehrer. Tom hieß eigentlich Thomas, aber seine Mutter stamme aus England, von wo sein Vater sie mit in die Schweiz genommen habe, hatte er einmal der staunenden Peterli-Kinderschar erzählt, und so ließ Thomas sich eben Tom nennen. In der Dorfschule stellten die Kinder einfachheitshalber ein »Herr« davor, und so war er Herr Tom, wenn wir ihm auf dem Schulhof begegneten, bei uns im Hause aber nur Tom, den wir zu unserem Entzücken sogar duzen durften.

Es ging keines der Peterlikinder zu ihm in die Klasse. Tom gab Hauptschule fünfte bis neunte Klasse, und obwohl Tom behauptete, es gebe keine dummen Kinder, waren wir froh, nicht dort zu landen, trotz Tom. »Darf ich Tom anrufen?«, bestürmte ich jeweils kurz vor Mittag Müeti, sofern mir keines der Geschwister zuvorgekommen war. Dann wählte ich Toms Telefonnummer, die ich auswendig kannte, und hörte Tom sagen: »Ja, ich komme gern.« Wenige Minuten später brauste sein Auto durchs Gartentor, ich sprang ihm klopfenden Herzens entgegen, wie einem Vater, der von der Arbeit nach Hause kommt, und nahm ihm das Päckli Güetsi ab, das er nie mitzubringen vergaß. Ich war begeistert über das Tempo seines Autos und die Behendigkeit, mit der er die Treppen hinaufsprang und schon mitten im Hausgang stand, kaum dass er kurz die Türglocke gedrückt hatte. Tom erteilte mir Hiebe, die mich im Gegensatz zu denen auf dem Schulweg in Entzücken versetzten; Hiebe der neckischen Zuneigung, die ich, wiederum im Gegensatz zu den Schulweghieben, erwiderte, wie ich auch die Zuneigung erwiderte, die dieser starke, freundliche, interessante Mann mir entgegenbrachte. Und dann erst rief ich im Auftrag von Müeti die Treppe hinunter Richtung Studierstube meines Vaters: »Vaaaatiii, mer chan äääässsseee!«

An den Sonntagen brauchte ich den Vater nicht zu rufen. Er musste nicht aus dem Studierzimmer emporsteigen, sondern bloß vom Klavierstuhl in der Stube an den großen Esstisch hinüberwechseln. Nach dem Anfangskanon, bei dem immer dem Herrn Jesus für Speis und Trank gedankt wurde, ging es los mit dem Familientisch der Pfarrfamilie Peterli.

Vater:	Was für ein herrlicher Tag! Nei, luegit ou das herrliche-n-Ässe, wo-n-üsers Müeti üs aune wider anezouberet hett! Liebe Mutter, gib uns Futter, hahaha! Dr Liebgott meints doch guet mit is, gäuet!
Mutter:	Es nehmen alle zuerst Suppe.
Susanne:	Wo ist eigentlich der Köbi?
Christian:	Im Oberland am Skifahren.
Sarah:	Hat er dir wieder das Auto abgebettelt?

Christian:	Es ist einfach wichtig für ihn. Ich habe es mir lange überlegt, was das Beste ist in seiner Situation.
Mutter:	Es chunnt scho rächt use. Mer müesse haut eifach treu bätte für ne.
Sarah:	Was hat der Köbi denn? Ist er krank?
Susanne:	Eine neue Freundin hat er und will sie zuerst verführen, bevor er sie nach Hause bringt und sie von seiner Familie abgeschreckt wird.
Tom:	Der Köbi ist ein toller Kerl.
Mutter:	(Seufzend) Ja, aber wenn er nur auf den rechten Weg kommt! Ich hätte ihn einfach nicht in die Kur geben sollen, als er ein Baby war...
Vater:	Mmmm, dä guet Härdöpfustock! Da, schaut, so macht man ein Seelein für die Sauce. Ruth, gib mir die Sauce.
Ruth:	Darf ich auch noch ein wenig Fleisch haben?
Christian:	Vati, was hast du eigentlich gemeint mit »Gnade« in der Predigt, als Jesus mit der Ehebrecherin redete?
Susanne:	Weißt du überhaupt, was Ehebruch ist, Chrigu? Oder möchtest du es gerne wissen? Ich kann es dir schon erklären...
Mutter:	Susanne!
Ruth:	Wir werden uns bald verloben.
Alle:	Was?
Sarah:	Und wann heiraten?
Ruth:	In einem Jahr.
Vater:	Halleluja! Ja, so was. Wunderbar!
Susanne:	Mir hätte er auch gefallen.
Mutter:	Susanne! Beherrsche dich!
Ich:	Wann heiratest eigentlich du, Tom?
Alle:	*Gelächter*
Tom:	Ich habe keine Zeit zum Heiraten.
Mutter:	Das weiß nur der liebe Gott.
Sarah:	Vati, steht es in der Bibel, dass man das darf, nicht heiraten?

Mutter:	»Es ist nicht gut, dass der Mensch allein sei«, das steht in der Bibel. Das gilt für alle Menschen.
Sarah:	Vati, steht in der Bibel, bis wann man geheiratet haben muss?
Ruth:	Wie alt bist du, Tom?
Susanne:	Er sagt es niemandem.
Sarah:	Ich würde Tom schon heiraten. Er müsste mich halt mal fragen.
Alle:	*Gelächter*
Vater:	Die Ehe ist etwas Heiliges.
Mutter:	Räumt das Geschirr zusammen, und nachher gibt es Dessert.

So geschah es. Beim Dessert ging es weiter mit Kommunismus, Bundesrat, Beten, Spazieren, Christenverfolgung, Akkordeonstunde, Kollekte, Kino, Röhrlijeans, de Gaulle, Barrikaden, Vietnam, Dubček und Svoboda, Wurmbrand, Evangelisation, Kaffee, Hol d'Güetsi, Abwaschen, Abtrocknen. Ich hatte mich auf der Bank hinter dem Esstisch ausgestreckt, sobald es Platz gab, und in höchster Aufmerksamkeit, aber vollkommen unbeachtet den vielen Wörtern gelauscht, den Reden und Widerreden, dem Schlagabtausch und den Ablenkungsmanövern, den Harmoniesehnsüchten und Kriegserklärungen, den Profilierungen und Vernichtungsversuchen, den Bibelzitaten und Provokationen.

Zu einem gewissen Zeitpunkt beschloss ich, demonstrativ einzuschlafen und die Sekunden zu zählen, bis sie den »schlafenden« Jüngsten entdecken würden. Ich schloss die Augen, zählte und zählte, und plötzlich hörte ich die Stimme von Ruth, meiner ältesten Schwester. »Bsssst, de Berni isch iigschlafe. Der Arme, und niemand hat es gemerkt. Komm, wir tragen ihn auf sein Bett.« Zweihunderteinundachtzig Sekunden lang hatte es gedauert, bis ich ihnen aufgefallen war. Warme Arme hoben mich empor, und selig ließ ich mich, vollkommen wach und mit geschlossenen Augen, auf mein Bett tragen in der Gewissheit, dass ich doch noch, und erst noch ohne Kommunismus, Widerrede oder Bibelzitate, zum Mittelpunkt der Familie geworden war, von allen beachtet, für einige wenige, kostbare Minuten dieses Sonntages.

4

Müeti schrieb mir auf den Geburtstag eine Karte mit Hirtenbild vorne drauf und folgenden Worten im Inneren: »Unser lieber Bernhard, wir alle wünschen Dir ein recht frohes Fest. Wenn Du Deinem Heiland allen Platz gibst in Deinem Herzen, dann bist Du auch ganz glücklich. So Gott will, werden wir Dich ins Bibellager schicken. Dies als ganz besonderes Geschenk.«

Das ganz besondere Geschenk des Bibellagers bestand in zehn Tagen unausgesetzter »Tante Trudi«, die als Paradepferd des Bernischen Kinder-Bibelbundes uns Kindern von neun bis zwölf Jahren das Blut Jesu Christi vor Augen führte, das uns rein mache von aller Sünde. Zwischen mir und dem ewigen Leben war auf der Flanellwand ein dickes Kreuz, dessen Querbalken den Abgrund der ewigen Qual überbrückte. Keine Frage, dass ich dem Heiland mehrmals in panischer Angst zusicherte, ihm allen Platz geben zu wollen in meinem Herzen. Schließlich hatte ich schon als Siebenjähriger gedichtet: »Die Ostern ist ein guter Tag, das nur einer nicht mag, das ist der Teufel, das Ungeheuer, er zeukelt die Leute und tut sie ins Feuer, aber im Himmel ist alles aus Gold.«

Dreimal hintereinander fuhr ich ins Bibellager, ohne je absolute Gewissheit über mein Heil zu erlangen. Aber immerhin fuhr dreimal Rägeli mit, mein Blockflötengespänli und einziges Wesen unter der groben Bottiger Dorfjugend, das mir im Glauben verbunden war. Rägeli fand ich von Jahr zu Jahr interessanter. Sie war lieb, stritt sich nie mit andern, gab sich mit mir ab und war kein Knabe. Eine andere als die Glaubensgewissheit hatte ich nämlich durchaus in meinem Herzen: Dass Mädchen mich nie verprügeln würden, von den Schwestern abgesehen, denen ich aber nichts schuldig blieb. Demzufolge waren Mädchen, von gottnahen Autoritäten wie Müeti, Tom und Lehrern abgesehen, jene Objekte, bei denen ich mir, anders als bei Buben, durchaus Chancen ausrechnen konnte, als ein Mensch unter Menschen zu gelten, wenn ich mich passend verhielt, und nicht bloß als Pickhuhn. Und darum bemühte ich mich mit der ganzen Kraft meines Daseins, bei Mädchen etwas zu gelten, angefangen bei Rägeli. Meine Bemühungen wurden triumphal gekrönt, als ich eines Tages auf dem Pausenplatz im Verlaufe eines »Päärli-Fangis« offiziell aufgefordert wurde, mich zwischen den hoch im Kurs stehenden Zwillingen Kathrin und Yvonne zu entscheiden, die mich beide gleichermaßen an der Hand zu halten wünschten: Schlagartig verbesserte sich mein Ansehen auch bei den Buben derart, dass mich von Stunde an keiner mehr verprügelte. Ich hielt mich in der Folge an das hieb- und stichfeste Motto: Hol dir bei den weiblichen Wesen, was dich zu Jemandem macht.

Neu war das an und für sich nicht, denn aufgehört hatte ich ja nie, am Herzen von Müeti zu saufen, die schließlich auch ein weibliches Wesen war. Das Pausenplatzerlebnis aber war die erste Stufe des Bewusstseins über die Bedeutung, die weibliche Wesen für mich hatten. Der Blockflöten- und Bibellagerkameradin Rägeli wurde ich als Dreizehnjähriger unter Gewissensqualen gedanklich untreu, als sich die schöne Lisi in mein Leben schob, indem sie als Einzige meine Schulleistungen übertraf, wobei meine Anbetung die einzige Möglichkeit darstellte, Demütigung und Verzweiflung darüber zu vermeiden, nur Zweitbester zu sein. Dann kam Moni auf, die sich als Alternative für Doris anerbot, welche ihrerseits nicht auf meinen schriftlichen Antrag reagiert hatte, mit mir zu schmusen, und diese Moni war dann die erste, deren Körper ich an mich drückte, und ich spürte etwas Geheimnisvolles, obwohl sie noch keine Brüste hatte und einen Kopf größer war als ich. Das Leben war belastend, intensiv und von etwas frischer Luft durchzogen, die mir Lust gab, mich selber zu bewegen, zu empfinden und zu erkunden. Ich spürte, dass es ein Leben nach der Kindheit gab, und ich ahnte, dass es von mir Entscheidungen verlangen würde.

5

Fünf Geschwister waren mir im Leben nach der Kindheit vorangegangen. Die beiden Brüder steckten in ihrer extremen Gegensätzlichkeit schon das ganze Feld der Möglichkeiten ab, wie sich ein männlicher Peterli entwickeln konnte, und ich zerbrach mir den Kopf über die Frage, welche der zwei mir vor Augen stehenden Richtungen ich selber einschlagen wollte. Wollte ich werden wie Christian, der stundenlang betend auf den Knien liegen konnte, weil er nicht wusste, ob eher die rote oder die grüne Jacke anzuziehen dem Willen Gottes entsprach, wenn er nach Biel fahren musste; dessen leidendes Gesicht mir den Hals zuschnürte, wenn er durch den langen Hausflur stakte? Mir grauste vor einem solchen Dasein, auch wenn ich Christian irgendwie lieb fand. Oder wollte ich werden wie Köbi? Köbis Ungestüm fand ich interessant, seine vielen Begabungen beneidenswert, seine schnellen Autos fantastisch, und seine vierzehntäglich wechselnden Freundinnen waren mir ein unumstößlicher Beweis erfolgreicher Wirkung auf Frauen.

Ich konnte mich nicht entscheiden zwischen Köbi und Christian. Köbi bekämpfte offen mein Müeti, er traute sich zu fluchen wie niemand sonst in der Familie, er soff und verprasste Geld, er rauchte und glaubte nicht an Gott, er verachtete den dicken Kreuzesbalken zwischen sich und dem ewigen Leben, kurzum: Er tat alles, was man tun musste, um garantiert auf dem direkten Weg in die Hölle zu kommen. Ich wusste allein schon aus den Sorgenfalten und Seufzern von Müeti, wenn es um Köbi ging, dass nur ein Wunder ihn davor retten konnte. Aber warum um alles in der Welt fand ich alles, was Köbi direkt in die Hölle führte, so interessant? Christian tat nichts von alledem und hatte die unumstößliche Gewissheit ewigen Lebens; aber warum lief er herum wie eine Leiche?

Ich konnte mich weder für Köbi noch für Christian entscheiden. Also teilte ich meine Brüder auf und nahm von beiden das, was mir gefiel, um daraus meinen eigenen Weg ins Leben hinaus zu fabrizieren: Köbi war mein Vorbild für die Zeit des irdischen Daseins, und

Christian mein Vorbild für die Zeit nach dem Tod. Blieb herauszufinden, wie man wie Köbi lebte und kurz vor dem Tod durch das Blut Jesu Christi auf einen Schlag rein wurde von aller Sünde, so dass man wie Christian starb. Dann wäre mein Leben perfekt. Noch einmal sann ich über eine geniale Lösung nach, aber sie wollte und wollte mir nicht einfallen. Als Notlösung verfiel ich auf die »Gigampfi«: Ich beging Taten wie Köbi, wenn auch in zunächst homöopathischen Dosen, und ich schrie auf den Knien um Vergebung für diese meine Taten, denn ich hätte ja jeden Augenblick tot umfallen können, und war jeweils heilfroh, der Hölle gerade noch entronnen zu sein.

Der leichenfromme Christian brachte eines Tages meine saubere Aufteilung der möglichen Lebenswege zwischen ihm und Köbi gehörig durcheinander, indem er an einem Sonntagmittag das Fräulein Wyss, seit einigen Monaten Helferin in der Kirchgemeinde und regelmäßiger Gast an unserem Tisch, der ahnungslosen und völlig perplexen Familie als seine Verlobte vorstellte. Es war einfach unvorstellbar, dass dieser leidende Gottesfürchter sich jemals zu einer gefühlsmäßigen Regung Richtung Frau würde hinreißen lassen, aber ausgerechnet mit Fräulein Wyss geschah das Undenkbare! Meine ganz persönliche Verwirrung musste ich im allgemeinen Begeisterungsgeschrei über dieses Wunder vor unseren Augen tief in meinem Herzen begraben. Dieses Fräulein Wyss war nämlich nicht der Typ Tante Trudi aus dem Bibellager, sondern ein bildschönes Wesen und heimlich angebetetes Objekt zahlloser pubertärer Träume unter der Bettdecke, eine Quelle höchster Wonnen, für die ich ebenso zahllose Reinwaschungen durch das Blut Christi benötigt hatte. Denn auch wenn niemand mir gegenüber diese Wonnen als dem Willen Gottes widersprechend bezeichnet hatte – wer wäre im Hause Peterli schon auf die ungehörige Idee gekommen, Dinge unter der Bettdecke in Worte zu fassen –, so wusste ich einfach, dass sie es waren.

Und jetzt gehörte mein Engelwesen aus so zauberhaftem Fleisch und Blut diesem Bruder, der doch nur Gottes Willen tun wollte! So war ich doppelt aus der Bahn geworfen: Ich verlor auf einen Schlag die Exklusivrechte an Fräulein Wyss und ich verlor die Gewissheit über Gottes Willen. Entweder war Christian kein Christ mehr, oder die Dinge unter der Bettdecke standen möglicherweise gar nicht im Widerspruch zum Willen Gottes! Denn was der Bruder mit dem Fräulein Wyss anstellen würde, war mir sonnenklar. Tagelang zerbrach ich mir den Kopf über die unerwartete Entwicklung der Dinge und fand schließlich die einleuchtende Lösung: Es musste an der Heirat liegen, dass man Dinge denken und sogar tun durfte, die einen sonst in die Hölle brachten! Die Ehe kehrte die Verhältnisse komplett um! Diese Erkenntnis traf mich wie ein Hammer. Du musst dich verheiraten, wenn du nicht in die Hölle kommen willst. Dazu brauchst du nicht länger ein Engelwesen für deine Fantasie, sondern eine real existierende weibliche Gestalt, mit der du auf die Ehe hinarbeiten kannst.

Als Bruder Christian am Tag seiner Hochzeit aus der Kirche trat, konnte ich es nicht fassen, dass dieses rosige, schöne Gesicht zum gleichen Menschen gehörte, in dessen Umgebung es jahrelang nach Tod gerochen hatte.

Ich blieb nicht lange untätig und verliebte mich gezielt in Maya, eine Mit-Konfirmandin.

6

Maya hatte pechschwarzes, langes Haar, war rundlich, mit einer schönen Singstimme ausgestattet, als Tochter eines dorfbekannten, fleißigen Kirchgängers für meine Eltern unverdächtig und mir übers Ohr ins Herz gedrungen, wobei die Resonanz in meinem Herzen hauptsächlich in der Aufregung darüber bestand, dass es mir jetzt, wo es gemäß meiner Erkenntnis über den Fortgang des Lebens ernst galt, tatsächlich gelang, mich mit einem geeigneten weiblichen Wesen dauerhaft zu verbinden. Wir standen eines Abends nach dem Konfirmandenunterricht neben dem Heizkörper im Hausflur des Pfarrhaus-Untergeschosses, das die sogenannte Jugendstube beherbergte, blieben einfach stehen, bis alle andern gegangen waren, und verständigten uns mit lächerlichen Wetter-Schule-was-willst-du-einmal-werden-Sätzen darüber, fortan befreundet zu sein. Eine Woche später schlichen wir uns, als gerade niemand in der Nähe war, in die Gute Stube und besiegelten am Kaffeetischchen, das sonst nur von den Großen benutzt wurde, den Entschluss zur Freundschaft; sie, indem sie mir eine selbstgezogene Kerze schenkte, und ich, indem ich ihr Geschenk annahm. Erfüllt von männlichem Stolz, ging ich sogleich daran, der Welt, das heißt zunächst der mir anvertrauten Maya zu erklären, was wahre Freundschaft sei. »Es gibt Dinge, die unbedingt extra sachlich betrachtet werden müssen, weil sie eine grosse Rolle spielen und vom Herzen nicht betrachtet werden«, schrieb ich ihr im ersten von unzähligen großspurig-feierlichen Briefen, die in der Folge zwischen uns hin- und hergingen. So wusste ich genau und dozierte es Maya haarklein vor, dass »die echte innere Nahrung aus zwei Sachen besteht: aus der Bibel und aus der Gemeinschaft mit Mitchristen, die mit Vorteil vom gleichen Geschlecht sind. Die verstehen sich nämlich von Natur aus viel schneller, während die gegengeschlechtliche Beziehung eine Anlaufzeit von Jahren braucht, bis man sich versteht«. Das von der jahrelangen Anlaufzeit bezog sich natürlich auf die unzweifelhaft bevorstehende Heirat von Maya und mir.

In diese unumstößlichen, mit der Muttermilch eingesogenen göttlichen Wahrheiten mischten sich nun allerdings nach und nach Anzeichen von Schwierigkeiten, Verunreinigungen durch ungöttliche Lebenstriebe der Sorte Köbi, die ich grimmig bekämpfte. Mein Kalkül wollte nicht so glatt aufgehen, wie ich es mir ausgedacht hatte. Vor allem das mit dem Warten bis zur Heirat mit den wirklich entscheidenden Dingen baute sich wie eine drohende Gewitterwolke über mir auf, und ich geriet in Rücklage und wieder in den alten Gegensatz von Lüsten und Gott, den ich beendet geglaubt hatte. Aber ich kämpfte tapfer um den rechten Weg. »Ich suche die Erfüllung in allem bei Dir, Maya, nur nicht dort, wo ich sie mit Sicherheit bekomme, das heisst in der Gebetsgemeinschaft mit meinen geistlichen Brüdern! Wird die geistliche Nahrung entzogen, so stirbt man!«, schrieb ich verzweifelt und schloss den Brief so: »Ich habe Dich lieb, Du kannst mir helfen. Ich danke Dir zum Voraus. Oh, Gott, ich danke Dir! Bald sehe ich Dich, juhui, juhui!« Womit ich Maya und nicht Gott meinte.

Die Triebe aber bedrängten mich unerbittlich weiter, und nur die von Mayas Vater messerscharf kontrollierten Heimkehrzeiten sorgten wie abkühlende Sturzbäche dafür, dass ich der Hölle regelmäßig knapp entkam, die mir, gemäß dem in mein Innerstes eingebrannten Gesetz, beim Nachgeben gegenüber den Trieben gedroht hätte. »Ich glaube, wenn der Herr uns auf den Boden bringt, macht er es eben doch zu unserem Besten«, schrieb mir Maya einmal aus einem christlichen Jugendlager, womit klar war, dass auch sie in den Himmel und nicht in die Hölle wollte.

Ihre Worte spornten mich an, mich im Reformierten Jugendbund bis zur Erschöpfung für die Bekehrung der Welt einzusetzen und meinen Gymikameraden selbstlos in ihren schweren Lebensproblemen beizustehen. Dazu war ich unzweifelhaft von Gott berufen, war ich selber doch durch die Gnade und Barmherzigkeit des Herrn Jesus Christus, der sich für meine Sünden hatte ans Kreuz schlagen lassen, im Gegensatz zu den Schulkollegen erlöst und ins Buch des ewigen Lebens eingeschrieben. Jedenfalls, solange ich dem Herrn gehorsam war, was einfach nicht die ganze Zeit durchzuhalten war, denn Trieb blieb Trieb, und es trieb ständig stärker. Etwas Erleichterung dieser Qualen brachte die Wiederaufnahme der Entlastungstätigkeit unter der Bettdecke, die ich selbstredend wieder in verzweifelten Beteuerungen meinem himmlischen Richter gegenüber pflichtschuldigst bereute.

Und ich sprach über alles mit Müeti. Über alles, außer über das unter der Bettdecke. Ich sprach mit ihr von den geistlich verlorenen Schulkameraden, von bevorstehenden Schulprüfungen, von den harten Versuchungen, die meine von mir angeführten Jugendbund-Mitglieder im Leben draußen zu bestehen hatten, und sie erteilte mir Ratschläge, zitierte passende Bibelverse oder große Vorbilder der christlichen Welt, von denen sie einigen leibhaftig begegnet war, und tröstete mich Mal für Mal, dass sie immer für alles bete und der Herr Jesus sowieso alles wisse und für uns sorge, wenn wir alle unsere Sorgen auf ihn werfen würden. Das zu diesem täglichen Gesprächsritual passende ungeschriebene Gesetz lautete: »Der Mutter kann man alles sagen«, und ein Gesetz war es darum, weil das Kann allein durch den Ton zum Müssen wurde, sobald dieser Satz aus Müetis Munde hervorging. Und er ging oft daraus hervor. Indem ich diesem Gesetz Genüge tat, fand Müeti Wohlgefallen an meiner Seele, was gleichbedeutend war mit dem Wohlgefallen Gottes an meiner Seele. Dank Müeti und meinen Reuegebeten entrann ich Tag für Tag der Hölle.

Es war im Sommer meines sechzehnten Lebensjahres, als ich als einziges Kind, das noch keine eigenen Ferienwege ging, meine Eltern ins Kiental begleitete. Ich fand alles dort malerisch schön. Aber schon am zweiten Tag, als ich auf Erkundungstour ging, ohne meine Eltern, die ein wenig müde waren, musste ich mitten auf einer kleinen, malerischen Brücke stehenbleiben, weil die Erde um mich herum erbebte. Die Hänge zu beiden Seiten des Tals drohten auf mich niederzustürzen und mich zu erdrücken. Entsetzt legte ich mich neben der Brücke ins Gras auf den Rücken und wartete, bis sich die Erde beruhigt hatte, was eine schreckliche Weile lang dauerte. Dann setzte ich mich auf, ging zum Bach hinunter, spritzte mir kaltes Wasser ins Gesicht und setzte mich ans Ufer. Alle Häuser, Bäume und Berge sahen aus wie vorher. Ich begriff, dass ich eine Art Schwindelanfall erlitten hatte. Er war vorbei, aber in meinem Bauch fühlte ich eine wachsende Anzahl schwerer Steine, die mich immer stärker zu Boden zogen. Mit Mühe schleppte ich mich zum Ferienhäuschen zurück, in dem meine Eltern beim Kaffeetrinken und Lesen waren. Ich erzählte nichts und ging in mein Zimmer, wo ich lange auf dem Bett liegenblieb.

Zwei Tage lang hielt ich diesen Bauchschmerzen stand. Sie waren nicht neu für mich, aber noch nie so heftig gewesen. Seit ich mich zurückerinnern konnte, waren sie immer wieder aufgetaucht, diese Bauchschmerzen, die kein Arzt hatte erklären können. Dann dämmerte mir, dass ich das Tal sofort verlassen musste, wenn ich vermeiden wollte, dass ich von den Steinen in meinem Bauch ganz heruntergezogen oder von herabstürzenden Berghängen erschlagen würde. Stockend, unter vielen Entschuldigungen, aber mit einer unbedingten, ganz neuen, mich selber faszinierenden Entschlossenheit erklärte ich meinen Eltern, ich könne nicht länger bei ihnen im Kiental bleiben, das Fernweh habe mich gepackt. Ich wolle eine Autostopp-Reise unternehmen, mindestens zwei Wochen lang, und zwar würde ich nach Frankreich gehen, welches ich zum Land meiner Träume erkoren hatte, als ich erfuhr, dass jenseits der Jurahöhen die Welt nicht aufhörte. Aber sie müssten keine Angst haben, ich würde auf mich aufpassen, und wenn sie genügend für mich im Gebet einstehen würden, worum ich sie inständig bäte, werde mir schon nichts zustoßen. Ich wollte auf der Stelle nach Hause fahren und meinen Rucksack packen.

Müeti und Vater widersprachen mir zu meiner großen Überraschung nicht. Müeti erkundigte sich nach meinem Wohlbefinden, wie sie das immer getan hatte, und obwohl ich nichts von meinen Bauchschmerzen und Schwindelanfällen verlauten ließ, musste sie erkannt haben, dass es schlimm um mich stand und sie mir nicht anders helfen konnte, als meinem Begehr stattzugeben. Anstatt mich vom Kiental aus allein ziehen zu lassen, fuhren meine Eltern auf der Stelle mit mir nach Hause, hatten sie doch mir zuliebe diese Ferien geplant, und wenn sie gewusst hätten, dass ich lieber etwas anderes unternommen hätte, aber ich hatte es halt erst im Kiental oben gemerkt, wofür ich mich tausendmal entschuldigte...

Ich packte meinen Rucksack und versprach Müeti, täglich telefonischen Bericht zu erstatten über meinen Aufenthaltsort und mein Wohlergehen, was ich dann auch mit großer Disziplin tat. Denn ich kam erst viel, viel später auf die Idee, dass niederstürzende Berghänge und Steine im Bauch mit ihr selber zu tun gehabt hatten. So fuhr ich los und blieb zwei Wochen lang allein en route, ein sechzehnjähriger, langhaariger Jüngling mit einer Brust, die vor Wonne zu zerspringen drohte, und diese Wonne konnte ich mir ebenso wenig erklären, wie ich die Bauchschmerzen hatte erklären können. Zwei

Wochen lang war ich von Müeti weg. Ich kam zurück und erfuhr, dass auch Maya wegfahren würde: nach Genf als Au-pair-Mädchen.

7

Die Nachricht von Mayas bevorstehendem Au-pair-Jahr stürzte mich in höchste Empörung und tiefsten Kummer, hatte sie mich doch nicht um die Erlaubnis nachgesucht, für ein Jahr von mir wegzugehen, was angesichts unserer so sorgfältig inszenierten Freundschaft, die doch nur der erste Teil einer gottgewollten lebenslangen Gemeinschaft war, einen unfassbaren Affront gegen mich darstellte. Natürlich war ihr Vater dahinter, wofür ich ihn hätte umbringen können, aber unsicher machte mich, dass Maya sich ganz offensichtlich nicht dieser Barbarei gegen unsere ewige Liebe widersetzte. Immerhin ließ auch sie ein gewisses Maß an Trennungsschmerz erkennen. Auch sie trat also ihre Reise an, die nicht zwei Wochen, sondern ein unendlich langes Jahr dauern sollte, und es entspann sich ein noch intensiverer Briefwechsel, dessen hoher geistiger und literarischer Wert für mich unzweifelhaft feststand. In diesen Briefen, aber auch in meiner leidenschaftlichen Hingabe an den Herrn Jesus im Rahmen des Reformierten Jugendbundes war ich ein edles, sonniges Kind Gottes. Kaum war ich allein, besonders nachts, fand ich mich wehrlos den fürchterlichsten Gewalten in mir ausgeliefert, die mich mit aller Macht zu sich zogen, weg von Mutter, Gott und Himmel, hin zu unaussprechlichen Dingen, für die ich nach dem klaren Willen Gottes doch noch viel zu jung war. Ich spürte, dass ich dem Druck meiner Zerrissenheit nicht mehr lange würde standhalten können.

Einige Jahre vorher hatte ich mich eines Tages in mein Zimmer eingesperrt und wollte niemanden hineinlassen. An den Grund dafür kann ich mich nicht erinnern. Als die Türklopferei von Müeti kein Ende nehmen wollte, ging meine Mitteilung, ich wolle halt einfach allein sein, nach und nach in ein Schreien über, und ich schrie und schrie, immer lauter. Es war mir, als sei ich nicht ich selber, sondern ein ganz anderer Mensch. Ich drohte, das Zimmer in Trümmer zu legen, wenn jemand den Versuch wagen sollte, die verschlossene Türe gewaltsam zu öffnen.

Das taten sie nicht, die Leute draußen. Es war nicht nötig, denn ich hatte nicht bedacht, dass mein Zimmer eine zweite Türe hatte, die hinter einem Büchergestell aus Ziegelsteinen und Brettern verborgen war und die ich gar nicht hätte abschließen können. Ich hielt ungläubig den Atem an, als ich merkte, dass sich diese Türe – sie ging in ein benachbartes Zimmer – lautlos geöffnet hatte. Mit namenlosem Entsetzen sah ich die Hand meines Vaters, nicht die Hand von Müeti, Buch um Buch und Brett um Brett und Ziegelstein um Ziegelstein entfernen, woraufhin ich auf die Knie sank und »nein, nein, bitte nicht« wimmerte, aber mein Vater, hinter ihm Müeti, die ihm zusah und selber nicht Hand anlegte, machte schweigend weiter, und es war dieses Schweigen, das mich mehr entsetzte als alles andere, weil es mir sagte, dass kein Wimmern der Welt sie am Eindringen in meinen Raum hindern würde. Sie schimpften nicht, sie schlugen mich nicht, sondern Müeti setzte sich nach der gelungenen Invasion auf den Rand meines Bettes, in das ich mich verkrochen hatte, und dankte laut dem Herrn Jesus, dass der alles wieder gut machen würde.

Diese Szene kam mir in den Sinn, als ich es nicht mehr aushielt und abhaute. Dieses Es war die ganze Zerrissenheit zwischen dem, was ich doch im Angesicht Gottes so treu sein wollte und dem unfähigen Sünder, der ich in meinen Augen in Wirklichkeit war. Niemand sollte mich dabei erwischen, und wenn ich doch schlecht war, wollte ich wenigstens allein sein dabei. Ich wollte niemanden, der in den Raum eindringen würde, in dem ich mich eingeschlossen hatte: Keinen fremden Befreier wie damals der Dachdecker, als ich die WC-Türe nicht mehr aufbrachte, aber auch keinen Vater, der mir zwar ein wenig bekannter war als der Dachdecker, der aber gegen meinen Willen in mein Zimmer eingedrungen war.

Diesmal trieben mich keine herabstürzenden Berghänge aus dem Elternhaus, sondern die Furcht, von den Eltern selber als Heuchler enttarnt und dann auf eine Weise befreit zu werden, die mich wieder in Furcht und Schrecken versetzen würden wie bei der WC- und bei der Kinderzimmerszene. Ich sah keine andere Möglichkeit mehr, als mich ohne zu fragen davonzumachen: Ich haute ab, und diesmal richtig. Gott ließ ich im Elternhaus zurück, und es ging mir mit ihm wie mit meinen Eltern: Sie waren natürlich noch da, aber eine Weile außer Sicht. Unter Hinterlassung eines knappen Abschiedsbriefes fuhr ich mit dem Zug nach Lausanne, nahm mir ein Zimmer und fand schon am zweiten Tag eine Stelle als Hilfskellner in einem Café. Hier wollte ich leben.

Die Leine zu Müeti war ich entgegen allen Vorsätzen nicht imstande zu kappen. Maya in Genf diente als Briefträgerin, über die ich mit zu Hause Kontakt aufnahm. Ich teilte Müeti mit, es habe sein müssen, und sie brauche sich nicht zu sorgen. Ich gebrauchte dieselben Worte wie ein Jahr zuvor, als ich nach Frankreich hatte reisen wollen. Wiederum kam nicht die Spur einer Rüge, von Entrüstung oder Enttäuschung seitens meiner Eltern zurück, sondern reines Leiden, Kummer und Sorge um mich, zusammen mit der unablässigen Beteuerung, dass Gott mich schon nicht allein lasse, und sie würden ohne Unterlass für mich beten.

Und schon standen sowohl Gott als auch meine Eltern wieder neben mir. Sie hatten mich in Lausanne eingeholt. Ich starb tausend Tode der Höllenangst und hielt ein paar Tage durch. Bevor ich erneut zusammenbrach und mich von meinem Vater heimholen ließ, lockte ich Maya nach Lausanne in mein Zimmer in der festen, verzweifelten Absicht, mit ihr zu schlafen. Es stand ja fest, dass ich jetzt sowieso für die Hölle bestimmt war, da konnte ich geradesogut noch etwas tun, worauf sowieso die Strafe der Hölle stand: Ich wollte mit einer Frau Sex haben, richtigen Sex, und ich wolle es sofort, ohne auf eine Ehe zu warten, die sowieso höchst unwahrscheinlich geworden war.

Maya traf ein. Während wir redeten, begann ich meine Zärtlichkeitsversuche, die weitergingen bis zu dem Moment, wo Maya nicht mehr wollte. Da, in diesem Moment, brach alles aus mir heraus, was sich in mir an Druck angesammelt hatte. Ich explodierte und wurde als Siebzehnjähriger zum Gewalttäter an einem Menschen, den ich verehrte und der mir nichts Böses angetan hatte. Meine Gewalt führte nicht zur sogenannten Vollendung, sondern zum ersten, aber nicht zum letzten vollkommen bewusst gedachten Wunsch zu sterben. Ich sank in mich zusammen als ein trauriges Häufchen Elend und Scham und flehte Maya an, Lausanne und mich sofort zu verlassen. Stunden später saß ich, ein in den eigenen Tränen ersäuftes, selbstvernichtetes Lebewesen, ein verlorener Sohn, im Auto meines Vaters, der sofort Richtung Lausanne aufgebrochen war, als ich mit letzter Kraft einen Hilferuf in den Telefonhörer geschluchzt hatte. Und ich rollte unentrinnbar Richtung Elternhaus. Warum mein Vater so schnell reagierte, weiß ich nicht. Ich weiß nicht, ob mein Vater, für mich ein unbekannter, ferner Onkel, obwohl er im selben Haus wohnte, auch in diesem Moment die ausführende Hand von Müeti darstellte, oder ob in ihm eine Erinnerung an seinen jüngsten, ihm mehr oder weniger unbekannten Sohn aufgeblitzt war, als es darum ging, mich heimzuholen. Zu meiner erneuten Überraschung stellten weder er noch Müeti irgendwelche Fragen. Sie ließen mich in meinem Zimmer liegen, solange ich wollte; niemand drang ein, und nach einer Woche beschloss ich, zumal niemand außer den Eltern und Maya die Ursache meiner Abwesenheit kannte, wieder zur Schule zu gehen.

Zwar ging der Kontakt zu Maya weiter, indem sie auf meine Reuebeteuerungen mit Vergebungszusagen antwortete, aber als sie nach Abschluss ihres Haushaltjahres aus Genf zurückkehrte, teilte sie mir mit, sie wolle sich nach reiflicher Überlegung doch noch nicht definitiv binden, sondern ganz ohne Groll gegen mich unsere Freundschaft einfach einmal beenden. Ich war achtzehn, tief beleidigt und aus Prinzip über diese Beleidigung wutentbrannt, aber nicht eigentlich überrascht. Ich genoss diese unerwartete Freiheit, ohne mir deren Genuss einzugestehen, lernte Auto- und Motorradfahren und lief in meinem Elternhaus einer jungen Freundin meiner Schwester Ruth über den Weg, die ich hübsch fand.

Es war an einem Frühsommertag, als sie mir ohne Fragen oder gar Widerspruch auf meine Einladung hin auf der Stelle hinter die Friedhofsmauer folgte, wo wir uns im hohen Gras niederließen, und es war eine Sache von Minuten, bis ich wieder eine Freundin hatte. Diese war blond, schlank, quirlig, unstet wie ich, auf der Suche nach Geborgenheit wie ich, und aus zerrüttetem Elternhaus, in dem sie niemandem trauen konnte. Dieses Mädchen war nicht elternkonform. Darauf legte ich in dieser Zeit aber keinen Wert. Mein Vater trauerte Maya mehr nach als ich selber, und Müeti fragte nicht nach der Person meiner Freundin, sondern wie es mir denn gehe. Gut, begann ich zu antworten und versuchte, in eine andere Richtung zu blicken, um ihrem argwöhnischen Blick auszuweichen.

Clara hieß sie, und ich begriff erst lange nach dem Ende unserer Beziehung, was sie für mich bedeutet hatte. Aber da war ich längst mit einer andern Frau verheiratet.

8

Die Zeit mit Clara begann kurz nach meinem achtzehnten Geburtstag. Sie dauerte knapp zwei Jahre.

Das Ende der Beziehung zu Maya hatte etwas in mir zerbrochen, das ich nicht genau benennen konnte. Eine seltsame, neue und aufregende Kraft war in mir, mit deren Hilfe ich einen offenen Blick auf mich selber wagen konnte: Ich war ein von Zweifeln zerfressener junger Mann. Es waren Zweifel an Gott, an mir, am Sinn meines Daseins. »Wie schön doch das Leben ist. Aber ich bin ein schlechter Scherz«, schrieb ich in jener Mischung von Lebenssehnsucht und Selbstverachtung, aus der ich noch Jahre hindurch nicht hinausfinden sollte, in mein Tagebuch. Es begann sich die Erkenntnis Bahn zu brechen, dass ich krank war und woran ich krank war. »Ich bin so unendlich gläubig und so unendlich unsicher, so abweisend und so voll Wunsch. Nie im Leben überzeugt war ich von den Gott- und Jesussachen! Sonst würde ich doch nicht zweifeln. Ich will das Leben empfinden, ja sagen, auf alle Fälle ja sagen zu allem, was Lust sein kann. Ich weine auf der Straße, wollte auch gerne sterben heute und lebe so verrückt gerne manchmal. Wenn ich doch nur könnte, hätte.

Die Gläubigen sind so sicher, fest und gerecht. Und ich bin bloss müde.« Dieses Müdesein kostete mich mehr Kraft, als es das Frommsein vorher gekostet hatte.

Die Gymizeit trieb langsam, aber sicher dem Abschluss entgegen. Die Literatur sprang mich von einem Tag auf den andern an, als ich entdeckte, dass die Schriftsteller alle in meinem Alter gewesen sein mussten, als sie ihre Werke verfassten, denn anders war es nicht zu erklären, dass sie meine Gefühle und Gedanken so genau zu beschreiben in der Lage waren. Besonders die Lektüre von Albert Camus berührte mich im Innersten. »Wer kennt die Zukunft?«, fragte ich, inspiriert vom Camus' »L'étranger«. »Ich kenne sie. Es ist der Tod, jedem zu seiner Zeit. Alles verliert seine Bedeutung, wenn der Tod keine hat.« Ausgehend von dieser Gewissheit reifte in mir der Entschluss zu sterben, wenn es mir nicht bald gelingen würde, mit einem Mädchen zu schlafen, und zwar richtig, nicht wie in Lausanne, und als ich den Filmemacher und Schauspieler Woody Allen in einem Film sagen hörte, er glaube nur an zwei Dinge, an den Sex und an den Tod, fühlte ich mich verstanden, bestätigt und etwas weniger allein. Woody Allen erschien mir in jener Zeit als eine Art dritter großer Bruder, der mir einen dritten möglichen Lebensweg andeutete, neben denjenigen meiner Brüder Christian und Köbi: Den Weg der verzweifelten Unverblümtheit. Ob ich ihn gehen wollte, wusste ich nicht.

An einem schönen Tag jenes Frühlings, der meinem achtzehnten Geburtstag folgte, schlenderte ich mit Clara an der Aare entlang. Da blieb meine neue Freundin, die Freundin aus Prinzip, mit der ich mich noch nicht näher befasst hatte, unvermittelt mitten auf dem Weg stehen, trat zu mir, lehnte den Kopf an meine Schulter und sagte: »Ich ha di eifach so gärn.« Ihre Worte rissen mich auf der Stelle aus allen philosophischen Sinnereien. Es überfluteten mich heiße Gefühle, und als ich mich zu ihr drehte, um sie an mich zu drücken, sah ich im gleichen Moment ein kleines Kind vor mir, das wir gemeinsam haben würden. Davon sagte ich Clara nichts, aber von diesem Augenblick an war sie nicht länger eine bloße Facette mehr in meinem Leben, sondern ein ungeheuer wichtiger Mensch im Mittelpunkt meiner Aufmerksamkeit und Hoffnungen. Clara vertraute sich mir vollkommen an, sei es, weil sie einfach niemanden sonst hatte, sei es, weil sie tatsächlich nicht wahrnehmen konnte, in welch zerbrechlicher Verfassung ich selber war, oder gleich aus beiden Gründen zusammen.

Unsere Beziehung nahm nach ihrer Liebeserklärung einen rechtschaffenen Charakter an, was mich bewog, nach einem anderen beischlafwilligen Mädchen Ausschau zu halten. Clara musste ja nichts davon wissen. Keinen Erfolg gab es in Frankreich mit dem meiner Schwester Sarah abgeschwatzten VW Käfer und den zum Mitfahren überredeten zwei Schulkolleginnen. Etwas mehr Erfolg, aber keinen Triumph feierte ich auf einer Schulexkursion am Schlussabend mit Ursula. Häufig übernachtete ich bei Clara, die auf der anderen Seite von Bern wohnte, was mich zu weiten nächtlichen Töfffahrten zwang, und wenn ich neben ihr am Boden auf der Matratze lag, legte sich für ein paar Stunden aller innerer Aufruhr. Ich sehe noch heute Claras Zimmer, den Vorhang aus schmalen Holzringen, den Rollladen – auf der oberen Hälfte seiner Länge lässt er das Licht der Straßenlaterne und später in der Nacht des Mondes durchscheinen, die untere Hälfte ist ganz dicht. Ich sehe den mit Blumenbildern beklebten Schrank links, dann kommt das Pult mit dem Drehstuhl, auf dem die Kleider liegen, rechts steht das Büchergestell mit den vielen Kerzen darauf. Ich erkenne den glatten Deckel des Plattenspielers.

Jeweils gegen Morgengrauen liege ich nicht mehr auf der Matratze am Boden, sondern auf dem Bett neben Clara, die sich zur Wand gedreht hat. Ganz still liegen wir da und horchen in die Nacht hinein auf das Plätschern des Brunnens auf der anderen Seite der Straße. Wochenlang schliefen wir Seite an Seite, manchmal fest umschlungen, ohne miteinander zu schlafen, und es drängte weder sie noch mich, es zu tun. Es kam vor, dass mir mitten in der Nacht die Tränen über die Wangen liefen, weil dieser Zustand so schön war, dass ich glaubte, es nicht länger aushalten zu können. Irgendwann hielt ich es wirklich nicht mehr aus. Ich stützte meine Ellbogen auf, ließ meine

Augen über Claras feines Gesicht und ihre Konturen gleiten, die sich unter der Bettdecke abzeichneten, und fragte mich, was um alles in der Welt mich davon abhielt, mit der wunderschönen Frau neben mir mehr als einfach so zu schlafen; warum ich überhaupt alle anderen Mädchen zu haben versuchte, wo doch eines neben mir lag, das sich mir bestimmt nicht verweigern würde. Clara erwachte, sah mich aufmerksam an und entdeckte das Neue in meinen Augen. Auch sie stützte die Ellbogen auf, und ich küsste sie behutsam auf den Mund. Es war so, wie ich vermutet hatte: Sie verweigerte sich mir nicht. Was mich daran für Tage in einen sphärisch-ekstatischen Zustand versetzte, war weniger das rein körperliche Erleben selber, das höchst bescheiden gewesen war, als vielmehr die Tatsache, dass ich, jawohl, ich, dass ich endlich ein weibliches Wesen bezwungen hatte, und dieser Triumph blies alle zermarternden Selbstzweifel weg. Nichts mehr würde mich hinfort am starken Vorwärtsgehen im Leben hindern können.

Dieser Zustand dauerte exakt bis zu dem Moment, in dem Clara mir mitteilte, ihre Monatsblutung bleibe aus. Zunächst steigerte sich mein Ichgefühl noch einmal, weil das Schicksal mich auch noch durch ein Kind mit der Frau verband, die sich mir ausgeliefert hatte. Und schließlich war ja sofort ein gemeinsames Kind vor meinem Herzensauge erschienen, als mir Clara damals an der Aare ihre Liebe gestanden hatte. So durchfluteten mich Wellen von neuen Daseinsgefühlen aus Rührung, Angst und eigener Bedeutung. Jedes einzelne davon kostete ich aus. Ich war jemand geworden, der ich noch nicht gewesen war, und besonders schön war, dass das Schicksal und nicht ich selber die Verantwortung dafür trug, auf welche Weise es geschehen war. Denn wer hätte mir eine Zeugungsabsicht unterschieben können? Hatte ich voraussehen können, dass unsere Verhütungsmethode versagen würde? Nein. Ich konnte nichts dafür, dass das Schicksal ein Kind in die Existenz gerufen hatte. Demzufolge konnte mich keine Hölle dafür bestrafen. Ich atmete meine Identität tief ein, wieder und wieder.

Ich verfiel auf eine großartige Idee: Mit dieser vom Schicksal geschenkten Ichstärke musste ich einfach zu Müeti gehen. Dieses werdende Kind würde mich nicht bloß schützen vor der Hölle, sondern mich auch noch mit dem Wesen komplizenhaft verbinden, dessen Anspruch auf meine Seele ich noch nicht wirklich in Frage gestellt, dem ich mich bloß entzogen hatte, so gut ich konnte, ich, der Maturand, der immer noch im Pfarrhaus zu Bottigen meinen offiziellen Wohnsitz hatte. Das werdende Kind würde Müeti, vielleicht gar noch Vater, dazu zwingen, Clara endlich einen Platz an ihrem Herzen zu gewähren, gleich neben mir.

Mein Herz klopfte bis zum Hals, als ich die Stube betrat. Müeti saß wie immer im Korbsessel und strickte beim Lesen, legte aber sofort das Buch beiseite und blickte auf, als sie merkte, in welcher Art ich in der Stube auf- und abging.

Ich blieb stehen, blickte zu Boden und platzte heraus: »Clara bekommt vielleicht ein Kind.« Was ich erhofft hatte, funktionierte mit diesem einzigen Satz; sie hatte alles gehört und alles verstanden.

Müeti schneuzte sich und sagte: »Selbstverständlich würden wir dieses Kind bei uns aufnehmen.« Auch sie brauchte nicht mehr als einen einzigen Satz, damit ich alles hörte und verstand, was von ihr zu mir herüberströmte. Meine und ihre Gefühle waren eins, und es war alles gut. Ein Kind, ein Baby, aber selbstverständlich, aufnehmen gleich annehmen. Der Mutter kannst du alles sagen, jawohl.

Aber noch während wir im seligen Bewusstsein geteilter Lebenstragik einander ein paar Worte nachschickten, wurde fast beiläufig das »Wir« ihres kurzen Satzes zuerst zum Kieselstein im Schuh und dann zum wohlbekannten Stein in meinem Bauch, der immer schwerer wurde. »Wen meinst du eigentlich mit ›Wir‹, wenn du sagst, wir nehmen dieses Kind bei uns auf?«, fragte ich Müeti.

»Vater und mich meine ich«, antwortete sie, und ich dachte: Jetzt hat sie eben mein zukünftiges Kind zu ihrem siebten eigenen erklärt und es mir damit abgenommen, bevor ich es selber hatte. Mitten ins trostreiche Wohlgefühl der Seeleneinheit mit Müeti breitete sich auf einmal ein Grauen in mir aus über das, was mir klar wurde: Ich war neunzehn, wurde wahrscheinlich Vater, und Müeti glaubte keinen

Augenblick lang, dass ich dieses Amt bestehen könne und dass jemand anders als sie für dieses, ja auch für dieses neue Leben zuständig war. Und Clara? Kam sie über die biologische Tatsache ihrer Mutterschaft hinaus überhaupt nicht vor in Müetis Welt? Würde sie dort je vorkommen? Ich wollte es wissen und fragte: »Was soll denn mit Clara geschehen? Und mit mir?«

Müeti zögerte keine Sekunde, drehte die Handflächen nach außen und sagte: »Wenn sie will, kann sie hier bei uns wohnen. Da werden ihre Eltern wohl auch noch ein Wort mitreden wollen. Du wirst, denke ich, deine Ausbildung fertig machen.« Müeti meinte es zweifellos gut, nur gut. Sie dachte über nichts nach, nicht weil sie nicht wollte, sondern weil das gar nicht nötig war, so sonnenklar, so selbstverständlich war die Weise, wie die Dinge waren.

Die steilen Berghänge des Kientals begannen sich wie in jenen Ferien auf mich zuzubewegen, und mit maßlosem Entsetzen erkannte ich sie als das, was sie waren: Als Gewicht meiner Mutter. Ich spürte, dass ich in den Augen von Müeti nicht bloß lebensuntauglich war, sondern dass sie das nicht einmal störte, und eigentlich hätte ich in jenem Augenblick noch mehr spüren können, nämlich dass sie das in ihrer Seele als richtig empfand und dass ich mir ihre Rede widerspruchslos gefallen ließ, ja, im Grunde genommen ihre Zustimmung suchte. Aber so weit war ich damals noch nicht. So kam ich auch nicht auf den Gedanken, mich von dieser Mutter zu entbinden.

Was das werdende Kind betraf, sah ich lauter Sackgassen. Ich wollte nicht für alle sichtbar zum Nichts erklärt werden, indem Müeti für mein Kind sorgen würde. Ich wollte aber auch nicht Vater werden, weil ich Müeti im Grunde genommen zustimmte, dass ich dieses Amt nicht ertragen würde. Was eine Abtreibung war, wusste ich tatsächlich schlicht und einfach nicht, und wenn ich es gewusst hätte, hätte ich nichts davon wissen wollen. Da dämmerte mir mitten in meiner Ausweglosigkeit, dass die Schwangerschaft von Clara und damit mein Dilemma, unter dem ich bereits litt, noch gar nicht bewiesen waren. Ich ließ Müeti ohne Abschiedswort in ihrem Korbstuhl sitzen, rannte aus dem Haus, schwang mich aufs Motorrad und raste zu Clara.

»Bist du eigentlich sicher, dass du schwanger bist?«
»Ich traue mich nicht, es herauszufinden. Ich habe Angst.«
»Ich will es wissen. Bitte, geh zum Arzt.«
»Ich traue mich nicht zu meinem Arzt.«
»Dann gehen wir zu jemandem nach Bern, der dich nicht kennt.«
»Und was tue ich dann, wenn ich den Bescheid habe, allein in Bern?«
»Ich komme mit dir zur Untersuchung, und wir bleiben zusammen und reden darüber, wie es weitergeht. Ich bleibe bei dir.«
»Also gut. Bitte ruf für mich eine Frauenärztin an.«

Wir schrieben uns aus dem Telefonbuch eine heraus und suchten sie am nächsten Morgen auf. Am Nachmittag würden wir sie anrufen können und erfahren, auf welchen Geleisen unser Leben weiterführen würde, teilte sie uns nach der Untersuchung mit. Ihre Andeutung, es würde ja noch reichen, verstand ich nicht.

Clara und ich strichen in den Stunden des Wartens an der Aare entlang als zwei verstörte junge Menschen mit einer großen Furcht vor der Zukunft. Clara eröffnete mir, sie sei unter ähnlichen Umständen zur Welt gekommen, wie unser Kind zur Welt kommen würde, als ungeplantes Kind unverheirateter Leute. Zudem habe ihr leiblicher Vater ihre Mutter zur Zeit der Geburt verlassen, und ihre Mutter hätte sie immer davor gewarnt, auf Männer hereinzufallen. Ich beteuerte ihr, dass ich bei ihr bleiben und für sie sorgen würde, und während ich das so sehr beteuerte, war ich von Zweifeln zerfressen, ob ich das wirklich meinte. In der Mitte des Nachmittags drückten wir uns in eine Telefonzelle und umschlangen uns weinend. Dann wählte ich die Nummer der Ärztin, und die Welt stand einen Augenblick lang still. Dann teilte die Ärztin uns mit, Clara sei nicht schwanger, sondern aus dem Rhythmus.

Tagelang waren meine Gefühle und Gedanken wie tot. Ich erfüllte meine schulischen Pflichten, sprach, aß, fuhr und schlief das Nötigste. Der Tag der Wahrheit in Bern hatte Clara und mich einander entblößt, manche Illusion, aber auch die Zuversicht schienen von uns abgefallen wie welke Herbstblätter, und nach und nach entstand eine Art Kameradschaft zwischen uns, mit wenig Worten, ohne Romantik. Wann immer wir es einrichten konnten, fuhren wir mit dem Motorrad ins Tessin, wo es uns beiden wohl war; wir fuhren in irgendein Tal, stellten die Maschine auf irgendeinen Parkplatz, dann folgten wir zu Fuß einem Bach oder stiegen einen Hang hinauf. Ich spürte eine neuartige, scheue Zuneigung zu diesem Mädchen in mir keimen, die in mir eine vage Hoffnung anzündete, ohne dass ich dieser Hoffnung zu trauen in der Lage war. Ich spürte eine ebensolche Zuneigung von ihr zu mir, die nichts mehr mit der verzweifelten Suche nach einem Halt zu tun hatte, sondern ein stilles Sehnen war, geliebt zu werden, mit der stummen Frage, wer ich wohl sei. Aber ich hatte keine Antwort darauf. »Es ist jetzt einfach, wie es ist«, dachte ich, bestätigt durch die fortgesetzte Lektüre von Albert Camus, dessen unspektakuläre Gedanken mir einleuchteten. Ich wehrte mich nicht mehr gegen meine Leere, und das muss der Grund dafür gewesen sein, dass ich die kleinsten Regungen von Glück als großes Glück empfand.

Einmal fuhr Clara für eine Schulwoche ins Tessin, ich schlug auf einem Campingplatz in ihrer Nähe mein Zelt auf, und die Tessiner Landschaft, der Geruch des Frühlings und die kurzen Momente des Zusammenseins mit Clara machten mich so glücklich wie traurig; ich würde nichts davon festhalten können, denn je glücklicher ich darüber wäre, desto größer wäre das, was ich verlieren würde, und somit der Schmerz.

Ich begann, mich nach einem endgültigen Frieden zu sehnen, nach Ruhe von allen Schuldgefühlen, die sich tonnenschwer auf mich legten. »Wenn ich wieder in die Depression hineinkomme, ist's wegen mir allein«, begann ich am Ufer der Melezza meinen letzten Brief an Clara, »dann liebe ich Gott zu wenig.« Langsam und unerbittlich reifte die Erkenntnis, dass ich es nicht schaffen würde, zu sein, wie man sein musste. Die vage Hoffnung, mit Hilfe von Clara aus meinen Seelenqualen zu finden, würde sich nicht erfüllen. Wir waren einander sehr nahe gekommen, aber die Nähe erwies sich als sinnlos. »Du hast meine Untüchtigkeit erkannt«, schrieb ich an Clara, »Du möchtest Dich auf mich stützen, aber ich bin zu schwach für Dich. Du hoffst, dass ich mich zu einem starken Mann entwickle, aber Du hoffst vergebens. Ich bin kein Kämpfer. Ich war glücklich mit Dir. Es gibt einfach keinen Weg, keine Möglichkeit für mich, auf dieser Welt zu bestehen. Was ich tue, ist mein erster, einziger selbstständiger Entschluss.« Ich wollte sterben. Ich legte mich ins Zelt und setzte den Entschluss in die Tat um. Ich erinnere mich genau an die Ruhe, an die ungeheure Erleichterung, an das Gefühl von totaler Erlösung, als ich ins dunkle Zelt hinein flüsterte: »So, Gott, jetzt liegt's bei dir.« Dann holte mich der Cocktail aus Substanzen, die ich am Morgen mit einem nie gekannten Gefühl der Gelassenheit in Locarno zusammengekauft und mit Massen von Alkohol hinuntergespült hatte, aus allem weg.

9

Offenbar bemerkte niemand auf dem Campingplatz an der Melezza, dass sich im kleinen blauen Zelt mit dem Motorrad daneben achtundvierzig Stunden lang nichts tat. Dann schlug ich die Augen auf, erblickte das blaue Innendach meines Zeltes, sagte Richtung Gott: »Wie du meinst«, schleppte mich zur Toilette, wusch mich, packte meine Sachen, fuhr über die Alpen zurück nach Hause und legte die Matura ab.

Eine Woche später erhielt ich eine Vorladung. Meine Schwester Susanne, die ehemalige Mittagstisch-Giftspritze, und ihr Ehemann, ein Versicherungsdirektor, den ich gut leiden konnte, luden mich in ihre Stube zu einem Gespräch, von dem Susanne mir am Telefon gesagt hatte, es könne wichtig sein für mein Leben, und sie seien gerne bereit, mit mir einmal über Dinge zu sprechen, von denen, nun ja, die, welche, wenn man bedenkt, wie wichtig, undsoweiter. Neugierig fuhr ich zu ihnen und nahm an ihrem Kaffeetischchen Platz.

»Was für ein schnittiger kleiner Fiat, mit dem du hierher gekommen bist!«, begann meine Schwester.

»Claras Mutter hat uns ein Auto geschenkt.«

»Davon haben wir gehört, und darum wollten wir mit dir reden. Nehmt ihr das Auto einfach an?«

»Nicht einfach, aber wir nehmen. Warum nicht?«

»Dann habt ihr ein gemeinsames Auto.«

»Ja.«

»Wollt ihr denn später einmal heiraten?«

»Was hat das mit dem Auto zu tun?«

»Ihr lebt ja praktisch zusammen!«

»Nein, überhaupt nicht. Was soll diese Fragerei?«

»Wollt ihr nun heiraten oder nicht?«

»Das geht doch niemanden etwas an.«

»Kann Clara überhaupt Auto fahren?«

»Sie lernt es schon noch.«

»Dann hat ihre Mutter das Auto eigentlich dir geschenkt.«

»Warum sagst du das?«

»Sie erwartet, dass du ihre Tochter heiratest.«

»Vielleicht. Wir haben noch nie darüber geredet. Und warum sollte ich das nicht tun?«

Ich erschrak. Wollte ich Clara wirklich heiraten? Nach dem nicht erfolgten Tessiner Tod, von dem Clara nichts und überhaupt niemand etwas wusste, war unsere leise Kameradschaft in eine ebenso leise Vertrautheit übergegangen, ohne Höhepunkte und Tiefschläge, ohne Sinnsuche und Liebesschwüre. Ich verbrachte viel Zeit mit ihr und bei ihr, in der Wohnung ihrer Mutter. Ich hatte nie über unsere Zukunft nachgedacht, sondern über meinen zukünftigen Beruf, und mich ohne Begeisterung an einem Lehrerseminar angemeldet, weil mir nichts Besseres einfiel.

»Wenn nicht du dich entscheidest, wird Claras Mutter für euch entscheiden«, sagte meine Schwester Susanne. »Wenn du das Auto annimmst, ist der Entscheid schon gefallen.«

Ich zuckte zusammen. Eine andere Frau, eine Mutter, die über mich entschied, ohne dass ich es merkte? Das durfte nie und nimmer sein. Ja, meine Schwester hatte Recht. Es galt aufzupassen.

»Du hast Recht. Was soll ich tun?«, fragte ich.

»Was würdest du denn am liebsten tun, wenn ... nun ja, wenn du, sagen wir einmal, keine feste Beziehung hättest?«

»Ins Ausland gehen, nach Paris«, sagte ich, ohne zu überlegen. Ich erschrak schon wieder: Ja, das war ein bislang geheimer Wunsch von mir, einer, den ich seit meinem sechzehnten Lebensjahr in mir herumtrug, als ich zwei Wochen lang durch Frankreich gezogen war. Meine Schwester war nun drauf und dran, mir die Augen dafür zu öffnen, dass ein geschenktes Auto mich daran hindern könnte, meinem Wunsch nachzugeben. Nein, nicht das Auto hinderte mich, sondern eine Mutter, die mich anbinden wollte, indem sie mir ein Auto schenkte. Von meiner eigenen Mutter hatte ich mich seit der Beinahe-Schwangerschaft von Clara entlastet, indem ich möglichst wenig zu Hause war, wo ich theoretisch immer noch wohnte, und ihr nichts mehr erzählt hatte, außer, wann ich zu Hause essen würde und wann nicht, und manchmal nicht einmal das. Halb bewusst, halb unbewusst hatte ich das Verhältnis zu meiner Mutter in dieser Weise geregelt. Jetzt aber war mein Bewusstsein hellwach. Sollte ich mich so blind einfangen lassen von einer weiteren Mutter? Niemals!

Aber ich hatte Bedenken vor dem Schritt, der zu tun wäre, um mich nicht einfangen zu lassen. »Clara wäre zutiefst durcheinander, wenn ich mich von ihr trennen würde«, wandte ich ein. »Und ich habe sie ... nun, wir sind ja schon eine Weile zusammen. Ich kann nicht einfach sagen, jetzt ist Schluss. Ich will das auch nicht.«

»Ihr müsst euch ja nicht gleich trennen«, ermutigte mich Susanne. »Sag ihr, du wollest ins Ausland gehen, du wollest eine Sprache besser lernen, in eurer Beziehung eine Pause machen. So ist es doch, oder? Das muss sie doch verstehen.«

Ich spürte, dass meine Schwester mir eine Lösung pfannenfertig auf den Kaffeetisch legte. Ein runder Kaffeetisch, wie zu Hause. Mit dem Unterschied, dass ich mich diesmal am Kaffeetrinken beteiligte.

Da durchfuhr mich ein neuer Schreck. Die Pariser Pläne würden an weiteren Hindernissen scheitern.

»Aber ich bin doch am Lehrerseminar angemeldet. Und das Ausland kostet Geld. Ich müsste ja irgendwo wohnen, und essen müsste ich auch. Ich habe kein Geld.«

Da öffnete der Herr Direktor den Mund zum ersten Mal und sagte: »Wir haben über diese Möglichkeit geredet und möchten, natürlich nur, wenn dir das passt, etwas dazu beitragen, dass du ins Ausland gehen könntest. Das Lehrerseminar kannst du auch ein Jahr später beginnen.«

»Wie bitte?«

»Wir würden dir monatlich etwas für deinen Aufenthalt im Ausland bezahlen. Und für Paris könnte ich dir bei der Suche nach einer Unterkunft behilflich sein, natürlich nur, wenn dir das passt.«

Das stimmte schon wieder. Der Schwager stammte schließlich aus Frankreich und hatte Verwandtschaft in Paris. Wie ungemein praktisch für mich! Aller Schrecken verebbte. Es war kaum zu glauben: Ich würde nach Paris gehen statt ans Seminar! Ich war der Gefahr einer besitzergreifenden Möchtegern-Schwiegermutter entronnen, ohne Clara aufgeben zu müssen! Und niemand, niemand konnte etwas gegen diese Pläne haben, so gut waren sie begründet und abgesichert. Auch Müeti würde nichts dagegen haben. Wie angenehm! Ich erhob mich aufatmend.

»Gut. Ich fahre jetzt nach Hause und bitte meine Eltern, mir auch einen Teil des Aufenthaltes in Paris zu bezahlen. Als Nächstes melde ich mich im Seminar ab, und dann gehe ich und spreche mit Clara.«

Susanne und ihr Direktor-Mann strahlten. Wir erhoben uns vom Kaffeetischchen, schüttelten uns die Hände und gingen auseinander. Wie gut, dass meine Schwester mit mir gesprochen und mir die Augen geöffnet hatte.

Der erste Schritt ging reibungslos über die Bühne. Müeti fand die Idee gut, ihren Jüngsten nach Paris gehen zu sehen, ich könne ja Französisch studieren, das sei ja sowieso eine Liebe von mir. Womit sie sehr Recht hatte. Vater nannte einen ansehnlichen Betrag, den er monatlich nach Paris überweisen würde. Zusammen mit der Spende meiner Schwester beziehungsweise ihres Mannes würde das zu einem bescheidenen, zufriedenen Studentenleben reichen. Der Direktor des Lehrerseminars nahm es gelassen, dass ich am Freitagnachmittag vor der Woche, in welcher die Lehrerausbildung begonnen hätte, in seinem Büro stand und mich abmeldete. Nach diesem ebenso reibungslosen zweiten Schritt, der den dritten bereits unwiderruflich notwendig machte, kam Clara an die Reihe. Ich fädelte es so gut ein, wie ich konnte, aber der dritte Schritt ging schief, komplett.

Clara hatte seit ihrer frühen Kindheit Ärztin werden wollen und absolvierte in jenen Tagen ihr erstes Spitalpraktikum in Burgdorf. Ich fuhr zu ihr, und wir machten uns auf einen Spaziergang, auf dem ich ihr ungefähr mit den Worten meiner Schwester Susanne die Notwendigkeit klarmachte, dass wir in unserer Beziehung eine Pause einlegen müssten, weil ich ins Ausland gehen wolle; das sei das Beste nicht bloß für mich, sondern auch für sie. Jetzt kamen mir auch die Worte zugute, die Maya, die Freundin mit der schönen Stimme, nach ihrem Welschlandjahr anlässlich ihrer Trennungsmitteilung an mich zwei Jahre zuvor verwendet hatte, diejenigen über die Freiheit, die wir uns nicht zu früh in unserem Leben definitiv nehmen lassen sollten, es habe ja nichts mit fehlenden Gefühlen zu tun, und so weiter. Aber bei Clara nützten die schönen Worte nichts.

»Du verlässt mich«, sagte Clara tonlos.

»Nein, ich verlasse dich doch nicht. Es ist eine Pause, keine Trennung, die ich will.«

»Eine Pause bis in die Ewigkeit«, fuhr Clara mit der gleichen Stimme fort.

»Übertreibe doch nicht. Wir können – sagen wir in einem Jahr ungefähr, nach meiner Rückkehr – Kontakt aufnehmen miteinander und über unsere Zukunft reden. Wir wollen doch Gott vertrauen, dass er unsere Wege kennt!« Damit flocht ich auch noch Worte von Müeti ein, die sie am Tag zuvor ausgesprochen hatte.

Auch das nützte nichts. Clara ließ sich nicht beirren. »Du verlässt mich. Meine Mutter hat Recht gehabt: Sie hat mich gewarnt, es würde mir einmal genau gleich gehen wie ihr. Ich bin verloren.«

»Hast du denn kein Vertrauen?«, ermahnte ich Clara, aber sie ließ sich nicht ermahnen.

»Liebst du mich so plötzlich nicht mehr?«

»Doch, ich habe dich sehr, sehr gern, glaube mir. Und ich bin auch so dankbar, dass wir es so gut hatten in letzter Zeit.«

Jetzt wusste ich nichts mehr zu sagen. Clara weinte ganz, ganz leise, während wir uns auf den Rückweg zu ihrem Zimmer im Personalhaus machten. Dort, in der Enge des zellengroßen Raumes, begann Clara zu zittern und dann zu wimmern. Ich sprach ihr gut zu, aber ihr Zittern verstärkte sich. Sie warf sich auf dem Bett hin und her, stöhnte laut und gab auf meine Fragen keine Antwort, was mich in Panik versetzte, aber ich hatte nicht die geringste Ahnung, was ich hätte unternehmen können. Ein Klopfen an der Tür erlöste mich. Es war eine Kollegin von Clara, eine Krankenschwester, die vom Lärm aufgeschreckt worden war, und es war mir recht, dass sie einen Arzt kommen ließ. Der Arzt verfügte die sofortige Einlieferung ins Spital. Diese junge Frau habe einen schlimmen Nervenzusammenbruch, bemerkte er zwischen Tür und Angel, was denn geschehen sei? Ich sagte ihm bloß, dass ich ihr etwas Persönliches habe mitteilen müssen. Er schaute mich seltsam an.

Clara blieb eine Woche lang im Spital. Ich kümmerte mich intensiv um sie und um ihre Mutter, die sich betrank und eine Portion Schlaftabletten einnahm, als sie vom Schicksal ihrer Tochter erfuhr, worauf mich Claras kleiner Bruder zu Tode erschreckt anrief, weil er niemanden sonst kannte, den sein Mami gern habe. Ich kam und redete auch der Mutter ins Gewissen, Gottvertrauen zu entwickeln.

»Meinst du?«, sagte Claras Mutter bloß.

Das Auto verkaufte ich mit ihrem Einverständnis weiter und brachte ihr das Geld, worüber sie gleich noch einmal weinte. Clara konnte ihr Spitalpraktikum nicht weiterführen, aus gesundheitlichen Gründen, wie es hieß, worauf ich ihr in meiner grenzenlosen Fürsorge eine vorübergehende Stelle als Kinderbetreuerin besorgte, bis sie weitersehen würde. Kurz vor meiner Abreise nach Paris schrieb ich ihr: »Es wäre der schönste Beweis deiner Zuneigung, wenn du mich zu verstehen versuchtest. Es wäre nicht gut, wenn wir bald geheiratet hätten. Auch aus deinem Blickwinkel stimmt das. Glaube mir, es schmerzt auch mich. Es macht mir keine Freude, dich leiden zu sehen! Ich bereue sehr, dass ich dir sozusagen eine baldige Ehe in Aussicht gestellt habe, aber ich wollte dich nicht bewusst irreführen. Der Herr segne dich, Liebes.« Wie überzeugt war ich, das Richtige zu tun. Das Richtige in den Augen von Schwester, Mutter und Gott.

10

Paris begann herrlich. Unter den Auslandsstudenten der Universität fand ich sofort ein Publikum, das von meinem geschliffenen Französisch – nicht jenem hölzernen der Berner Seeland-Bilingues, sondern des in harter Arbeit erworbenen –, aber auch von meinem Wissen und meiner geistigen Gewandtheit beeindruckt war, und ich schlüpfte hinein in die Anerkennung wie in einen warmen Mutterleib. Endlich zahlte sich aus, was ich in Jahren der kindlichen, dann der jugendlichen Einsamkeit alles in mich hineingelesen, was ich an ungezählten Mittagstischen mit Gästen und Familienmitgliedern an Rhetorik aufgesogen, was ich an Methoden verinnerlicht hatte, um andere Menschen zu beeindrucken. Ich saß nicht länger auf der Buche unseres Gartens und schaute von außen auf ein Geschehen, dem ich bloß formell angehörte, nein: Ich war mittendrin und schwang eine unsichtbare Dressurpeitsche, mit der ich andere dazu brachte, genau das zu tun, was ich wollte, nämlich mir das Gefühl zu geben, jemand zu sein. Ich wollte verehrt und geliebt sein, ich wollte nie mehr hinter dem Mittagstisch meiner Kindheit liegen beim Abzählen der Sekunden, wann und ob überhaupt man mich zur Kenntnis nehmen würde. Ich schwang meine Dressurpeitsche in Vollendung. Nach Jahren der Armut war ich plötzlich reich. Ich besaß Wissen und das Wissen, mit dem Wissen zu beeindrucken. Mit meinem plötzlichen Reichtum konnte ich mir Glück im Überfluss kaufen. Ich war jemand, und ich war maßlos glücklich.

Das Glück dauerte den ganzen Tag durch. War ich weg von der Universität, den Treffpunkten und den Bistros, weg von den Burschen und Mädchen aus aller Welt, mit denen ich mich so glänzend unterhielt, war die Euphorie des Tages abgeklungen, dann wurde es still in meiner Studentenkammer im Herzen von Paris. Ich wollte es nicht anders; nicht, weil ich das Alleinsein besonders genoss, sondern weil es mir richtig erschien, niemanden in meine Kammer mitzunehmen. Jedenfalls keine Mädchen. Und auf die richtete ich mich nach wie vor aus. Dass ich die polnische Geschichtsstudentin erwischt hatte, wie sie mir nachschlich, um meine Adresse herauszufinden, dass ein einsames Schweizer Au-pair-Mädchen mir im Jardin du Luxembourg das Herz öffnete, dass die griechische Konservatoriumsschülerin meine Hände gar nicht mehr loslassen wollte bei der Gratulation nach ihrem Konzert – das alles schmeichelte mir, und das weibliche Interesse an meiner Person war durchaus ein Teil der Nahrung, von der ich lebte.

Aber nie betrat ein Mädchen allein meine Kammer. Denn ich wollte nicht bloß reich sein, sondern auch rein, ganz rein. Rein bis auf den kleinsten Gedanken und das kleinste Gefühl. Ich war nach Paris gegangen in voller Übereinstimmung mit Müeti, Vater und Gott, was bedeutete, kompromisslos rein zu bleiben, um nicht die Gnade von allen dreien aufs Spiel zu setzen. Ich hatte mich für den Christian-Lebensweg entschieden, angereichert mit etwas mehr Lebhaftigkeit, als es Christian eigen war, durchaus gottgewollter Lebhaftigkeit, wie mir mein Gewissen bestätigte. Ein fester Wille beseelte mich, diesmal nicht zu versagen, also nicht bloß den Menschen um mich herum zu gefallen, sondern auch meinem Herrn Jesus, so dass ich in allen Bereichen meines Lebens Festigkeit pflegen musste. Rein wollte ich sein und nie, nie mehr einen Absturz riskieren.

Demzufolge war es vollkommen ausgeschlossen, ein Mädchen in meine winzige Quartier-Latin-Kammer hereinzulassen, geschweige ins Herz, ganz abgesehen vom Bett, das ich außer zum Schlafen ausschließlich zum Beten benutzte, indem ich davor in disziplinierter Regelmäßigkeit niederkniete, früh am Morgen, bevor ich das Haus verließ. Ich fand eine patente Methode, Frömmigkeit und Menschenbeifall für meine perfekte Person gleichzeitig zu mehren, indem ich erstens vorübergehend Mitglied einer christlichen Gemeinde aus fast lauter Franzosen wurde, und zweitens täglich auf Französisch einen theologisch hochstehenden und der Nachwelt unbedingt zu erhaltenden Kommentar zur täglich auf französisch geführten Bibellektüre niederschrieb.

Und siehe da, es funktionierte aufs Beste. Die Christengemeinde hüllte mich in die vertraute Frömmigkeit meiner Kindheit, und die richtigen Franzosen unter ihren Mitgliedern schlossen sich der Bewunderung meiner Sprach- und Weltkenntnisse an, die ich an der Uni von Seiten der andern Nichtfranzosen entgegennehmen konnte. Ja, ich schaffte es sogar, in kürzester Zeit eine Art Liebling der Damenwelt und Vorbild der Herrenwelt zu werden, wie ich den zahlreichen Einladungen zu Essen, Versammlungen und Ausflügen, aber auch den Blicken und dem Umgangston entnehmen konnte, den sie mit mir pflegten. Mit diesen klugen Vorkehrungen hatte ich nun alle Seiten meines Pariser Daseins gesichert, alle Gefahren ausgeschaltet, und eine Weile konnte ich in dieser Weise wirklich glücklich sein. Ja, die Anfangszeit in Paris war glücklich.

Nach ein paar Wochen begann mein umfassendes Glück Risse zu bekommen. Ich begann nachts eine Türe zu sehen, die sich immer wieder öffnete, obwohl ich sie jedes Mal wieder zuschlug. Durch den Türspalt sah ich das Gesicht von Clara. Sie weinte.

Es muss so sein, wie es ist, die Trennung war richtig, und sie ist ja nicht definitiv besiegelt, sagte ich mir jedes Mal im morgendlichen Gebet, vor meinem Bett kniend. Hilf mir, Gott, gehorsam zu sein. Nimm dieses Gesicht von mir, lieber Gott. Aber das Gesicht verschwand nicht.

Gefühle schossen auf, die ich doch im Griff zu haben glaubte. Clara begann sich nachts durch die Türe zu schieben und die Arme nach mir auszustrecken. Mein Herz begann wild zu pochen, worauf ich mich auf der Stelle erhob, auf die Knie niederfiel und den Herrn anflehte, die Versuchung vorübergehen zu lassen. Aber sie ging nicht vorüber. Eines Nachts fühlte ich die Umarmung Claras, fuhr in tiefer Verwirrung auf und setzte mich an den Tisch, um ein Glas Wein zu trinken, anstatt wie gewohnt auf die Knie zu fallen.

Mein sorgsam arrangiertes Leben musste eine Änderung erfahren, eine Anpassung vielmehr, um nicht aus den Fugen zu geraten, was ich mehr als alles andere fürchtete. Schon am nächsten Tag nahm ich die Änderung vor, indem ich das heimwehkranke Au-pair-Mädchen unter dem Vorwand, es trösten zu wollen, beim nächsten Spaziergang im Jardin du Luxembourg brüderlich in die Arme nahm. Die Umarmung tat unendlich gut, wir wiederholten die Tröstung einige Male, und mein Lebensarrangement schien wieder im Lot. So lange jedenfalls, bis ich den Anblick des Gesichtes in meinen brüderlichen Armen nicht mehr ertragen konnte, denn es war das falsche. Ich beendete die Affäre, bevor sie richtig begonnen hatte, versuchte es mit andern liebenswürdigen Mädchen und floh jedesmal, wenn sie begannen, ernsthaft Interesse für mich zu zeigen.

Dann begann ich Briefe an Clara zu schreiben, in denen ich mich erklärte und in den Erklärungen die Gründe wiederholte, die eine Trennung notwendig gemacht hätten, aber ich schickte die Briefe nicht ab. Bei alledem bewahrte ich den Tag durch mit großer Anstrengung meinen Status als Star der Uni und der Kirche, was mich mehr und mehr ermüdete.

Weihnachten kam, und ich fürchtete eine Katastrophe, denn ich wusste, dass ich meine Gefühle an Weihnachten noch nie hatte unter Kontrolle halten können. Im Elternhaus war das jeweils höchstens peinlich gewesen, aber in Paris würde ein Kontrollverlust mein Leben sozusagen bedrohen. Nach Hause fahren wollte ich nicht, obwohl Müeti bestimmt auf mich hoffte, und vielleicht wollte ich gerade deshalb nicht, aber die Sehnsucht nach Nähe wuchs zu einer gewaltigen Welle an, die mich schließlich wegtrug: Ich wollte nur noch eins, zu ihr, zu Clara. Eine gleichzeitige, fürchterliche Angst, dem Willen Gottes entgegenzuhandeln und seinen Zorn auf mich zu ziehen, hielt mich aber davon ab, auf der Stelle zum Zug zu rennen und zu ihr zu fahren. Also setzte ich mich hin und begann einen neuen Brief an Clara. Im Brief konnte ich ihr gedanklich nahe sein, immerhin. Er half mir, auch wenn ich ihn anschließend wie die andern in mein Tagebuch steckte, anstatt ihn abzuschicken.

»Liebste Clara. Verzeih mir, dass ich schon wieder komme. Verzeih mir überhaupt. Doch doch, ich bin sicher, die Trennung war notwendig. Ob Du Dir noch Hoffnungen machst? Ich bin ein widersprüchlicher Esel, ich sehne mich nach Dir. Heute ist Weihnachtsabend, und ich weiss, dass ich Dich liebe. Ich weiss es ein bisschen spät, nicht wahr. Weisst Du noch, in jener Telefonkabine, als die ganze Zukunft vor uns ausgebreitet war? Was da alles aufstieg in Gedanken... Weisst Du was, ich gehe zu Marc, meinem Kollegen, der ein Telefon hat, und rufe meine Schwester Ruth an, Deine alte Freundin, die Dich damals, als alles begonnen hat, in unser Haus geschleppt hat, die weiss, wie es Dir geht. Ich nehme die Schlittschuhe mit zu Marc, dann kann ich Schlittschuhlaufen gehen, wenn es nicht klappt mit dem Telefon oder ich vielleicht von meiner Schwester erfahre, dass Du mich auf keinen Fall mehr sehen willst. Oder ich nehme die Schlittschuhe mit zu Dir.«

Ich fuhr zu Marc und telefonierte. Meine Schwester sagte: »Es geht Clara gut, ich habe eben mit ihr gesprochen, und schöne Weihnachten noch.« Ich sagte nichts mehr und ging, so schnell ich konnte, auf die Straße hinaus. Wohin jetzt? Schnell zum Bahnhof. Ich will zu ihr. Ich blättere dicke Fahrpläne durch, in denen ich lese, dass es zu spät ist, um noch in die Schweiz zu gelangen. Also zurück in meine Kammer, wo ich ein Bild aufhänge vom Tessin, denn das Tessin erinnert mich an Clara. Jetzt zu Marc, der mich vorhin zu einer kleinen Weihnachtsfeier eingeladen hat, als ich mit meiner Schwester telefonierte. Mitten im Feiern ruft mich Ruth ihrerseits an, sie wolle mir noch Gottes Segen für alles wünschen, und sie habe mir gar nicht alles gesagt. Clara wolle auch ins Ausland gehen, es gehe ihr übrigens wirklich gut, ich könne es ruhig glauben, und wie es eigentlich mir selber gehe, das hätte sie beim ersten Anruf zu fragen vergessen.

Ich kann nicht mehr sprechen, denn ich kann es einfach nicht glauben, dass es ihr, Clara, ohne mich gut gehe. Ich habe gehofft, es gehe ihr schlecht, sie verlange nach mir, und das liefere mir einen Grund, zu ihr zu rasen. Nichts von alledem ist wahr, sie kommt ohne mich zurecht. Meine Träume haben mich belogen: Clara ist gar nicht traurig, sondern offenbar froh, mich los zu sein. Die Weihnachtsfeier ist ziemlich lustig, zu lustig für mich. Trotzdem bleibe ich bis zum Schluss. Marguerite hat meine Traurigkeit bemerkt, hält sie für Weihnachtsmelancholie und setzt zum Trösten an, als wir zusammen zur Metrostation gehen. Ich versichere ihr, dass ich nicht getröstet sein möchte, ich könne ihr den Grund dafür leider nicht sagen. Marguerite ist vom Land und wäre eigentlich gerne über Weihnachten nach Hause zu ihren Eltern gefahren, sagt sie. Aber die Eltern haben immer Krach. Wir haben uns bei Marc zum ersten Mal gesehen und an der Metrostation zum letzten Mal. Marguerite war klein, blond und zierlich. Viel zu nahe an Clara. Das war es, was ich ihr nicht sagen konnte.

Dann fuhr ich mit der Metro zu meiner Kammer zurück. Die Schlittschuhe lagen auf dem Boden. Ich betrachtete sie. Ich hatte sie im Winter zuvor gekauft, als Clara, eine begnadete Läuferin, mir Schlittschuhlaufen beigebracht hatte. Warum hatte ich sie überhaupt nach Paris mitgenommen? Diese blöden Schlittschuhe.

Nach Weihnachten stürzte ich mich mit doppelter Anstrengung in die Arbeit, machte mein Diplom, reiste den Sommer durch im Land herum und begann im Herbst in Bern ein Studium. Das Lehrerseminar war kein Thema mehr, aber ich studierte auch nicht Französisch, wie meine Mutter vorgeschlagen hatte, sondern Geschichte und Englisch. Das war mir am Tag der Einschreibung eingefallen.

Ein Jahr nach der Pariser Weihnacht kam ich eben aus einer Vorlesung, als mir plötzlich einfiel, ich könnte Clara anrufen. Ohne weiteres Überlegen betrat ich die nächste Telefonzelle und wählte die Nummer, die ich immer noch in den Fingern hatte. Claras Mutter hob ab und teilte mir mit, Clara sei eben auf Besuch, ob ich mit ihr

sprechen wolle. Ja, krächzte ich, und mit einem Schlag war das wildeste Herzklopfen in mir. Es raschelte, und ich hörte Claras Stimme.
»Bernhard?«
»Clara, können wir uns sehen?«
»Vielleicht, aber ich weiß nicht, Bernhard, ob wir wirklich ...«
»Warum nicht?«
Pause.
»Ich bin mit meinem Verlobten aus Italien zu Besuch bei meiner Mutter.«
Mir wurde schwarz vor Augen. Meine Knie versagten.
»Bist du noch da?«, drang Claras Stimme nach einer Weile an mein Ohr. »Vielleicht willst du ihn kennenlernen?«
»Ich komme«, würgte ich heraus und hängte auf. Ich verließ die Telefonzelle, warf meine Bücher in die nächstbeste Garderobe und schwang mich, statt in die nächste Vorlesung zu gehen, auf mein Motorrad und verließ Bern Richtung Clara. Ich fuhr hin wie in Trance, aber das machte nichts. Den Weg kannte ich ja auswendig.

Sie kamen beide zusammen an die Türe, an der ich wohlanständig geklingelt hatte, Clara und ihr italienischer Verlobter, ein stattlicher Herr mit schwarzer Brille und einem harmlosen Gesicht, das mir eher zu einem Deutschschweizer Steuerbeamten zu passen schien als zu einem italienischen Liebhaber. Er stand dicht hinter Clara in der Wohnung, die ich bis ins letzte Detail kannte. Clara selber stand unter der Tür, und da fiel mein Blick auf ihren runden Bauch. Ohne ein Wort gesagt zu haben, nicht mal eine Begrüßung, auch ohne eine Begrüßung abzuwarten, drehte mich auf der Stelle um und rannte davon. Ich sprang auf mein Motorrad und raste wie von Sinnen ohne Ziel in den anbrechenden Abend hinein.

Irgendwann geriet ich auf einen Feldweg und hielt an. Entsetzt starrte ich durch die Helmscheibe. Massen von verlassenen Telefonkabinen flogen vorbei, die Hörer hingen herunter, aus denen die Stimme der Berner Frauenärztin dröhnte, die Clara und ich in unserer Not aufgesucht hatten: »Es ist keine Schwangerschaft, freuen Sie sich? Hallo, freuen Sie sich, freuen Sie sich?« Dann wurde mir schwarz vor den Augen, zum zweiten Mal an diesem Tag, und ich kippte vom Motorrad ins Gras.

Es war dunkel, als mich der Schmerz des halb auf mir liegenden Motorrades weckte. Ich kroch hervor, kam mühsam auf die Beine, setzte mich auf den Sattel und verharrte lange so, so lange, bis der Schmerz in meinen Gliedern etwas abgeebbt war. Clara bekam von einem anderen ein Kind. Erst jetzt drang die Endgültigkeit unserer Trennung voll in mein Bewusstsein, und erst jetzt gab ich die Anstrengung auf, keinen Schmerz darüber zuzulassen. Ich schmiegte mich an meine Maschine und weinte endlich.

11

Nach Paris war ich wieder im Pfarrhaus Bottigen eingezogen, von wo aus ich nach Bern an die Uni pendelte. Es würde nur für ein paar Monate sein. Vater stand kurz vor der Pensionierung, und wir würden das Haus, das schließlich ein Dienstsitz war, verlassen müssen, um dem nächsten Pfarrer Platz zu machen. Als meines Vaters Pfarrzeit dann tatsächlich zu ihrem Ende kam, zogen die Eltern in ein kleines Dorf im Südjura um, wo sie ein bequemes, kleines Haus entdeckt und zum Ort ihres Lebensabends erkoren hatten, genügend weit weg, um den neuen Pfarrersleuten von Bottigen nicht in die Quere zu kommen, aber genügend nahe, um für Kinder, Enkel, Verwandte und Bekannte erreichbar zu sein.

Ich folgte ihnen nicht in den Südjura, wollte auch nicht nach Bern ziehen, sondern in Bottigen bleiben, um dem Reformierten Jugendbund zur Verfügung zu stehen, dem ich nach meiner Pariser Zeit wieder beigetreten war, und zwar gleich als Leiter. Zu meiner großen Begeisterung erteilte mir die Kirchgemeindebehörde die Erlaubnis, so lange allein, mutterseelenallein im Pfarrhaus zu bleiben, bis die neuen Pfarrersleute gefunden sein würden; nachher würde ich weitersehen.

Sechs Monate dauerte diese herrliche Zeit des Alleinseins im riesigen Bottiger Pfarrhaus. Ich, der ich als letzter in der Familie und in diesem Haus aufgetaucht war, würde die Schlüssel abgeben. Niemand beobachtete mich, keine Geschwister kamen mir in die Quere, keine Mutter wankte aus dem Schlafzimmer in die Küche, wenn ich spätnachts nach meiner Rückkehr am gleichen, ewigen Familienküchentisch, den sie mir überlassen hatten, Brot und Wein genoss, richtigen Wein, wohlverstanden, nicht den sogenannten Abendmahlswein, der in Wirklichkeit reiner Traubensaft war, den man jedoch aus theologisch-liturgischen Gründen Wein zu nennen hatte. So wie diese kamen mir täglich Erinnerungen an meine hier verbrachte Kindheit entgegen, auch wenn alle andern Räume leer waren, bis auf mein Zimmer unter dem Dach, das ich überglücklich von Köbi geerbt hatte, als ich fünfzehn geworden war.

Keinen Tag lang fühlte ich mich einsam. Es war gerade die Leere des Hauses, die meinen Erinnerungen reichen Raum gab. Ich durchwanderte das Haus von oben bis unten, wieder und wieder. In Räumen, in denen ich mich wenig aufgehalten hatte, verweilte ich besonders lange, um mir vorstellen zu können, was wohl darin vorgegangen war, so zum Beispiel im Studierzimmer meines Vaters. Ab und zu hatte ich mich als Kind furchterfüllt und von Neugier zerfressen hineingeschlichen, wenn er nicht zu Hause war, und war mir vorgekommen wie auf einem fremden Planeten. Jetzt war der Raum kahl, und ich stellte mir meinen Vater beim Predigtschreiben vor, beim Empfang von Tauf- oder Konfirmationseltern, von Brautpaaren und Trauernden, im Gespräch mit Bittstellern, im Streit mit Kirchenpflegemitgliedern.

Aber so sehr ich mir Mühe gab, so wenig konnte ich aus der Erinnerung an meinen Vater mehr herausholen als den Bewohner des fremden Planeten. Der Vater blieb mir ebenso ungreifbar wie der Planet selbst. Die Furcht meiner Kindheit kroch in mir, dem erwachsenen Studenten, empor, je länger ich im Raum stand, und ich floh aus dem Studierzimmer.

Jetzt ging es vom Untergeschoss die Treppe hinauf, von der ich die Legende gehört hatte, dass mein Vater, der ehrwürdige Pfarrherr zu Bottigen, sie in früheren, jugendlich-übermütigen Amtsjahren bisweilen mutwillig sitzenderweise hinuntergesaust sei, wobei er laut gesungen haben soll.

Im langgestreckten Zimmer neben der Eingangstüre sah ich Ruth, die Vermittlerin zu Clara, am Fenster sitzen und Briefe an Freundinnen schreiben und dann an ihren Verlobten, von dem sie mir als Gegenleistung zu meinem Vertrauen in den Clara-Angelegenheiten einige Details anvertraut hatte. Mich, den Gväterlischüler, hatte sie oft anstelle der anderweitig beschäftigten Mutter am Morgen gekämmt, und die Erinnerung an Ruth fühlte sich sanft an.

Dann betrat ich das ehemalige Zimmer von Susanne. Ich sah sie über die Geigensaiten streichen, so kraftvoll, dass mir, dem Kind, das auf der Buche oben mithörte, wenn das Fenster offenstand, der Ton die Eingeweide zerschnitt. Susanne, die mit ihren schrillen Einwürfen jede Harmonie an unserm Mittagstisch zu brechen in der Lage gewesen war, Susanne, die so die Gespräche weiter vorwärtsgetrieben hatte als alle andern, Susanne, die mich aus der Beziehung mit Clara nach Paris herausgehievt hatte. Sie kam eines Tages während dieser sechs Monate vorbei und erzählte mir, was sie als ganz kleines Mädchen einst an der Türe des elterlichen Schafzimmers erlauscht hatte.

»Mir ist Susanne manchmal einfach zu viel«, sagte mein Vater. »Sie ist so wild.«

»Aber Gott hat sie uns geschenkt«, entgegnete Müeti.

»Sie müsste aber nicht so wild sein. Und jetzt haben wir noch den Bernhard bekommen.«

»Auch er ist ein Geschenk Gottes. Ein Besonderes sogar, nach acht Jahren und dem verlorenen ... Und wir haben doch jedes Kind aus der Hand von Gott dankbar empfangen!«

»Schon. Aber mir sind sie manchmal einfach zu viel«, wiederholte mein Vater. »Vielleicht könnten sie ein wenig in die Ferien gehen. Was meinst, wollen wir Götti und Gotte fragen?«

»Wir haben doch die Gewissheit geschenkt bekommen innerlich, dass es jetzt abgeschlossen ist mit den Kindern«, sagte unsere Mutter.

»Ich sehe nicht klar durch«, sagte unser Vater.
Da habe sie, Susanne, sich weggeschlichen zu mir, mich aus der Wiege gehoben, sei mit mir in den Garten ins tiefste Gebüsch gegangen und habe ein Gebet gemacht: »Lieber Gott da oben, wenn du mich und meinen kleinen Bruder schon gemacht hast, warum sind wir unserem Vater dann zu viel? Lieber Gott, wenn er mich dann aus dem Hause wirft, weil ich zu wild bin, und meinen kleinen Bruder auch, weil er auch noch auf die Welt gekommen ist, dann mach meine Beine ganz stark, dass sie schnell davonrennen können, und meine Arme auch stark, damit ich meinen Bruder tragen kann.«
Dann sei sie zurück ins Haus gegangen, habe mich, der ich die ganze Zeit geschlafen habe, in die Wiege zurückgelegt und von diesem Tag an nie mehr eine Frage an unseren Vater gerichtet, ja, ihm auch nie mehr etwas erzählt und ihn möglichst gar nicht mehr angeschaut, aus Angst, zu wild zu sein für ihn und fortrennen zu müssen. Aber sie habe gelernt, alle Knaben ihrer Schulklasse zu verprügeln.
»Schade, dass du so viel älter warst und mich nicht mehr beschützen konntest, als ich in die Schule kam. Ich habe niemanden verprügeln gelernt«, sagte ich. Susanne und ich hatten uns während ihrer Erzählung auf den Boden vor dem ehemaligen elterlichen Schlafzimmer gesetzt. Jetzt erhoben wir uns.
»Ich gehe hinein«, sagte ich.
Sie trat hinter mir über die Schwelle des Schafzimmers unserer Eltern. Wie auf Knopfdruck war alles wieder da: Ich empfand die Wärme des Elternbettes, in das ich an manchen Morgen gekrochen war, zwischen Vater und Mutter hinein. Ich spürte Mutters Schläge auf meinem Hintern brennen, wenn ich eine Übertretung begangen hatte und der Straftarif »Tätsch« zur Anwendung kam, der darin bestand, dass ich die Hosen herunterzulassen, mich auf ihre Knie zu legen und das »Tätsch-Tätsch« zu ertragen hatte, dem ein Gebet auf dem Bettrand sitzend folgte und die erlösende Gewissheit, dass alles, alles wieder gut war. Typische »Tätsch«-Vergehen waren Lügen, Fluchen und Ungehorsam in schweren Fällen. Auch aus dem Schlafzimmer war alles weggeräumt, und in die Stille hinein, in der meine

Schwester Susanne und ich standen, bemerkte ich: »Die Nähmaschine stand dort drüben.«

»Hinaus mit uns«, sagte Susanne.

Später betrat ich auch das Kinderzimmer, das an die Gute Stube angrenzte. Ich hatte diesen Raum vor meinem Umzug ins Zimmer meines Bruders eine Zeit lang mit Sarah teilen müssen, der Meister-Schluchzerin der Familie, und oft verlegen ihrem nächtlichen Wehklagen vor Gott über das Elend gelauscht, dass sie einfach keinen Freund finden könne. Sarah, die ich als boshaft empfunden hatte und die in der Zwischenzeit eine bekannte Schauspielerin geworden war. Sarah hatte man einen sogenannten rechten Beruf zu lernen geheißen, bevor sie ihrer Begabung und Berufung folgen konnte, obwohl sie schon mit zwölf Jahren so gut Gedichte rezitiert hatte, dass sie mit Vereinsauftritten ein beachtliches Taschengeld zusammengebracht hatte.

Christian, der zu Depressionen neigende Bruder, der mein Frauentraumbild weggeheiratet hatte, war hingegen leicht zu orten, und zwar in seiner Dachkammer, die bis in den letzten Winkel mit Christian aufgefüllt schien, obwohl auch sie leergeräumt war. Christians traurige Lieblichkeit erfasste mich, als ich am Fenster stand, von wo aus wir die Papierflieger in die Luft hinausgestoßen hatten, die er mir am Pult neben diesem Fenster unendlich geduldig, kompliziert und systematisch zu falten beigebracht hatte, so dass ich noch Jahrzehnte später jederzeit mit verbundenen Augen Papierflieger falten kann.

Christian muss ebensolche Freude über die Kostbarkeit des Augenblicks gehabt haben wie ich, denn er wurde übermütig und begann, mit mir zusammen massenhaft Papierflieger aus seinem Fenster in den Garten hinuntersegeln zu lassen. Teilweise flogen sie bis in die Kuhweide des Bauern Zbinden hinaus, und einer landete tatsächlich auf einem Kuhrücken. Wir lachten Tränen über die Versuche dieser Kuh, den Papierflieger von ihrem Rücken hinunterzubekommen. Allerdings bemerkte ich beim Nachtessen staunend, dass Müeti Köbi ermahnte, er solle seine Papierfliegerunordnung im Garten wieder aufräumen und sich beim Bauern Zbinden entschuldigen gehen, dass er dessen Kühe mit Papierfliegern durcheinandergebracht habe. Köbi hatte schon den Mund offen und die Fäuste geballt, um loszubrüllen vor Wut, als sich Christian dazwischenwarf und sagte: »Ich war das, nicht der Köbi, und ich bitte um Vergebung für die Unordnung, ich werde alles aufräumen und auch zu Zbinden gehen wegen der Kühe, und ich werde es nie wieder tun.« Von mir sagte er nichts, aber ich meldete mich selber und sagte mit ganz dünner Stimme: »Aber die Kuh hat doch gelacht, Ehrenwort, das hat sie.« Da lachte Köbi wie alle andern am Tisch laut auf und rief: »Der brave Chrigu und unser Kleiner, aha, da sieht man es einmal, wie schnell auch die Brävsten zu Verbrechern werden können.« Mutter kniff die Lippen ganz fest zusammen und sagte: »Also, seid so gut und räumt wieder auf, gelt Christian, es muss alles seine Ordnung haben.« – Ich half Christian beim Einsammeln der Papierflieger im Garten draußen, und auch zu Bauer Zbinden ging ich mit. Als wir an dessen Türe unsere Entschuldigung stammelten, da grinste der mächtige Zbinden übers ganze Gesicht, schlug mit seiner Pranke auf Christians Schulter, dass er glatt in die Knie ging, und rief: »Schon gut, da haben meine Kühe schon Schlimmeres erlebt, guten Abend!«, und schloss die Türe vor unserer Nase wieder. Wir marschierten nach Hause, der Große und der Kleine.

An Köbi brauchte ich mich nicht weiter zu erinnern. Ich hatte schließlich sein Zimmer und damit ein Stück von jener Freiheitsluft übernommen, die mir als Kind so begehrenswert und gleichzeitig so höllisch riskant erschienen war. Das Risiko hielt sich jetzt in Grenzen, was sicher damit zu tun hatte, dass kein Müeti mehr im Haus war, die es mir allein durch ihre gerunzelte Stirn hätte in Erinnerung rufen können. Dieses Müeti, jenes Wesen im Mittelpunkt unseres Hauses, erfreute mich in jenen Monaten täglich und stündlich mit seiner Abwesenheit. Denn so viel war aus dem Urgrund meiner Gefühle in mein Bewusstsein gedrungen: Es war mein gutes Recht, ihr, die mich bei jedem Kontakt unverändert zu bemuttern versuchte, aus dem Wege zu gehen und das ohne Gewissensbisse auch noch gern zu tun. War ich doch inzwischen volljährig.

Einmal erkletterte ich wahrhaftig noch die Buche im Pfarrhausgarten, auf der ich so viele Stunden meiner Kindheit verbracht hatte, und siehe da, ich fand die richtigen Äste wieder, ohne zu zögern. Ich schaute auf meine ganze Kindheit hinab, fühlte mich unendlich frei und fand mich selber stark.

Die Wunden der Beziehung zu Clara hatten zu vernarben begonnen, ich war nach dem Vorgeschmack an der Pariser Universität wiederum fürs Leben gern Student, fühlte mich wohl unter den Mitstudenten und hie und da zu einer Kollegin hingezogen. Mehr nicht. Nach Ablauf der sechs Monate im Pfarrhaus begannen zwei Jahre der Wohngemeinschaft mit Ueli, einem Kollegen aus der Gymizeit, der sich nach der Matura entschlossen hatte, doch noch Bauer zu werden, wie das sein Vater schon immer gewünscht hatte. Sein Lehrbetrieb lag in Bottigen, gleich neben dem Pfarrhaus; der alte Zbinden war sein Lehrmeister, hatte aber auf seinem Hof kein Zimmer frei. So taten wir uns zusammen zu einem Männerhaushalt auf Zeit. Schon begann ich mich etwas an die frauenlose Existenz zu gewöhnen, da sah ich Maya wieder.

12

Es war auf einem Fest der Evangelischen Berner Jugend am Thunersee. Ich stieg eben aus meinem frisch erworbenen orangefarbenen Döschwo, dem 2 CV, den ich nach harten Wochen der Fabrikarbeit während der Semesterferien mit unendlichem Stolz bei einem Gebrauchtwarenhändler abgeholt hatte und seither bei jeder Gelegenheit spazierenführte, so auch bei dieser. Da geriet ein pechschwarzer Haarschopf in mein Blickfeld, über dessen Besitzerin ich nicht lange zu rätseln brauchte. Ich erblickte ihn allerdings von hinten, was einige Künste nötig machte, um herauszubekommen, ob mich die Frau darunter zur Kenntnis nehmen würde. Und ob sie das überhaupt wollte. Herausfinden musste ich das, aus Prinzip. Ich versuchte es schließlich auch sonst bei jeder, und ich sah keinen einzigen Grund, bei meiner ehemaligen Freundin, die mich nach zwei Jahren jugendlicher Freundschaft so schnöde von sich gestoßen und damit tief gedemütigt hatte, es nicht ebenfalls zu versuchen. Geradezu deswegen zu versuchen. Würde sie mich überhaupt ansehen, würde sie gar Worte mit mir wechseln?

Endlich hatte ich mich so platziert, dass sie nicht anders konnte, als mich zu erblicken. Wir bewegten uns wie die Protagonisten des letzten Duells in einem Westernfilm, rückwärts, mit langsamen Schritten, im entscheidenden Moment ruckartig zueinander gedreht, aufeinander zu statt voneinander weg. Wir müssen uns im gleichen Augenblick einander zugedreht haben. Dieser unergründliche Blick. Sie war wahrhaftig zu einer Schönheit geworden. Keine Spur mehr von Rundlichkeit. Ich war geblendet.

»Tschau, Maya.«

»Tschau, Berni.«

Das war es vorerst. Es gab kein Mündungsfeuer und keine Entscheidung. Wir gingen nach dem Gruß sofort wieder auseinander wie locker miteinander bekannte Kollegen, die sich halt so grüßen, und bewegten uns mit unseren jeweiligen Bekannten durch das Fest. Sicher, ab und zu trafen sich unsere Blicke, aber erst, als das Fest zu Ende war und alle wegfuhren, kam es zum richtigen Show-Down. Maya stellte sich schlicht und einfach neben meinen orangen Döschwo und wartete, bis ich auftauchte. Da stand sie, die Handtasche an den Bauch gepresst. Ich konnte nicht einsteigen, weil sie mir im Wege stand. Ich musste sie also ansprechen. Aber ich brachte kein Wort heraus und schaute sie so lange an, bis sie es war, die den Mund öffnete.

»Wohin fährst du?«, fragte sie.

»Nach Bottigen«, gab ich zur Antwort.

»Wohnst du immer noch dort?«

»Ja. Willst du mitfahren?«

»Hmmm, gerne. Ich gehe zu meinen Eltern heute Abend.«

»Gut, steig ein. Es ist halt kein Mercedes.«

Das war eine Lüge. Ein Mercedes war es zuallermindest für mich, und durch die Gegenwart von Maya wuchs der Mercedes zum Rolls-

Royce. Sie stieg ein, und ich wusste sofort, was das zu bedeuten hatte: Sie wollte mich wieder, was jedes weitere Nachdenken für mich überflüssig machte. Wenn sie mich wieder wollte, wollte ich sie auch wieder. Ja, so einfach war es. Es wurde sogar kinderleicht, durch die Tatsache, dass Maya ein so begehrenswertes Äußeres gewonnen hatte, wie ich es nie für möglich gehalten hätte. Ich lud sie an diesem Abend vor ihrem Elternhaus ab, so wie ich sie viele Male mit dem Velo nach Hause gebracht hatte.

»Kontrolliert dein Vater immer noch, ob du zur Zeit im Hause bist?«, fragte ich.

Sie lachte. »Ich bin erwachsen.«

»Sehen wir uns wieder?«

»Ja, warum nicht.«

Wir sahen uns wieder. Und wieder und wieder. Reden taten wir nicht viel. Wir konnten uns zwar die Jahre erzählen, die durch die Wiederbegegnung zu Zwischenjahren unserer Beziehung geworden waren, aber ich erzählte ihr nicht alles. Sie hatte nichts zu verbergen und führte mich in die Welt des Kindergartens ein, in der sie zu Hause war. Sonst aber hatten wir im Grunde genommen wenig Gesprächsstoff. Ich hatte kein überwältigendes Interesse für die Welt jener Art Kindererziehung, in der sie sich bewegte, und meine verschiedenen Karls – der Große, der Kühne, der Kahle und der Weise – sagten ihr gar nichts. Aber wir bemühten uns um Interesse füreinander. Wir sprachen von Lebenszielen, vom christlichen Glauben, von diesem und jenem und lauerten auf die erste intensivere Berührung zwischen uns, für die keiner von beiden die Verantwortung übernehmen wollte.

Auf einer Wanderung im Jura küssten wir uns dann. Wir näherten die Köpfe in genau gleich kleinen und genau gleich langsamen Bewegungen einander an und trafen uns genau in der Mitte des Rastplatztisches, an dem wir einander gegenübersaßen. Es war eine wahrhaft magische Berührung, denn augenblicklich empfand ich das große Bedürfnis, mit Maya zu meinen Eltern zu fahren. Dass ich Müeti sonst aus dem Wege ging, war kein Grund, in so lebenswichtigen

Fragen wie einer Frauenbeziehung mein Seelenwohl mit dem ihren nicht in Übereinstimmung zu bringen. Das erste Mal hatte ich das versucht mit Hilfe des vermeintlichen Kindes von Clara, und ich hatte die Übereinstimmung mit der Mutterseele auch gefunden, aber Clara war draußen geblieben. Jetzt hingegen waren die Verhältnisse erfolgversprechender, indem ich eine sichtbare und aller Voraussicht nach sofort akzeptierte Frau und wahrscheinliche zukünftige Mutter meines Kindes mitbrachte und nicht nur ein noch nicht sichtbares Kind. Ich ahnte, dass Maya Platz im Herzen meiner Eltern finden würde und ich den Eltern eine große Freude machte, wenn ich mit Maya zu ihnen kam.

Ich trug Maya meinen Vorschlag vor, und sie fand ihn gut. Wir fuhren vom Rastplatz direkt ins malerische Dorf hinunter, in dem meine Eltern wohnten, stellten das Auto vor dem Haus ab und gingen die Treppenstufen zum Hauseingang empor. Die Türe öffnete sich, bevor wir oben waren. Sie hatten wohl durch das Küchenfenster nach uns Ausschau gehalten und uns kommen sehen. Müeti und Vater drängten sich gleichzeitig durch die Türe auf den Vorplatz, und alles war so, wie ich es vermutet hatte. Müeti öffnete die starken Arme und drückte Maya unter Freudentränen an ihre Brust, während Vater eins übers andere Mal ausrief: »Nein, das ist doch nicht möglich, es kommt doch noch alles gut, es kommt alles gut!«

Was kommt gut?, überlegte ich, sagte aber nichts.

»Willkommen, liebe Maya! Neiaberou, so schön ist diese Überraschung, jetzt ist doch alles noch gut gekommen!«

Jetzt begriff ich. Für meine Eltern waren Maya und ich durch die bloße Tatsache, dass wir zusammen bei ihnen auftauchten, so gut wie verheiratet. Kaum drei Wochen waren vergangen seit dem Fest, auf dem wir uns wiedergesehen hatten, aber für meine Eltern hatte es, stellte sich beim anschließenden Gespräch in der Stube heraus, nie etwas anderes als Zwischenjahre gegeben. Sie hatten, so sprach jede ihrer Bewegungen, ihr Leuchten in den Augen und der Ton jedes ihrer Worte, auf Maya gehofft und gewartet. Sie hatten, so vermutete ich, mit der ganzen Kraft ihrer Seele den Herrn Jesus darum gebeten, mir die rechte Frau zu schenken, und jetzt hatte der Herr Jesus sie erhört. Wir saßen in ihrer Stube, und wir würden heiraten. Nicht dass jemand in der Stube das ausgesprochen hätte. Das war unnötig, weil durch die Umstände klar genug. Und ich? Ich erhob keinen Einspruch gegen die unausgesprochene, aber mit Händen zu greifende Annahme, dass wir heiraten würden. Weder fragte ich bei meinen Eltern nach, was denn der genaue Grund ihrer überschäumenden Freude wäre, noch rief ich: »Halt, es ist noch nichts entschieden!« Ich machte Anstandskonversation und dachte lediglich: Es wird schon alles seine Richtigkeit haben.

Auf einmal verlief das Gespräch Lichtjahre entfernt von mir, obwohl ich daran teilnahm. Die Stube selber kam auf mich zu und weckte Erinnerungen. An einem Kaffeetischchen saßen wir, aber nicht mehr an einem runden. Meine Eltern hatten sich auf den Lebensabend ein neues, viereckiges geleistet, ein etwas kleineres, aber im Gegensatz zum alten äußerst robustes Tischchen. Kaffee trank inzwischen auch ich, in großen Mengen, dabei war der Geruch von Kaffee für mich bis zu meinem Weggang nach Paris fremd und nie begehrenswert gewesen. Kaffeegeruch war der Geruch dieser besonderen Art von Erwachsenen-Sonntagnachmittagen gewesen, an denen die Großen, und groß war, wer Kaffee einnahm, endlos um das runde Wackel-Kaffee-Tischchen gesessen hatten und, in scharfem Gegensatz zu den belebten Auseinandersetzungen am Mittagstisch, sich plötzlich derart um Höflichkeit bemühten, dass ich, der ich in der entferntesten Stubenecke allein mit meinen Legosteinen spielte, sobald ich wie ein Hund buchstäblich auf allen Vieren in die Runde eindringend meine Tom-Güetsi endlich gefasst hatte, ein Gefühl von äußerster Peinlichkeit empfand. Der Kaffee-Tisch hatte ein Ort der Harmonie zu sein, wohl als eine Art gesellschaftlicher Nachtisch voller zwischenmenschlicher Süßheit, als Beweis vor den Gästen und sich selber, dass man im Grunde genommen gediegen, nett und höflich war. Nie schämte ich mich mehr für meine Familie als bei diesen rituellen Kaffeerunden, aber vielleicht schämte ich mich ja bloß für das runde, geflochtene Kaffeetischchen, das so wackelig war, dass man es nicht einmal mit den Fingerspitzen berühren durfte, weil sonst die sorgsam arrangierten, sich knapp berührenden Tässchen gefährlich zu klirren anfingen, und dieses Klirren war das Letzte, was meine Eltern an einem Sonntagnachmittag zu dulden bereit waren. Es versetzte sie in Panik, als ob allein schon das Klirren der Tässchen das sorgfältig inszenierte Nach-Tisch-Ritual seiner erhofften Wirkung hätte berauben können. Vielleicht schämte ich mich auch nicht für das ganze Tischchen, sondern bloß für seine schwachen Füßchen, diese dünnen, schwarz lackierten Eisenstängelchen, die wie Spinnenbeine in die Stube hinausragten.

Man konnte, war die Stubenrunde einmal aufgehoben, die ganze korbartig geflochtene Oberfläche des Tischchens aus dem dünnen Eisengestell herausheben und samt Tassen in die Küche zum Abwasch tragen, aber auch nur, wenn die Eltern das nicht mitbekamen, denn dabei war ein einziges Klirren in der Luft; ohne Fläche stand bloß noch die nackte, dünne Spinne da in ihrer ganzen peinlichen Erbärmlichkeit, erbärmlich wie gestrickte Strumpfhosen für einen Jungen, der damit zur Schule gehen muss und sich ihrer einen warmen Frühling lang schämt, erbärmlich wie der Döschwo eines Vaters, dessen sich ein automarkenbewusster Junge eine Kindheit lang schämt, und erbärmlich wie ein jüngster Pfarrerssohn selbst, der sich andauernd seiner selber schämt.

Niemand am Kaffeetisch traute sich, das Zeichen zum Aufbruch zu geben, aus Angst, vor den immer anwesenden Gästen unhöflich zu erscheinen, und da kam der kleine Junge, das war ich, oder ein ungeduldiges Mädchen, das war meine Schwester Susanne, jene, die den Bund des Überlebens mit mir geschlossen hatte, sehr gelegen, deren quengelige Frage nach Wann-gehen-wir-endlich-ins-Freie zu kleinen Komödien führte, indem die Großen so taten, als wären sie eben erst dadurch auf die Idee gekommen, man könne angesichts des schönen Wetters ja tatsächlich noch einen Gang ins Freie erwägen, aber man wolle natürlich nicht drängeln, sei doch das Gespräch eben erst in ein außerordentlich interessantes Stadium getreten, und der Gast sei oder die Gäste seien herzlich eingeladen, sich dem Familienspaziergang anzuschließen, was diese aber niemals annahmen, außer, es handelte sich um ledige Tanten oder sehr, sehr wichtige Missionare, die mit ihrer gigantischen eigenen Wichtigkeit dafür sorgten, dass sich die Hoffnung um Aufmerksamkeit seitens der Großen auch noch im Freien zerschlug.

Das alles fuhr mir durch den Kopf, während Maya und ich am neuen, stabilen, viereckigen Kaffeetischchen meiner begeisterten Eltern saßen, und wir genossen die Aufmerksamkeit der ganzen Welt. Die Welt war stolz auf uns und das stabile Kaffeetischchen, auf dem nie mehr eine Tasse klirren würde. Ich spürte, wie endgültig ich in der Runde der Großen, der Kaffeetrinker, aufgenommen war; nie mehr würde ich auf allen Vieren in die Runde kriechen müssen, auf Güetsi oder frische Luft hoffend. Wir alle waren erwachsen, nett, gediegen, höflich und voller Freude im Angesicht Gottes und der Ereignisse.

Aber ausgerechnet in diesem heiligen Augenblick, in dieser süßen, lieblichen Kaffee-Atmosphäre mit den Bergen von selbstgebackenen Güetsi, von denen Maya und ich unter scharfer Beobachtung von Müeti so viele in uns hineinfraßen, wie wir ertragen konnten, füllte sich mein Bauch wieder mit schweren Steinen, und ich schämte mich dafür vor Müeti, die doch gar nichts davon wissen konnte, aber vorsichtshalber aß ich noch einige Güetsi mehr, als ich eigentlich ertragen konnte, um nicht den Verdacht von Unzufriedenheit zu erregen, und meinem Verdacht zum Trotz, die Güetsi verwandelten sich möglicherweise auf ihrer Fahrt durch meinen Körper in jene Steine, die mich drückten. Als mich aber der ganze pralle Bauch schmerzte und der scharfe Schmerz im Rhythmus des Herzschlages pochte, hob ich die Tafelrunde in Ermangelung eines quengelnden Kindes, das einen Vorwand zum Aufbruch hätte liefern können, mit der Ausrede dringender Pflichten auf, die ich vergessen und sofort zu erledigen hätte. Noch einmal die gleichen Umarmungen, Glücksbeteuerungen wie am Anfang, dazu jetzt noch Segenswünsche, und dann fuhren wir weg. Meine Eltern standen oben an der Treppe vor dem Haus, bereits etwas vornübergebeugt durch das Alter, und winkten, winkten und winkten mit der einen Hand, das Nastuch in der andern Hand.

Vom Augenblick an, in dem der Döschwo-Motor zu ruckeln begann, waren die Bauchschmerzen wie weggeblasen. Noch auf dem Parkplatz begann sich ein unendliches Wohlbefinden in meinem Körper auszubreiten, vom gleichen Bauch aus, der mich eben noch unendlich geschmerzt hatte, nach unten bis an die Zehen und nach oben bis zur Kopfhaut. Beim Fahren übers Feld packte mich unbändige Lust auf Sex. Wie anstellen? Maya kam dafür ja kaum in Frage, war sie doch, das bewies ihr schicksalhaftes Auftauchen an jenem Fest drei kurze Wochen vorher, eine personifizierte Botschaft Gottes an mich, eine lebende Mitteilung, dass ich bei dieser starken Frau in Gnaden wieder aufgenommen war, vier Jahre nachdem sie mich, Zeichen einer bewundernswerten Autorität, aus der Beziehung entlassen hatte. Eine Botschaft Gottes konnte ich nicht durch schnöden Sex beschmutzen, schon gar nicht, nachdem meine Eltern sie eben zu einem wahren Engel des Herrn geadelt hatten. Ich wusste genau, dass mir Maya schon zu verstehen geben würde, wann was an der Zeit war, und ich fügte mich. Da schob sich ganz leise eine Hand auf meinen Arm. Durch diese einfache Berührung erlitt ich einen Schock der Freude, und es durchrasten mich Schauer der Wollust, allein durch diese Berührung in diesem Moment. Mehr brauchte ich gar nicht. Aber ich liess mir rein nichts anmerken, sondern hielt angestrengt das Steuerrad fest und meinen Blick auf die Strasse gerichtet.

Kein Wort sprachen wir über den Besuch bei meinen Eltern, auf der Fahrt nicht, am nächsten Tag nicht, und auch nicht in den folgenden Wochen. Aber wir fuhren auch kaum mehr zu meinen Eltern.

13

Es war keine spontane Beziehung zweier junger Menschen, die sich nun entwickelte, sondern eine Art Verlobungszeit, die absolviert wird, nachdem die Entscheidungen gefallen sind. »Was kann ich eigentlich noch wünschen?«, fragte ich Maya in einem Brief. »Dass dieses Glück nie mehr aufhöre!« Ich wusste, dass ich nichts mehr zu wünschen, sondern glücklich zu sein hatte, und ich war es in aller Konsequenz. Die Beweise, dass ich es zu sein hatte, waren erdrückend: Mayas Wiederauftauchen, Mayas Wiederannahme meiner, die elterliche Adelung ihrer, wozu sich auch noch meine Schwester Ruth fügte, jene, die zwar Clara ins Haus und in mein Leben gebracht hatte, aber in der Zwischenzeit ebenfalls zur rechten Einsicht gekommen war, wie folgende Mitteilung an Maya im gleichen Brief zu erkennen gab: »Ruth sagte mir, sie habe in letzter Zeit viel gebetet, dass dir Gott das Herz auftue.« Und siehe da, Mayas Herz war offen. Mein Glück war unausweichlich, und ich wich ihm auch nicht aus. Immerhin ließ ich mich nicht zu einer Liebeserklärung hinreißen, wo keine Liebe war. »Von Dir geachtet, geliebt zu werden, das ist mein Wunsch und Ziel; auch, dass die Bereicherung gegenseitig und entscheidend sein soll, darf. Lieben könne man das, was man kennt, heisst es. Aufgrund von dem, was ich von Dir weiss bis jetzt, macht es mich froh, mit dir zusammen zu sein.«

Was für ein Start in eine lebenslange Gemeinschaft! Ich, der energiesprühende Student von knapp zweiundzwanzig Jahren, war auf Ehekurs wie ein Eisenbahnwagen, der von einer Lok auf ein endloses Geleise geschoben wird, ich, der Muttersohn und Musterknabe, ließ mich widerspruchslos schieben, sagte nicht etwa, Moment mal, was will ich überhaupt. Ich ließ für mich entscheiden. Mein schlechtes Gewissen über alles, was ich in meinem kurzen Geschlechtsleben schon an Bösem getan hatte, wie für mich unzweifelhaft feststand, seufzte vor Erleichterung über die Absolution, die sich mir in Form des über jeden Verdacht erhabenen Kurses Richtung Ehe mit der über jeden Verdacht erhabenen Maya anerbot. Ich hatte dankbar zu sein und arrangierte mein Leben in einem System der getrennten Welten. In der ersten Welt lebte ich das Studentenleben, in dem ich frei und mit Genuss schaltete und waltete, wie ich wollte. Darin hatten weder meine Eltern noch Maya den geringsten Platz, und die Handhabung dieses Studentenlebens war umso einfacher, als es ja im fernen Bern stattfand. Die zweite Welt bildete der Reformierte Jugendbund, für den ich mich bis auf den Boden meiner Seele engagierte, weil ich Menschen zu Jesus Christus bekehren wollte, ach wie sehr wollte ich das, umso mehr, als es mir einfach nie gelingen wollte. Dieses Leben fand in Bottigen statt. Die dritte Welt wurde von meinem Geschlechtsleben gebildet, das ich durch die Beziehung mit Maya unter Kontrolle glaubte und im Angesicht des lauernden Gottes als moralisch einwandfrei einstufen konnte. »Oh Maya, was für ein wundervoller Mensch Du doch bist!«, rief ich brieflich aus, als ich für drei Monate an der kanadischen Westküste weilte, um nordamerikanisches Englisch an Ort und Stelle zu studieren. »Du bist so rein: in deinem Sehnen, Lieben und Hoffen, in deinem Leiden und Denken und Fühlen. Du gewährst mir Anteil an deinem Innersten. Ich fühle mich so nichtig und gleichzeitig als Prinz. Ich hatte das Recht auf Begegnung, ja auf Liebe zu einer Frau aufgegeben, mich aber weiterhin danach gesehnt. Und jetzt, in Dir, fand ich, wonach ich mich sehnte. Was für eine Gnade, Maya! Gott hat uns einander geschenkt. Niemand auf der Welt kann mit Worten ausdrücken, was Du mir bedeutest!«

Mein Drei-Welten-System hatte einen entscheidenden Nachteil: Es wollte durchaus nicht immer funktionieren. Nicht dass ich mir keine Mühe gegeben hätte. Mindestens den festen Willen dazu hatte ich. Aber irgendetwas spielte mir Streiche. Was sich zum Beispiel in einer nächtlichen Busfahrt irgendwo in den kanadischen Wäldern abspielte, gehorchte dem System in keiner Weise und entsprach in keiner Weise den brieflichen Hymnen, die ich von Kanada aus in die Schweiz schickte. Da saß nämlich eines Nachts, und ich fuhr auf meiner Rundreise meistens nachts, nach einem Halt in einer Kleinstadt einfach so eine entzückende junge Engländerin neben mir im Greyhound. Schon das leise Triumphgefühl, dass sie neben mir und nicht neben den anderen männlichen Einzelreisenden zu sitzen gekommen war, hätte mich mir selber gegenüber argwöhnisch machen müssen. Das war das erste Versagen des Systems, aber es wurde noch schlimmer. Die Begegnung mit der Engländerin verlief umgekehrt proportional zu den Begegnungen mit Maya. Gab es mit Maya keine

Berührungen und bloß Worte, und nicht mal viele, so gab es im Bus absolut keine Worte, sondern bloß Berührungen. Mein System versagte total. Es fiel einfach aus.

Die Engländerin zog ihres Weges, ich zog meines Weges. Das System meldete sich nach und nach zurück. Ich begriff mein Dilemma. Da war das unfassbare Vergnügen, das ich gehabt hatte. Des Teufels, ein solches Vergnügen? Unvorstellbar. Aber ich war ja eigentlich Maya untreu. Aber dann müsste ich mich doch hundeelend fühlen! Keine Spur davon, im Gegenteil, ich fühlte mich einfach herrlich. Hatte ich Maya untreu sein wollen? Nein, eigentlich nicht.

Ich musste einen Ausweg finden, einen Weg, die sich offensichtlich widersprechenden Dinge angesichts meiner baldigen Rückkehr nach Europa wieder unter einen Hut zu bringen. Der Ausweg lautete: Es war objektiv gesehen Untreue, also hast du ein schlechtes Gewissen zu haben. Es war ebenso objektiv gesehen ein großes Vergnügen, also solltest du gelegentlich daran gehen, gezielt-spontan moralisch zu versagen und dieses Vergnügen auch mit Maya zu erleben. Also hatte ich ein schlechtes Gewissen und nahm mir fest vor, mit Maya bei der nächsten Gelegenheit über das Kuss-Stadium hinauszukommen.

Zwei Wochen nach der kanadischen Busfahrt schlossen wir uns auf dem Flughafen Zürich in die Arme, Maya und ich. Es irritierte mich etwas, dass sie sich so anders anfühlte als die Engländerin im Bus.

Wenige Stunden später war es trotzdem soweit. Mein Kanada-Gepäck war schlecht und recht versorgt, ich sprang in den orangefarbenen Döschwo-Rolls-Royce und raste in Rekordzeit nach Biel in die Wohnung, die Maya während jener Zeit mit drei anderen Kindergärtnerinnen teilte. Macht nichts, sagte ich mir, die haben auch ihre Männergeschichten. Es war leichter, viel leichter, als ich befürchtet hatte, zu meinem Ziel zu kommen. Denn es war Maya, die auf mich loskam. Als mein Engel von Gottes Gnaden sich nun auf mich stürzte, wer hätte da wider sie sein können? Auf alle Fälle nicht ich. Ich sank in einen besinnungslosen Triumph und fühlte mich sicher wie in Mutters Schoß.

Die Welt sah anders aus am andern Morgen. Ich traute zunächst meinen Augen nicht, dass sie überhaupt noch da war. Dann traf mich die Erkenntnis wie der Blitz und der Donnerschlag gleichzeitig: Du hast ES getan, wir haben das getan, was nach unumstößlicher göttlich-biblischer Wahrheit, ausgeführt in Dutzenden von christlich-erbauenden Büchern, die ich alle gelesen hatte, allein und ausschließlich der von Gott gestifteten Ehe vorbehalten ist! Du hast es, ihr habt es, himmeldonnernochmal, vorher getan, und genau darum wäre es gegangen: es nicht vorher, sondern erst nachher zu tun! Wir hatten die Nagelprobe christlicher Glaubwürdigkeit in unserer verdorbenen Zeit nicht bestanden! Sicher, ich hatte nach der kanadischen Busfahrt reumütig beschlossen, mit Maya etwas Ähnliches zu erleben... aber doch nicht gleich ES! Ich schaute Maya an und sah, dass ich nichts mehr zu sagen brauchte, stand doch in ihren Augen Wort für Wort dasselbe, was ich eben gedacht hatte. Mein Trost war, dass sie es war, die es zugelassen hatte, und dass ich demzufolge kaum sofort in die Hölle fahren würde, wohin sie mich konsequenterweise hätte begleiten müssen – Maya, diese Heilige, in der Hölle, das war einfach unvorstellbar, das würde Gott gewiss nicht zulassen. Also war ich in zumindest vorläufiger Sicherheit. Was aber war zu tun? Wir fuhren nicht in die Hölle, sondern mit dem ersten größeren Schiff auf den Bielersee hinaus zum Morgenkaffee. Wir schauten uns in die Augen, und ich sprach als erster.

»Jetzt schicken wir unseren Eltern eine Postkarte und schreiben, dass wir verlobt sind«, schlug ich vor. »Das sind wir doch eigentlich jetzt.«

»Eigentlich schon«, meinte Maya. »Die werden staunen. Was schreiben wir genau?«

»Heute haben wir uns verlobt«, schlug ich vor.

»Gut«, meinte Maya.

Das war es schon. Noch auf dem Schiff erstanden wir zwei Postkarten, schrieben neben Kaffeetassen und Gipfeli zweimal den Satz von der erfolgten Verlobung und unterschrieben ihn beide. Zurück in Biel, fuhren wir direkt in ein Schmuckgeschäft. Geld hatten wir keines, aber wir wussten, was zu tun war. Es reichte zu einem schmalen, schlichten Ring aus Weißgold. Schon am späteren Nachmittag würden wir ihn abholen können. Das passte, weil ich sowieso noch nach Bern an die Uni musste. Ich ging hin und harrte aus, auch wenn ich kein Wort mitbekam von den Vorlesungen. Maya und ich trafen uns abends wieder im Schmuckgeschäft in Biel. Sie hatte etwas Geld aufgetrieben, so dass wir das Geschäft mit einem bezahlten Verlobungsring am Finger verlassen konnten. Damit, dessen war ich mir sicher, hatten wir den Gang zur Hölle abgewendet. Und schlecht, nein, schlecht kam mir die Sache eigentlich nicht vor; die Nacht war toll gewesen; Maya mochte ich irgendwie schon, der liebe Gott war uns beiden bekannt und wir ihm irgendwie auch, und irgendwie war ich stolz, eine so musterhafte Lösung gefunden zu haben, welche Gott und Sex, Frau und Gewissen, Abenteuer und Ordnung unter einen Hut brachte. Wie schön: Die Mängel meines Drei-Welten-Systems waren getilgt. Die Lösung hieß Ehe.

14

So segelte ich unausweichlich Richtung Ehe. Mit zunehmender Sicherheit navigierte ich zwischen Vorlesungen, Studientagen mit Kolleginnen und Kollegen, Fabrikarbeit zur Studienfinanzierung, Jugendbundanlässen und Rendezvous hindurch. Gemeinsamer Nenner dieses Lebens, mein Segelschiff sozusagen, war der orangefarbene Döschwo mit seinen neckischen Flügeltüren und der großen Ladefläche, die mir erlaubte, die hintere Sitzbank zu entfernen und stattdessen eine alte Matratze hineinzulegen, wenn ich den Döschwo nicht gerade als vielbewunderten Lastwagen benutzte. Energie hatte ich für vier, gespeist aus einem Optimismus, dessen Herkunft ich nicht näher hinterfragte. Die vierfache Energie war angesichts meines vierfachen Lebens als Student, Jugendleiter, Arbeiter und Verlobter ja auch notwendig. Aber es blieb sogar noch Energie übrig für Extra-Aktionen. Eine davon ging als Jugoslawien-Wette in die Familiengeschichte ein. Maya und Regine, eine von Mayas Wohnungsgenossinnen aus Biel, hatten beschlossen, zur Feier ihres Kindergärtnerinnendiploms für geschlagene zwei Monate Jugoslawien zu bereisen. Eine gewisse Irritation darüber, dass Maya mich, immerhin ihren Verlobten, nicht vorinformiert, geschweige denn gefragt hatte, was ich zu einer solch langen Abwesenheit denn meinen würde – es kam mir durchaus die Angelegenheit ihres Au-pair-Jahres in den Sinn, zu dem sie ebensowenig mein Einverständnis gesucht hatte, aber diesmal war es gravierender, waren wir doch verlobt – wich bald der Einsicht, dass sie ja kraft ihrer Autorität wusste, was richtig war. Sie war und blieb eine Gnadenbotschaft Gottes an mich, der ich darüber Tag und Nacht dankbar war, und es stand mir nicht zu, kritische Fragen zu stellen, was ihr Handeln betraf. Ich verlor kein Wort über meine Gefühle, aber mich einfach so tatenlos zu fügen, hätte mich in meinem Stolz dann doch zu stark getroffen. Ich rettete den Stolz auf meine Art. Sie waren schon vier Wochen in Jugoslawien unterwegs, als ich meine Uni-Zwischenprüfungen bestand und von meinen Eltern mit sagenhaften siebenhundert Franken der Anerkennung beschenkt wurde. Einfach so.

»Damit stöbere ich Maya in Jugoslawien auf«, sagte ich bei der Übergabe anlässlich eines Mittagessens im Jura zu meinen Eltern.

»Wo ist sie denn?«, wollte mein Vater wissen.

»In Jugoslawien!«

»Ja, aber wo in Jugoslawien?«

»Keine Ahnung. Sie ziehen herum, sie und ihre Kollegin.«

»Wie willst du sie denn finden, wenn du keine Ahnung hast?«

»Ich finde sie.«

»Unmöglich!«

»Wollen wir wetten?«

»Ja also, ich weiß nicht ... da ist doch etwas faul.«

»Nein. Ich habe wirklich keine Ahnung, wo sie stecken. Aber ich wette mit euch, sagen wir um zweihundert weitere Franken, dass ich sie finde. Und zwar innerhalb von vierundzwanzig Stunden, vom Wegflug aus Zürich an gerechnet. In vierundzwanzig Stunden bin ich bei Maya in Jugoslawien!«

»Niemals!«

»Gilt die Wette?«

Sie galt. Mit Hilfe meiner Eltern ging ich meine Verlobte suchen, die sich mir entzogen und nach Jugoslawien abgesetzt hatte, ohne mich zu fragen. Das Abenteuer fuhr mir in die Glieder wie ein Stromstoß. Diese Reise war eine würdige weitere Etappe der Autostopptour des Sechzehnjährigen nach Frankreich, des Ausbruchs des Siebzehnjährigen nach Lausanne, der Töfffahrten des Achtzehnjährigen ins Tessin, des Aufenthaltes des Neunzehnjährigen in Paris und der Kanada-Reise.

Zunächst besorgte ich mir einen günstigen Flug gleich für den nächsten Tag. Ich kannte den Reisestil von Maya, war im Besitz einer vor einigen Tagen abgestempelten Postkarte, und los ging's. Mittags um zwölf hob das Flugzeug in Zürich ab, und genau um Mitternacht läutete ich den Hauswart einer Jugendherberge am Mittelmeer heraus, der mich im Flur warten hieß, während er die zwei Schweizerinnen in Zimmer achtzehn aus dem Schlaf holte, es wolle sie jemand sprechen.

Maya hielt mich für ein Gespenst, als sie, mit nackten Füßen durch den Hausflur trippelnd, mich unter der Türe erblickte, machte rechtsumkehr und kam erst wieder, als ihre Kollegin Regine mich ihrerseits in den Arm gekniffen und Maya nach erfolgter Prüfung der harten Fakten über dieselben aufgeklärt hatte. Dann brach Maya in ehrliche Begeisterung aus, die sich auf mich übertrug und sich mit meinem Stolz mischte. Wie war ich stark, wie zufrieden, überströmend zufrieden mit mir selbst! Ich hatte Maya aufgestöbert, ich würde sie überall auf der Welt aufstöbern, wenn es sein musste! Sofort fielen wir übereinander her, und mein Selbstbewusstsein kletterte in neue Rekordhöhen. Ich hatte eine Wette gewonnen, meine Verlobte gefunden und sie unauslöschlich beeindruckt, und ich hatte wieder einmal richtigen Sex gehabt. Endlich wieder einmal, denn seit der Nacht, die unsere Verlobung zur Folge gehabt hatte, waren wir in einigermaßen züchtige Bahnen zurückgekehrt. Diese Nacht in Jugoslawien war der gerechte Lohn meiner Geschicklichkeit, Rechtschaffenheit und Treue zu Maya.

Ja, für meine Treue zu Maya hatte ich diesen Lohn am meisten verdient, war diese Treue doch nicht immer einfach. Das zeigte sich täglich an der Uni und in Jugoslawien schon am Tag darauf. Wir gingen zu dritt an den Strand. Es war ein herrlicher Sonnentag, da trat Regine zu mir und fragte: »Dir macht es doch nichts aus, wenn ich ein Sonnenbad nehme, oder?«

Erst begriff ich gar nicht, wovon sie sprach, und als ich es begriff, verschlug es mir die Sprache. Sicher, Maya war schön, aber Regine hatte eine Traumfigur, wie ich sie noch nie zu Gesicht bekommen hatte. Und schon gar nicht in natura.

»Oder soll ich mich lieber etwas hinter die Felsen dort drüben verziehen?«

Vor allem verstand ich nicht sofort, warum sie mich überhaupt fragte. Wollte sie sich etwa durch meine Zustimmung gegen mögliche laute oder stumme Vorwürfe von Maya schützen, welche eine nackte Regine hätte als Konkurrenz empfinden können? Ich suchte Maya mit dem Blick, aber sie schaute aufs Meer hinaus. Maya würde niemals ein Sonnenbad nehmen, das wusste ich. Ich beschloss, dass ich mich in erster Linie nicht blamieren wollte vor Regine.

»Nein, es stört mich sicher nicht, du brauchst dich nicht verstecken zu gehen.«

In erster Linie wollte ich mich nicht blamieren, aber in ebenso erster Linie wollte ich mir den Anblick von Regines Wunderleib nicht entgehen lassen. Und siehe da, als sie hinter dem Felsen hervortrat, hinter den sie sich aus unerfindlichen Gründen zum Entkleiden begeben hatte, da war ihr Anblick in der Tat herrlich, auch wenn es einige Künste der gespielten Beiläufigkeit bedingte, damit ich ihn voll genießen konnte. Maya und ich lagen bereits im Sand. In Badekleidern. Sie, weil sie Maya war, und ich auch, weil sie Maya war. Regine lag ein paar Schritte von uns entfernt. Die Sonne brannte, die Luft vibrierte, und niemand sprach ein Wort. Weil es erst Juni war, hatten wir den Strand für uns, und niemand lenkte uns ab. Wir lagen einfach nur da. Ich mit geschlossenen Augen auf dem Bauch liegend, geschlossen von Zeit zu Zeit, um genau zu sein. Nach einer halben

Stunde meinte ich den Verstand zu verlieren. Es musste etwas geschehen, und ich sorgte dafür. Ich atmete tief durch, sprang auf, stürzte mich für ein paar Minuten ins kalte Wasser und näherte mich anschließend in der Rolle des zwangslosen, coolen Strandkollegen der himmlischen, himmelwärts gewandten Figur. Ein paar faule Sprüche, und ich begann Sand über sie rieseln zu lassen. Regine lachte etwas laut, protestierte theatralisch gegen den kitzelnden Sand, blieb aber stocksteif liegen und ließ es geschehen, dass ich sie nach und nach vollständig mit Sand zudeckte.

Als kein Stück Haut mehr zu sehen war, wagte ich mich noch näher, ließ mich neben ihr nieder und trug weiter Sand auf, bis vom Kopf an abwärts ein Gebilde entstand, das die Form eines umgedrehten Sarges annahm. Ich klopfte noch so lange auf Regines Körper ein, ohne sie zu berühren, bis der Sarg auf allen Seiten topfebene Flächen aufwies. Dann erhob ich mich, stampfte durch den Sand zu Maya, die nahe am Wasser saß und immer noch aufs Meer hinausblickte, setzte mich neben sie und versuchte zu witzeln: »Jetzt habe ich wieder einmal ›gsändelet‹, lueg.« Maya drehte sich zur begrabenen Regine um.

»Das sieht aus, he!«, kommentierte Maya im gleichen krampfhaften Witzelton und wandte den Kopf wieder zum Wasser. Ich seufzte vor Erleichterung über die Solidarität mit mir, die in ihrer Stimme lag, und schaute ebenfalls aufs Meer hinaus. Maya war noch viel großartiger, als ich es gedacht, geschweige denn verdient hatte. Als ich mich später wieder einmal zum Strand hinaufdrehte, geriet der Sarg eben in Bewegung. Aus dem Sand wuchs eine Göttin empor, von der Sonne beleuchtet, zum Seufzen schön. Ich wagte nicht mehr zu atmen und kontrollierte hastig, ob Maya mich beim Sehen und stummen Seufzen erwischt hatte. Sie tat nichts dergleichen. Wir schauten wieder stumm aufs Meer hinaus, bis wir Regine dicht hinter uns sagen hörten: »Jetzt habe ich Hunger. Und ihr?«

Wir hatten.

Tags darauf machte ich einen längeren Eintrag ins Tagebuch. »Gestern schien es mir plötzlich, ich verstünde Camus, jene Szene im ›Etranger‹, in welcher der Held in einem Moment der Blendung zum Mörder wird. Sonne, Meer, Hitze, Sand, und mitten hinein der Mensch geworfen, der durch Zufall sein Leben bestimmt bekommt. Ich hatte niemanden zum Morden, aber auch ich fühlte mich in ein Geschehen geworfen, das ich nie geahnt hätte und das mich blendete. Es muss am Meer liegen. Suchen deswegen so viele Leute das Meer? Sind es diejenigen, die, vielleicht ganz unbewusst, ihre Existenz einem grossen Ganzen aussetzen, indem sie einen Zufall suchen, ein nicht vorhersehbares Ereignis, das sie blendet und zu einer Handlung veranlasst, die sie sonst nie tun würden? Wäre Gott als Schöpfer des Meeres und der Menschen an seinem Ufer nicht ein erlösender, ein alles klärender Gedanke?«

Mein Stranderlebnis und die darauf folgende Nacht trieben mich philosophisch vorwärts, und ich hielt meine Erkenntnisse fest. »Wir haben es wieder getan. Es überflutet mich, wenn wir zärtlich sind. Ich wollte, dass Maya zu mir kam, wollte es so stark, glaubte gleichzeitig einfach nicht daran, weil es dann doch nie geschieht, was man sich so stark wünscht. Aber plötzlich werde ich sanft vom Traum herübergeholt, sie steht da, und wir sind wie toll. Aggressionen werden urplötzlich wach, schreckliche Gedanken wechseln mit Augenblicken des höchsten Glücksgefühls, wenn sie sich bei mir birgt und die Zeit still steht. Ein Rausch ist es, dem nicht zu entkommen ist, diese Schizophrenie von Glück und Dunkelheit, in der ich entblösst bin von allem, was nicht Kern meines Wesens ist, bis auf die Zähne entwaffnet... Ich bin nicht mehr reduzierbar, also bin ich.«

Gott als Schöpfer am Strand entdeckt, Albert Camus persönlich nachvollzogen, mich selber als wahr und Sex als richtig empfinden – einen kurzen Moment herrschte wunderbare Übereinstimmung zwischen meiner geliebten Literatur, meinen religiösen Überzeugungen und meinen gesamten Lebenskräften. Doch dieses vollkommene Glück sollte nicht lange dauern. Schon am Tag darauf hatten mich die alten Satzungen wieder eingeholt. »Wir«, damit meinte ich Maya und mich, »müssen augenblicklich Freunde werden und die Faszination meiden«, erklärte ich mir selber, »für immer. Und die

Erfüllung der Vereinigung an ihren sinnvollen Platz setzen: In die Ehe. Sonst leidet meine Selbstachtung derart, dass ich mich als unfähig zur Ehe betrachten muss.« Da machten sich in meinen Geist eingebrannte Gesetze über die eben genossene Lebenslust her, aber es gab keinen eindeutigen Sieger, und die Sternstunde meines jungen Erwachsenenlebens am jugoslawischen Mittelmeer, als sich alle Widersprüche zwischen Gott und Welt, zwischen Gemüt und Gefühl in unbeschreiblicher Wonne aufgelöst hatten, endete in der altbekannten Zerrissenheit unvereinbarer Sehnsüchte: Einerseits das sogenannte Rechte zu tun, andererseits auf Lebensgenuss nicht verzichten zu müssen.

Noch in Jugoslawien entdeckte ich ein neues Mittel, die zurückgekehrte Zerrissenheit auszuhalten oder vielmehr zu verdrängen. Kein Kreuzesbalken meiner kindlichen Bibellager überbrückte den Abgrund zwischen den Sehnsüchten und meiner Realität, sondern die Flasche. In Paris hatte ich Alkohol kaum angerührt, aber als nun der rührige Herbergsvater die zwei hübschen Schweizerinnen und ihren Begleiter zu einem üppigen Nachtessen einlud, da wurde mir die wohlige Wirkung des den Hals hinunterströmenden Weines voll bewusst. Ich wollte mehr davon und kaufte am nächsten Morgen schon billigen jugoslawischen Wein, den ich am Mittag zu trinken begann. Wie der Rausch der Nacht erlaubte mir auch dieser Rausch, alle Vorsicht fallen zu lassen. Als die beiden Frauen in der malerischen Hafenstadt einkaufen gegangen waren, setzte ich mich auf die Mole und schrieb in mein Tagebuch: »Warum habe ich nur eine so verdammte Lust, mich zu besaufen? Bin ich schon ein willensschwacher Säufer? Was steckt hinter Mayas Liebe? Grossartige Selbstlosigkeit oder was? Nein nein, Angst vor Investitionsverlust ist es. Übrigens auch meinerseits. Wir haben investiert ineinander und fürchten uns einfach, uns wieder aufzugeben. Es muss schon so sein, wie es ist: Maya und ich. Aber wie ist das zu ertragen? Da ist so viel mehr. Da ist Regine ... Wir sind fast ständig zusammen. Nähme mich nur wunder, welcher Mann mit zwei Frauen nicht versuchen würde, von beiden etwas zu haben ... Maya und ich müssten jetzt auch mal miteinander reden und ehrlich sein. Aber wie kann ich sie verstehen? Sie spricht nicht eigentlich. Es ist eine Sprache des Gemütes, die sie spricht. Maya stellt ihre Ansprüche so, dass sie oberflächlich gesehen gar keine stellt; sie leistet auch nicht eigentlich Widerstand. Keinen Widerstand haben heisst aber auch, keinen Anhaltspunkt haben; rätseln müssen, ihr vertrauen oder mich einfach mit Haut und Haaren ihr überlassen, um sozusagen in ihr aufzugehen.«

Maya und Regine bemerkten nichts von meinem nachmittäglichen Alkoholkonsum, als wir uns am Abend in der Herberge trafen, und meine Gedanken behielt ich für mich. Einige Tage verbrachten wir noch zusammen, dann reiste ich in die Schweiz und an die Arbeit zurück, während die beiden Frauen ihren Aufenthalt an der Adria fortsetzten. Ich reiste auch in die vertraute Dreiteilung meines Lebens zurück, die ich verlassen zu haben geglaubt hatte: Uni, Reformierter Jugendbund, Beziehung zu Frauen. Ab und zu trank ich Wein, manchmal allein, häufiger mit Studienkollegen zusammen. Als Maya ebenfalls aus Jugoslawien zurück war, schoben wir alle Skrupel beiseite und schliefen miteinander, was das Zeug hielt. Ich verlor mich Mal für Mal in der Frau, die ich nicht verstand. Irgendwann kam die Rede auf unsere Heirat. Wer verlobt ist, heiratet einmal. Wir begannen, an einem Termin herumzustudieren, und fanden einen.

Noch eine Reise unternahm Maya vor unserer Heirat. Es zog sie nach Italien, und auch diesmal kam sie überhaupt nicht auf die Idee, mich zu fragen, was ich davon halte. Sie teilte mir einfach ihren Beschluss mit.

Diesmal war ich ernsthafter irritiert, denn nur schon der Gedanke an Italien gab mir einen Stich, von dem ich Maya nicht gut erzählen konnte. Nach Italien war Clara gegangen, dort hatte sie sich inzwischen mit Mann und Kind installiert, wie ich von meiner Schwester Ruth vernommen hatte, die einen losen Kontakt zu ihr unterhielt. Ich war in der Schweiz, Clara in Italien, und diese klare Aufteilung nach Ländern war mir recht. Wenn Maya jetzt nach Italien ging, würde sie in einen Bereich meines Lebens eindringen, den ich sorgfältig verschlossen und dessen Schlüssel ich weggeworfen hatte. Ich wollte

Maya nicht grundsätzlich die Zeit mit Clara verschweigen, aber ich wollte dann darüber reden, wenn ich dazu in der Lage sein würde. Und so weit war ich zu diesem Zeitpunkt nicht. Zu wenig Zeit war verstrichen seit Clara, kaum zwei Jahre. Noch weniger, wenn ich von dem Moment an rechnete, in dem ich Claras runden Bauch erblickt hatte. Ich wollte nicht, dass Maya durch ihre Reise alte Wunden aufriss.

Aber ich sprach Maya nicht direkt auf Italien an. Es fiel uns leichter, uns über Weltereignisse, Kindergarten-Einrichtungen und die Notwendigkeit des persönlichen Gebetes zu verständigen als darüber, was uns wirklich Freude machte oder Angst einjagte. So wählte ich, denn irgendetwas musste ich ja tun, das bewährte Mittel des Briefes, um sie zu erreichen. Es war der Versuch, Maya auf meine Probleme mit Italien anzusprechen, ohne Clara beim Namen zu nennen, in der Hoffnung, Maya würde von sich aus den Schluss ziehen, den ich für unvermeidlich hielt, ohne dass ich ihn aussprach. Und der hieß, dass sie um Himmels willen aus Rücksicht auf mich und unsere gemeinsame Zukunft in irgendein Land fahren solle, ausgenommen nach Italien. »Italien ist für mich ein besonderes Land«, erklärte ich ihr, »in das ich eigentlich am liebsten einmal mit dir zusammen fahren würde. Sicher kann ich dir nicht alles vorschreiben, was du tun musst, aber es hat mir schon Mühe gemacht, dass du mir drei Monate vor der Hochzeit mitteilst, du gingest noch nach Italien, und gar nicht wissen willst, was ich davon denke.« Aber Maya verstand nicht das, was ich wollte. »Verzeihst du mir, dass ich dir so ohne Einfühlungsvermögen mitgeteilt habe, dass ich nach Italien gehe?«, fragte sie. »Trotzdem bin ich froh, dass ich hingehe mit Eva.« Eva war Mayas Freundin seit uralten Zeiten. Eine Weile erwog ich den Gedanken, Eva ins Vertrauen zu ziehen, damit sie an meiner Stelle Maya reinen Wein einschenken könnte. Aber ich traute mich gar nichts mehr. Lediglich meinem Tagebuch gegenüber traute ich mich alles. Maya und Eva würden abfahren. »Sie hat nichts, rein nichts verstanden«, notierte ich. »Es erfüllt mich statt mit Freude mit Bitterkeit, dass sie fahren, obwohl das bestimmt falsch ist. Ihre Liebesbeteuerungen klingen so seltsam. Tatsache ist doch, dass sie geht im Wissen um meine Gefühle. Was jetzt?«

Das Hochzeitsdatum war festgesetzt, aber der einsame Entschluss Mayas zur Italienfahrt löste eine Gedankenlawine aus, die in den Tagen vor ihrer Abfahrt in mein Tagebuch niederfuhr. »Maya ist ein Mysterium für mich«, schrieb ich, »und erst noch ein mich liebendes. Sie hat so kraftvolle Gefühle, sie will mich ganz, aber sie tut, was sie will. Wir haben in letzter Zeit häufig miteinander geschlafen, ich bin bezaubert, fasziniert, aber seit ich das Heiratsdatum kenne, kann ich nicht mehr mit ihr schlafen. Manchmal erscheint mir das Heiraten wie ein verrückter Traum – ich möchte aufwachen und merken, dass ich in Wirklichkeit noch Jahre des Ledigseins vor mir habe. Irgendwie tue ich etwas gegen meinen Willen. Und doch ist alles schon so weit, dass ich nicht mehr zurück kann. Sicher, die Ehe ist eine sinnvolle Einrichtung, und ich weiss bestimmt, dass Gott Mayas und mein Leben auch so segnen kann. Aber die glücklichste Lösung ist es eigentlich nicht. Was mich am stärksten zur Heirat drängt, ist die Angst, Maya zu verletzen, sie, die Herz und Seele schon längst unwiderruflich auf die Ehe eingestellt hat. Ich selber erwache erst und kann jetzt, wo mir die ganze Konsequenz aufgeht, nicht mehr zurück. Könnte ich doch noch einmal zurück! Einmal habe ich es gemacht in meinem Leben, mit Clara. Ich bin zurückgegangen, was Clara fast zerstört hat, und allein hat sie es ausgelöffelt. Diesmal muss ich es selber auslöffeln. Nicht dass ich Maya nicht lieben würde! So sicher bin ich auch gar nicht, dass nicht doch Heiraten das Richtige ist. Ich möchte, dass wir glücklich sind miteinander. Es ist schon ein Traum von mir, Kinder zu haben. Nur ist da etwas in mir, dass die Ehe als etwas Absurdes darstellt im jetzigen Augenblick. Renne ich vor dem Heiraten davon? Nein, mich dünkt eher, ich sei langsam daran, auf die Welt zu kommen. Die verklebten Augen gehen mir auf. Was habe ich denn getan? Ach Gott, warum ist nicht alles sonnenklar? Gehe ich mit einer Lebenslüge in diese Ehe? Ich stecke fest, kann weder vorwärts noch rückwärts . . . Ich müsste dich noch einmal ganz loslassen, Maya, ganz, vollständig loslassen, wenn du nach Italien gehst. Ich habe geglaubt, dass auch du Ängste hast, und das gab mir Hoffnung, wir seien gleicher, als ich dachte... Doch jetzt muss ich erkennen, dass ich mich furchtbar getäuscht habe. Sie ist komplett anders als ich, aber sie will mich mit aller ihrer Kraft. Warum nur? Ich komme einfach nicht dahinter. Was bin ich für ein grenzenloser Trottel! Wie wenig verstehe ich!«

Kurz vor Mayas Abfahrt zog die Besitzerin einer Wohnung ihre Zusage an uns zurück, weil sie sie selber brauche. Zumindest das Datum der Heirat war damit auf einen Schlag höchst ungewiss geworden, da wir nun, kaum drei Monate vor der Hochzeit, keine Wohnung mehr hatten, und das konnte eine Gelegenheit sein, vielleicht die letzte, die Heirat selber noch einmal in Frage zu stellen. Ich versuchte es am Vorabend von Mayas Abreise, und es kam zu einer tragikomisch-verkrampft-halboffenen Auseinandersetzung zwischen uns, voller Andeutungen, langen Sprechpausen, Berg- und Talfahrten der Gefühle. Ich traute mich nicht, offen mit der Sprache herauszurücken, und hoffte vergeblich darauf, dass sie selber aussprechen würde, was ich mich nicht zu sagen traute; ich wollte die Verantwortung eines Bruches zwischen uns, zumindest einer Heiratsverschiebung auf unbekannt, nicht übernehmen, die ich im Innersten für unvermeidlich hielt. Ich wollte nicht wieder schuldig werden am Zusammenbruch einer Frau, mit der ich nicht mehr wollte, wollte mich nicht der unabsehbaren Reaktion Mayas auf einen solchen Schritt von mir aussetzen.

Der Versuch dieses Gespräches endete in einer alle Zerrissenheit überflutenden Umarmung – in einem neuen Rausch. Ihm folgte der Kater, in derselben Nacht. Ich erhob mich, setzte mich an mein Pult und schrieb Maya noch einmal einen Brief. Maya sah ihn auf dem Küchentisch liegen, als sie im Morgengrauen, während ich tief und fest schlief, nach Italien aufbrach, und nahm ihn mit.

»Meine liebste Maya. Es ist einiges geschehen. Wir haben gestern Wichtiges voneinander erfahren. Noch wissen wir nicht, wie es weitergeht. Nein, ich bin nicht ›bös‹, dass du nach Italien gehst. Vielleicht ist es gut. Mir scheint, wir sollten uns noch einmal öffnen für weitere Möglichkeiten; vielleicht ist die Wohnungsgeschichte ein Wink dafür. Ich glaube, wir müssen in aller Bereitschaft dafür beten, dass Gott uns unmissverständlich den Weg zeigt. Und wenn es ein vorläufiger Verzicht auf die Heirat wäre? Ich kann kaum daran denken, weil du mir soviel bedeutest. Ich habe aber vor nichts Angst, denn Gott ist doch mit uns. Gelt!«

Maya hatte mir im Gespräch den Gefallen nicht getan, an meiner Stelle die Heirat in Frage zu stellen, und jetzt bemühte ich Gott persönlich darum. Von Gott hörte ich nichts, aber von Maya aus Italien. Sie schrieb zurück: »Ich kann dir sagen, dass ein vorläufiger Verzicht, wie du schreibst, für mich jetzt fast undenkbar ist. Zu unserem grossen Glück sind wir zu dritt. Ja, ich bin sicher, dass mit Gott alles leichter und auch schöner wird. Vieles ist passiert in den letzten Tagen. Weisst du überhaupt, wer ich wirklich bin, weiss ich es von dir? Manchmal kommt mir alles so seltsam vor. Wir haben uns für die Ehe entschieden. Wenn ich mich neu entscheiden müsste – ich würde trotz allem wieder ja sagen zu einem Leben mit dir. Ich möchte dich weiterlieben, stärker lieben, damit du dich voll entfalten kannst.«

Entfalten? Das war zuviel für mich. »Nein, ich kann einfach nicht«, schrieb ich an mich selber. »Ich kann unmöglich heiraten. Es geht einfach nicht. Aber warum in aller Welt versteht Maya einfach nicht? Ich müsste ihr alles sagen, restlos alles. Dann können wir neu beginnen. Nicht einmal unsere Freundschaft ist vollzogen, überhaupt nicht. Mein Inneres ist aufgezehrt in Zweifeln, Sehnen, Hoffnung und offensichtlicher Unfähigkeit. Gott, wenn du nicht ein Wunder schenkst, geht es nicht weiter. Dann kann ich nicht mehr.« In dieser verzweifelten Passivität traf mich das Angebot, wir könnten ein kleines Haus mieten, günstig, alt, freistehend, wie ein Blitz. Ich nahm das Haus an als Entscheidung Gottes über mein Leben und begrub meine bohrenden Zweifel, denn wenn uns Gott schon ein solch prächtiges Haus vor die Füße legte, musste die Ehe der richtige Weg sein, schloss ich. Ich war gewaltig erleichtert, dass endlich eine Entscheidung gefallen war, aber noch mehr, dass ich nicht die kleinste Verantwortung dafür trug. Die lag ohne jeden Zweifel bei Gott!

Umgehend explodierte ich vor Begeisterung. »Gott hat Gebete erhört und uns beschämt, wenigstens mich«, schrieb ich Maya nach Italien. »Er hat mich zu einem Ja geführt, zur Ehe an sich und zu Dir. Deine Liebe gibt mir so viel Kraft und Vertrauen. Alles Beschwerende fällt ab, die lange, dunkle Zeit ist zu Ende. Maya, unsere Beziehung kann endlich leben! Es geht weiter; so viel wartet auf uns!« Die Ehe ließ sich nicht mehr aufhalten, und ich bemühte mich nach Kräften, gute Miene zum nicht länger hinterfragten Spiel zu machen. Wie sehr wollte ich eine schöne Heirat, wie sehr wollte ich das Ende der Zweifel, wie sehr wollte ich Gott und Maya dankbar sein. Wie die Verrückten renovierten wir diesen unerschütterlichen Fingerzeig Gottes, die alte Hütte, in der wir wohnen würden, besorgten Möbel, besprachen Hochzeitsdetails mit Eltern, Freunden und Verwandten. Daneben hatte ich weiter zur Uni zu gehen. Erzählen wollte ich meinen dortigen Kollegen nichts, zumindest vorläufig. Eva, mit der Maya nach Italien gefahren war, erkoren wir zu unserer Brautführerin. Brautführer würde mein Wohnungskollege Ueli sein.

Es kam der Tag der Heirat. Erst um Mitternacht des Vorabends hatten wir unser kleines renoviertes Haus fertig eingerichtet, so schnell war alles gegangen. Am Schluss waren wir noch zu zweit, nachdem alle, die uns beim Umzug geholfen hatten, nach Hause gegangen waren, weil sie sich ja für die Hochzeit ausruhen mussten. Halb tot legten wir uns für ein paar Stunden nebeneinander ins nagelneue Ehebett und erhoben uns mit Kopfschmerzen und schweren Gliedern am nächsten Morgen. Maya verschwand nach einem überstürzten Frühstück zum Ankleiden in ihr Elternhaus, und ich fand mich einen unbeschreiblichen Moment lang allein an diesem Tag, an dem mir Massen von Menschen nahetreten würden, worauf ich mich nicht wirklich freute.

Einen braunen, billigen Anzug hatte ich mir erstanden, billig, weil ich nicht wusste, wie man etwas kauft, das einem zuerst gefällt und dessen Preis man nachher in Kauf nimmt, weil es einem gefällt, aber es war halt wie beim Verlobungsring, eine Unvermeidlichkeit, die ich hinzunehmen hatte, und nichts, das mir gefiel. Ich zwängte mich hinein, ich, der an diesem Tag erst zum dritten Mal in meinem Leben eine Krawatte trug. Das erste Mal war bei meiner Konfirmation gewesen, das zweite Mal anlässlich eines Besuchs in einem New Yorker Jazzclub, in den mich meine Gastgeber eingeladen hatten. Freundlicherweise bekam ich damals die passende Krawatte dazu ausgeliehen, ohne die ich die Schwelle des Jazzclubs nicht hätte übertreten können. Ebenso wenig wie die Schwelle der Ehe. Diese Ehe-Krawatte nun gehörte mir, und ich war ehrlich genug, mir selber beim Blick in den Spiegel zu gefallen, so überraschend war das Bild, das ich selber mir bot: Ich sah einen dreiundzwanzigjährigen, braunhaarigen Mann mit aufmerksamen Augen, gutem Kinn und präzis in der Mitte sitzender Nase.

Dann kam Maya, und sie war hübsch anzusehen in ihrem cremeweißen Hochzeitskleid, das perfekt zum schwarzglänzenden, halblangen Haar passte. Wir fuhren zum Apéro, wo ich zum ersten, aber nicht zum letzten Mal an diesem Tag vor lauter Menschen fast das Bewusstsein verlor. Sicher, es war mir klar gewesen, dass ich für diesen Tag nicht mir selber gehören würde, aber die Wucht der Menschenherzlichkeit in unsere, in meine Richtung schlug mich fast tot. Nie zuvor hatte ich so klar gespürt, dass aller Studienkollegen-Seligkeit, aller Jugendbund-Kumpanei zum Trotz das Alleinsein meine liebste Daseinsform war, und vom Moment an, in dem wir den riesigen Raum betraten, wo mehr als hundert Leute auf niemanden andern als auf uns warteten, begann ich das Ende dieses Tages herbeizusehen.

Für die Jugendlichen des Reformierten Jugendbundes waren wir eine Art kühne Exoten, wir, die schon als Dreiundzwanzigjährige heirateten – konnte man in diesem Alter doch noch gar nicht wissen, zu welchem Weg der Herr einen berufen hatte. In ihren Gesichtern stand die belustigte Verwunderung über mein Krawattenkostüm, ähnlich Zuschauern eines Fasnachtsumzuges, die rätseln, wer wohl unter dieser und jener Verkleidung stecken könnte. Die Älteren unter ihnen steckten allerdings selber in solchen Verkleidungen, und der Handschlag mit dem beidseitigen Grinsen über unsere Metamorphose gehörte zu den raren Momenten der ungetrübten Heiterkeit an diesem Tag. Die Verwandtschaft, insbesondere unsere Familien, insbesondere die meine, fiel erst in der Kirche so richtig über uns her, wobei sie die letzten Hemmungen bis zum abendlichen Fest behielten.

Der Mann meiner Schwester Ruth, der morgendlich-sanften Kämmerin, die einen Missionar geheiratet hatte, der mir als Zeremonienmeister erträglich schien, vollzog die Trauung, nachdem er unsere Ehe in einer wuchtigen Predigt mit dem Haus verglichen hatte, das klüger auf Felsen gebaut werde als auf Sand. Die Eltern hielten sich vorläufig still, ihre Zeit würde schon noch kommen. Die älteren Brüder Christian und Köbi, Nord- und Südpole meiner Lebensentwürfe, und die drei Schwestern wurden gemeinsam musikalisch aktiv: Christian an der Geige, Köbi mit der Gitarre, Ruth mit der Blockflöte, auch Susanne geigte, und Sarah begleitete sie wahrhaftig auf dem Akkordeon, das sie als eines unter vielen Instrumenten virtuos beherrschte; es muss das erste Akkordeon gewesen sein, das in der Bottiger Kirche erklang, und wie schön es klang! Sie spielten ihren kleinen Bruder, denjenigen, den sie einst am Mittagstisch mit ihren angeregten Stimmen in einen sogenannten Schlaf hinübergetragen hatten, in großer, nur andeutungsweise angekratzter Harmonie in den Zustand der Ehe hinüber, und wie jener Schlaf des Kleinen nicht ganz echt gewesen war, sondern Ausdruck einer etwas speziellen Art von Müdigkeit, so hatte auch dieser Zustand, in den sie mich hinüberstrichen, -drückten, -zupften und -bliesen, etwas nicht ganz Wirkliches, obwohl ich laut und fest Ja sagte auf die entscheidende Frage meines Schwager-Pfarrers. Die Kontrolle über mich verlor ich ein einziges Mal, aber auch nur beinahe; als mein Ex-Wohnungskamerad Ueli und Eva, Mayas alte Freundin, zu uns nach vorne traten und vor allen Leuten laut zu Gott beteten, er solle uns doch beschützen. Die Tränen waren mir zuvorderst, und ich bat Ueli und Eva innerlich, aber nur innerlich: »Verlasst uns beide nicht, bitte, überlasst uns nicht uns selber.« Dann brauste der abschließende Orgelsturm durch die Kirche, in welcher mein Vater einen großen Teil seines Lebens verbracht hatte, aber man hatte in dieser Stunde kein Wort von ihm gehört, was mir erst in diesem letzten Moment auffiel, im Moment, in dem wir die Kirche verließen.

Zum Kirchenausgang marschierte ich aus lauter Nervosität viel zu schnell, so dass meine Verwandtschaft mich bremsen musste. Dabei starb ich tausend Tode wegen der Dinge, die mich draußen erwarten würden und die ich, der ich als Kind Dutzenden von Hochzeiten auf der Kirchenmauer sitzend zugeschaut hatte, genauestens kannte: Fotos, Küsse, Hände, Leiber, unförmige Geschenke, wohin mit den Händen, wen küssen und wen nicht, wo bleibt Maya, wie sitzt meine Krawatte, sieht man den Schweiß, der mich überströmt, oder schlimmer noch: Riecht man ihn, danke, danke, danke, selbstverständlich, gerne, herzlichen Dank, oh weh, hoffentlich fallen mir alle Namen ein. Genauso war es, und ich ließ mich einfach treiben, und das war nicht die schlechteste Art des Überlebens. Ich sah die Szene vor der Kirche plötzlich wie von oben, von dort aus, wo ich als Kind bei anderen Hochzeiten gesessen hatte, ich sah auch auf mich selber hinab, sah mich Hände schütteln, reden, zuhören, den Kopf neigen und ihn wieder aufrichten, und ich sah mich unaufhörlich lächeln, lachen, lachen und lächeln. Dem Kind, das von der Mauer aus zusah, begann mittendrin der ganze Bauch vom Unterleib bis zum Hals hinauf stechend zu schmerzen, es wünschte sich weit weg, an die Ufer der Tessiner Melezza mit Zelt und Motorrad, in den Bus, der durch die kanadischen Wälder sauste, ans Ufer des Mittelmeers, an eine bestimmte Stelle an der Pariser Seine, wo es sich wunderbar träumen lässt, am meisten aber, mit seiner ganzen Seele, wünschte sich das Kind noch höher hinauf als auf die Kirchenmauer, nämlich auf die Buche seiner Jugend, wo es sich geborgen und absolut sicher gefühlt hatte, und die Buche stand nur ein paar Schritte entfernt, auf der anderen Seite des Kirchhügels im Garten des Pfarrhauses, in dem jetzt neue Pfarrersleute wohnten, und das Kind wusste, das es nie mehr auf die Buche gelangen würde.

Der Brautführer sprach mich an, und ich erwachte.

»Das Auto wartet. Sollen wir jetzt in die Waldhütte fahren?«

Das Fest würde in einer Waldhütte stattfinden. Das stellte ein Zugeständnis dar an unsere Jugendlichkeit, sie war nebenbei auch nicht so teuer wie große Hotelsäle, und man konnte trotzdem im Inneren an Tischen sitzen, was ein Zugeständnis an die schönen Kleider und die Würde des Anlasses war. Wir würden ein Menü essen und nicht gebratene Würste, das war ein Zugeständnis an die Feier des Tages, aber es würde ein bescheidenes Menü sein, ein Zugeständnis ans Budget und eines an meine gleiche Hemmung, mit der ich den Hochzeitsanzug gekauft hatte.

Eine lange Autokolonne setzte sich Richtung Waldhütte in Bewegung. Maya und ich fanden uns im Fond eines gemieteten, grandiosen, fast lautlos dahingleitenden Oldtimers allein, vom stilecht livrierten Chauffeur abgesehen. Wir streckten die müden Beine, bewegten etwas die Glieder in den ungewohnten Kleidern und warfen uns scheue Blicke zu. Zu reden wussten wir nichts, aber die abrupte Stille ertrugen wir auch nicht, also sagten wir Dinge wie »bist du auch schon ein wenig müde in den Beinen«, oder ich fragte den Chauffeur, wie alt der Wagen sei, was für ein Typ, ob er oft für Hochzeiten verlangt werde, und der Chauffeur gab in wohlgesittetem Ton auf meinen Unsinn Antwort. Was mag die Miete nur gekostet haben, und dann der Chauffeur in seiner Uniform, fragte ich mich, aber diese Fragen behielt ich für mich, ebenso wie den Gedanken, dass es eigentlich lustiger gewesen wäre, im orangefarbenen Döschwo die Kolonne anzuführen, und dass ich nicht mehr wusste, wer eigentlich bestimmt hatte, wir würden so und nicht anders von der Kirche zur Waldhütte fahren.

Die Fahrt im Oldtimer war die Ruhe vor dem nächsten Sturm. Kaum war der Wagen auf der Lichtung vor der Hütte ausgerollt, wurde der Schlag aufgerissen, und wir hatten auszusteigen und uns zu einer Volkstanzvorführung auf zwei bereitgestellte Campingstühle zu setzen. Während sich die anderen Autos leerten, setzte schon die Musik ein, israelische Volkstanzmusik natürlich, zwei junge Frauen griffen sich andere junge Frauen, und alle zusammen griffen sie sich junge Männer, und das Volk drehte sich zum Tanz.

»Auch das Brautpaar!«, rief jemand, ganz wie ich befürchtet hatte, und es war kein Entkommen, also erhoben wir uns von den Campingstühlen und fügten uns in den Kreis, der über Wurzeln, Blätter und Kies raste. Meine Gesichtsmuskeln nahmen ganz automatisch wieder die Stellung ein, die sie vor der Kirche bei der Gratulationstour innegehabt hatten und die ich später auf den Fotos allen gegenteiligen Gefühlen zum Trotz als Lächeln gelten lassen konnte. Plötzlich klatschte es um mich herum, und ich erhob die Augen und blickte ins Gesicht von Maya, das von der Luft, der Bewegung und der Aufregung gerötet war, und ich fand meine Frau einfach schön. Ich schaute um mich, alle andern waren zurückgetreten und bildeten einen Kreis um uns, ein Walzertakt begann, und ich begriff das Klatschen als Aufforderung zum Brauttanz. Schon packte mich wieder das grauenvolle Bauchweh und auch noch Schwindel, da sah ich Maya auf dieselbe Art innig mir entgegenlächeln wie damals in Jugoslawien, als ich sie gegen Mitternacht von der Schweiz aus kommend in der Jugendherberge überrascht hatte. An die Stelle von Bauchweh und Schwindel trat auf der Stelle ein Kribbeln von der Kopfhaut bis zu den in unbequemen neuen Halbschuhen steckenden Zehen. Am liebsten wäre mir in dieser Sekunde die Matratze im Fond des Döschwos gewesen, die niedlichen Vorhänge gezogen, die Leute weit weg, ebenso wie unsere Hochzeitsverkleidung, im Hintergrund Meeresrauschen oder gar nichts. Doch ich fasste mich und fasste Maya an Hand und Hüfte, dachte allein an meine Frau und spürte zu meiner maßlosen Verblüffung, wie ich nie erlernte Walzerschritte machte, perfekt im Takt zur Musik, Maya im Arm, die sich mir vollkommen überließ, und dies war die zweite neue, noch viel verblüffendere Erfahrung. Wir waren wieder allein.

Als nach endlosem Taumel endlich die Musik abbrach, blieb es eine Weile vollkommen still. Maya starrte mich an, als sähe sie mich zum ersten Mal, und dann fiel sie mir um den Hals und küsste mich, als wären wir tatsächlich allein. Da ging um uns ein frenetischer Applaus los. Ich löste mich von Maya und sah in die Gesichter meiner restlos begeisterten Geschwister, meiner überraschten Jugendbund-

Kameraden, meiner gerührten Mutter und meines Vaters, der keine Miene verzog, aber ebenfalls klatschte. Beim Anblick meines Vaters überfielen mich Gedanken, die jede Freude wieder vertrieben. Die Rollen in meiner Familie sind vertauscht, dachte ich, der lebenslange Zuschauer auf der Buche vor dem Pfarrhaus, der die Geschwister durchs Fenster beobachtete, ist jetzt ihr Objekt, und die einst Beobachteten hocken jetzt auf den Bäumen und schauen durch ein Fenster auf meine Intimität, die doch für niemanden bestimmt war als für mich selber. Und, für die Dauer eines Walzers, für Maya. Die Kollegen klatschen bestimmt nicht aus Begeisterung, sondern um der Überraschung Luft zu machen, dass der Exotenvogel noch exotischer ist, als sie glaubten. Müeti ist nicht von mir gerührt, sondern von sich selber, davon, dass sie einen solchen Sohn hat, dass sie eben Zeuge geworden ist ihres eigenen Werkes in Fleisch und Blut. Mein Vater schließlich machte niemandem etwas vor, sondern zeigte, was er beim Anblick des im Liebestaumel tanzenden Sohnes empfindet: nämlich gar nichts. Klatschen tut er wohl, um zu vermeiden, dass er nicht klatscht, wie auch ich es an seiner Stelle machen würde. Mein Vater war mir in seiner regungslosen Einsamkeit inmitten der klatschenden, lachenden Menge plötzlich nah, näher als je, besonders, als mich die Bauchschmerzen und der Schwindel überfallartig wieder hatten und ich mich weit weg wünschte. Unsere Blicke trafen sich nicht, das stille Einverständnis mit ihm, das ich empfand, erfuhr keine Bestätigung, und sowieso wurde ich am Ärmel ins Innere der Hütte gezogen.

Viel bekam ich nicht mit vom Essen und Trinken. Ich war vollauf damit beschäftigt, meine Schmerzen einigermaßen zu kontrollieren, mir nichts davon anmerken zu lassen, dass mein ganzer Bauch wieder mit Steinen gefüllt war, die in jedem Augenblick schwerer wurden, und an den richtigen Stellen zu lachen, zu lächeln, mit Lachen herauszuplatzen oder bloß zu schmunzeln, je nachdem; zu danken für die wahnsinnig lustigen Darbietungen, zu danken, zu danken, zu danken. Zu danken auch, wenn ich die Darbieter am liebsten auf der Stelle erwürgt, erschossen und verbrannt hätte für das, was sie aus meinem Leben ans fahle Licht der Waldhütte zerrten, wenn ich am liebsten in ihre Gesichter gespuckt hätte, weil ich darin keine Freude und keine Zuneigung, sondern bloßen Triumph las, dass sie es doch immer gewusst hatten, wie ich wäre, und Triumph, weil sie genau wussten, dass ich mich nicht wehren durfte gegen ihre Ausplauderei und ihren Triumph über meine Wehrlosigkeit. Sie liebten ihre Legenden mehr als mich, sie trugen nichts zur Feier, aber alles zu ihrer Selbstinszenierung bei, mir war schlecht, einfach schlecht, und der Abend wollte einfach nicht enden.

Ein einziges Mal schlug ich zurück. Das war, als eine Dreiviertelstunde der Darbietung vorbei war, die Müeti bestritt, indem sie in Wort und Bild das Leben ihres Jüngsten in intimsten Details vor den neunzig Hochzeitsgästen ausbreitete und erst in der Hälfte angelangt war. Am schlimmsten schnitten mir indes nicht die Details in die Seele, die sie ausplauderte, sondern meiner Mutter Erzählton, welcher jedermann offenbarte, wes Seele Kind ich war. Da schickte ich Ueli, den Brautführer, zu ihr mit dem festen Auftrag, sie zum Schweigen zu bringen, und zwar sofort.

»Aber ich hätte noch so viel zu erzählen!«, jammerte Müeti für alle hörbar in den Saal hinaus, dass ich hätte sterben mögen vor Scham und Elend.

Ich stand auf und ging selber zu ihr hin, jede Vorsicht und jeden Anstand hinter mir lassend. »Jetzt ist Schluss«, sagte ich, aufrecht vor ihr stehend. »Schluss, kein einziges Bild mehr, nichts. Fertig.«

Die Umstehenden rissen Mund und Augen auf.

»So redet man nicht mit seiner Mutter«, fuhr mich mein Vater an, der ohne ein Wort zu sagen die ganze Zeit eine Art Projektor bediente, der Papierfotos an eine Wand projizierte, während die Mutter ihre Kommentare in den Saal gerufen hatte.

»Das alles haben wir herausgesucht, um dir eine Freude zu machen, und dieses Projektionsgerät haben wir extra hierhin geschleppt, damit alle sehen können, woher du kommst, und jetzt hast du nicht einmal Freude daran...«

»Schluss jetzt, sonst werdet ihr ohne mich weiterfeiern müssen«, drohte ich. Mir war heiss, so heiss wie am Strand von Jugoslawien, fiebrig heiss, und diesmal fühlte ich mich durchaus zu einem Mord fähig.

»Vielleicht noch ein Bild«, schlug der Brautführer vor, »und anschliessend können wir ja ein wenig Musik machen.«

»Nein, kein letztes Bild«, beharrte ich. »Sonst verlasse ich auf der Stelle diesen Raum.«

»Dann halt«, schniefte Müeti. Ich ging nicht zu meinem Platz zurück, sondern blieb neben ihr stehen, weil ich ihr nicht traute. Prompt legte Vater ein weiteres Foto unter das Gerät, worauf ich das Stromkabel packte und mit einem Ruck herausriss. Es wäre nicht nötig gewesen, denn meine Mutter konnte sowieso nicht mehr sprechen. Sie schnäuzte sich wieder und wieder und wackelte mit dem Kopf wie von Sinnen. Ich wandte mich zur Tür und ging darauf zu, die Augen auf den Boden gerichtet, damit ich niemanden ansehen musste. Aber ich wusste, dass mich alle ansahen, neunzig konsternierte Hochzeitsgäste.

»Musik!«, rief der Brautführer, und die Musikgruppe fing nach ein paar Sekunden der Totenstille an zu spielen. Nach und nach erhoben sich die Gäste zum Tanz, während ich auf die Waldlichtung hinaustrat. Die Umrisse der Bäume hoben sich vom Sternenhimmel ab. Ich schaute zu ihnen empor, atmete tief und öffnete die Manschetten. Eine Hand legte sich auf meine Schulter. Ich erschrak und fuhr herum. Maya stand da, die geröteten Augen vor Entsetzen geweitet.

»Was ... ist denn das so schlimm ...« Sie lehnte sich an mich und musste weinen. Ich stand starr da.

»Jetzt können wir nur noch auswandern«, sagte ich.

»Wie ... aber ... klar hat sie lange geredet, aber ... komm doch wieder hinein. Sie wollen noch singen. Deine Geschwister wollen noch eure schönen Familienkanons singen.«

Ich wusste, dass ich nicht wirklich aus meiner Hochzeitsfeier davonlaufen konnte. Ich wusste, dass ich auch den Kanons nicht entkommen konnte. Mein Körper war ein einziger Schmerz, aber ich gab mir einen Ruck, fügte mich ins Unvermeidliche, wandte mich zur Türe, nahm Mayas Arm und ging mit ihr zurück in die Hütte.

»Einen Augenblick«, bat Maya leise vor der Tür. Sie fuhr sich mit einem Taschentuch über das Gesicht, schnäuzte sich und atmete tief durch. »So, jetzt können wir hineingehen«, flüsterte sie.

Wir betraten wieder die Hütte. Die Musiker waren eben mit ihrem Stück fertig. Die Tänzer setzten sich und griffen zu Gläsern und Flaschen. Meine Geschwister stellten sich mitten in der Hütte zum Chor auf, und es wurde still. Sarah hob die Hand, und ein mehrstimmiges Lied setzte ein, weich, klar und wunderschön. Ich kannte jeden Ton und jede Silbe. Die Kehle schnürte sich mir zusammen. Nein, nicht weinen, auf keinen Fall. Ich versuchte, meinen Atem zu kontrollieren, was mir unter großen Anstrengungen gelang. Vorhin hatte mich Müeti vor allen entblößt, das genügte. Ich brauchte mich nicht noch selber zu entblößen, indem ich Rührung zeigte. Schon gar nicht wollte ich von meiner eigenen Familie gerührt sein, das auf gar keinen Fall.

Aber ich war es trotzdem. Der Klang der geschwisterlichen Kanons war ein süßer Lockruf in eine Familiengeborgenheit, nach der mich heiße Sehnsucht überkam, doch die Sehnsucht mischte sich mit meiner tödlichen Furcht, von derselben Familiengeborgenheit geschluckt und vernichtet zu werden. Eine einzige Träne wäre die öffentliche Kapitulation vor dem gewesen, was ich mit allen Fasern begehrte und zugleich auf den Tod fürchtete. Die herrlich singenden Geschwister können nichts dafür, dachte ich. Sie sind nicht selber die doppelgesichtige Falle, sondern nur der Lockruf dazu. Die Falle sitzt nebendran und hält ihre Augen unverwandt auf mich gerichtet, mit einem lauernden, schmerzvoll-misstrauischen Ausdruck: Müeti. Keine einzige meiner Regungen würde ihr entgehen. Sie kannte das kleinste Anzeichen meiner Seele – sie hatte sie ja selber geformt, betrachtete sie als ein Stück ihrer selbst, wie die grauenvolle Dreiviertelstunde bewiesen hatte, und eine einzige Träne hätte ihr bewiesen, dass ich dem Gesang nachgeben, die Sehnsucht zugeben und demzufolge weiterhin, über diese meine Heirat hinaus, ihr gehören würde, der Gebärerin dieser Klänge, Maya hin oder her.

Mitten in meine knapp gebändigte Rührung schoss wieder die Mordlust von vorhin in mir empor, und die verschaffte mir etwas Luft. Natürlich durfte ich mir diese neue Regung ebenso wenig anmerken lassen wie die Rührung. Also machte ich mein Gesicht starr und unbeweglich. Jetzt werde ich wohl dreinschauen wie mein Vater beim Walzer vor der Hütte, fuhr es mir durch den Kopf. Als der Kanonreigen zu Ende war, klatschte ich wie er und überlegte: Vielleicht war Vater nicht der einzige Ehrliche beim Anblick des walzertanzenden Sohnes vor der Waldhütte draußen gewesen, zu Beginn des Festes, sondern der einzige Unehrliche. Vielleicht hatten nicht die andern Freude und Begeisterung gemimt, sondern er den Unbeteiligten, Unberührten. Vielleicht hatte er das aus demselben Grunde getan wie ich beim Gesang meiner Geschwister, wer weiß. Vielleicht hat er, mein Vater, Vollstrecker des Willens meiner Mutter, ihr Polizist und Helfer in Fällen von Ungehorsam kinderseits, ein Innenleben, von dem niemand eine Ahnung hat, vielleicht hat er Gefühle, die zu zeigen auch er Todesangst hat. Mein Vater, das unbekannte, ferne Wesen, das mir eine Kindheit lang genau zweimal nahegekommen war: Einmal als von der Mutter vorgeschickter wortloser Einbrecher in mein Zimmer, in dem ich mich verschanzt hatte, das andere Mal als Rückholer von Lausanne, als ich von zu Hause weggelaufen war und den Mut zum Wegbleiben verloren hatte. Ich hatte nicht die geringste Ahnung von meinem Vater, erkannte ich, und dann wurde ich gewahr, als ich mit allen andern zusammen den Gesang meiner Geschwister beklatschte, dass sein Gesicht tatsächlich genauso aussah wie beim Tanz vor der Hütte. Eine mir bis dahin völlig unbekannte Regung für ihn keimte in mir auf, eine Art stille Sehnsucht, vermischt mit Mitleid, und eine Ahnung dessen, was in ihm ablaufen mochte. Vielleicht ein Leben lang abgelaufen war. Es war zu spät dahinterzukommen, wer mein Vater war, denn jetzt würde ich meine eigene Familie haben, schloss ich. Wenn Vater und Mutter auf der Stelle tot umfallen würden, wäre das im Falle meiner Mutter eine Erlösung, und im Falle meines Vaters würde ich nicht einmal bemerken, dass es ihn nicht mehr gäbe. Aus und vorbei. Tschau, Papa.

»Tanzen wir auch einmal?«, fragte mich Maya. Eben kündigte der Brautführer an, die Musiker gäben nun ihr letztes Stück, weil sie eine weite Heimreise vor sich hätten.
»Ich mag nicht«, wehrte ich ab.
»Bitte. Wir haben doch überhaupt nicht getanzt bis jetzt. Immer haben wir geredet und zugehört und gegessen. Mir zuliebe, dieser eine Tanz.«
»Vor dem Haus haben wir getanzt, am Anfang«, wandte ich ein.
»Aber nicht zu dieser Musik«, beharrte meine Frau Maya. Ich blickte um mich, die Tische waren fast leer, alle bewegten sich zur Musik zwischen den Bänken und auf den wenigen freien Flächen. Man würde uns kaum bemerken in der Menge, deshalb gab ich nach, wir erhoben uns und begaben uns in eine Ecke, wo wir Tanzschritte versuchten. So sehr ich mich abmühte, sie wollten nicht mehr gelingen. Alles um mich herum zu vergessen, wie mir das beim Walzer auf der Lichtung draußen widerfahren war, schaffte ich auch nicht mehr. Die Gedanken an Vater und Mutter wollten nicht weichen, und als ich in ihre Richtung blickte, ertappte ich beide, als letzte an ihrem Platz sitzend, während alle andern jetzt tanzten, wie sie uns beobachteten. Mir wurde noch einmal elend: Müeti hatte mich doch noch erwischt, bloß einen Augenblick lang war ich unaufmerksam gewesen, und in diesem Augenblick musste sie meine Müdigkeit, meine Schwäche erkannt haben. Ich nahm alle Kraft zusammen und richtete meine Augen noch einmal bewusst auf meine Eltern. Im Gesicht meines Vaters lag nichts als Müdigkeit, im Gesicht meiner Mutter hingegen ein Triumph, der mir den letzten Felsbrocken in den Bauch setzte. »Hab ich dich«, sagten ihre Mundwinkel. Müeti hatte gesiegt.

Das Fest franste aus. Einzeln, paarweise oder in anderen kleinen Gruppen schlichen die Gäste davon, manche ohne Gruß. Eingegraben hat sich mir der Abschied eines Verwandten, der mir mit leichtem Bedauern in der Stimme mitteilte, er müsse jetzt leider gehen, da er noch Arbeit zu erledigen habe. Es war die ungerührte Höflichkeit in seiner Stimme, die mich fassungslos machte: »Weißt du«, sagte sie, die Stimme, »deine Hochzeit ist nicht gar so wichtig, als dass sie meine Pflichterfüllung aufhalten könnte, die ich mir zurechtgelegt habe. Ich war anwesend, habe also auch hier meine Pflicht erfüllt, und gehe jetzt zur nächsten über.« Ich spürte, dass ich diesem Menschen nicht wichtig war. Wichtig war, dass er, indem er gekommen war, in der Gesellschaft sein Gesicht gewahrt hatte. Und dass seine Arbeit erledigt war und er sein Gesicht auch vor seinem Chef würde wahren können.

Es schien mir auf einen Schlag, als ob die Bedeutung dieses Tages durch diesen einen Menschen wie ein aufgeblasener Ballon platzen würde, und ich schämte mich, alle diese Leute hergezwungen zu haben durch meine Heirat, zu einer gesellschaftlichen Pflichterfüllung. Bestimmt war ich im Grunde genommen allen lästig. Und Kosten, Kosten hatte ich auch noch verursacht. Warum eigentlich das alles? Weil ich die Heirat für unvermeidlich gehalten hatte und nicht, weil ich von Herzen gern hatte heiraten wollen. Ich hatte mich an diesem Tag inszeniert, um eine Nicht-Heirat zu vermeiden. Aber es hatte sich nicht gelohnt. Ich schämte mich, ich schämte mich für diesen Tag, für die Niederlage im Kampf gegen meine Mutter, für das, was mein bisheriges Leben gewesen war, vor allem schämte ich mich für mich selber.

Es war Mitternacht, die Waldhütte hatte sich geleert bis auf das Servicepersonal, das aufräumte, und das Brautführerpaar, das mit dem Brautvater in der Ecke flüsterte und Blicke zum Servicepersonal hinüberwarf, worauf der Brautvater seine Brieftasche zückte, zu ihnen hinüberging und jedem etwas in die Hand drückte. Bestimmt wäre das meine Sache gewesen, dachte ich, und ich schämte mich schon wieder. Darüber, dass ich es vergessen, und darüber, dass ich nicht mal Geld in der Tasche gehabt hätte.

»Müssen wir noch aufräumen?«, fragte ich Maya.

»Ich weiß es nicht«, antwortete sie.

Der Brautführer trat auf uns zu. »Kommt, ich bringe euch nach Hause«, sagte er in einem Ton, der keine Widerrede duldete.

Wir trugen Geschenke, Blumen, Karten und einige Tischkärtchen zu seinem Wagen.

»Den Rest bringen wir euch auch noch«, beruhigte er uns, als ich in der Hütte herumblickte. »Eva und ich kommen morgen früh noch einmal hierher und schauen nach dem Rechten. Steigt jetzt ein. Gute Nacht euch Zweien.«

Ein letztes Mal blickte ich zu den Bäumen der Waldlichtung empor, dann stieg ich mit Maya in Uelis Wagen, und wortlos ließen wir uns nach Hause chauffieren. Ich war Ueli und Eva dankbar, aber ich brachte kein Wort mehr über die Lippen. Die Treppe vor dem Haus war, was für ein lustiger Hochzeitsscherz, zugepflastert, aber das unansehnliche braune Pflaster sah nach einem schäbigen Spitzbubenwerk aus, und ich schämte mich ein letztes Mal, diesmal, dass ich es nicht mal zu einem richtigen Streich schaffte. Wir rannten mit letzter Anstrengung die verunstaltete Treppe empor, betraten unser Heim, zogen die Kostüme endlich aus, wuschen uns in der Küche, da ein Bad in unserem alten, aber so kostengünstigen Haus fehlte, und sanken endlich auf unser nagelneues Ehebett, unfähig zu mehr als einem Gute-Nacht-Gruß. Wir waren verheiratet.

15

Ich war verheiratet mit der Frau, in deren Stimme ich mich mit sechzehn Jahren verliebt, der ich mit siebzehn in einem Lausanner Zimmer Gewalt angetan, die ich mit achtzehn durch ihren Entschluss verloren und mit zweiundzwanzig Jahren durch – wodurch eigentlich? – wiederbekommen hatte. Maya fuhr weiterhin nach Biel zur Arbeit im Kindergarten, und ich ging nach Bern zur Uni, denn noch war ich Student, an den Abenden waren wir meist für den Reformierten Jugendbund unterwegs, und in den Zwischenzeiten bemühten wir uns um das, was wir für ein Eheleben hielten.

Aus Angst, wegen meines neuen Zivilstandes von den Unikollegen abgeschrieben zu werden, machte ich eine Flucht nach vorn und eine Tugend daraus. Zum Beispiel teilte ich Johanna, der Innerschweizerin aus dem Seminar für alte englische Literatur, das ich heiß liebte, eines Freitags mit, und zwar laut, so dass es die anderen Mitglieder unserer Seminargruppe ebenfalls hören mussten: »Nächste Woche muss ich das Seminar schwänzen.«

Diese Seminargruppe gehörte zu jenem Drittel meines Lebenssystems, das ich bisher vorbehaltlos genossen hatte, das unberührt geblieben war von allen Krämpfen meines Lebens in den anderen zwei Dritteln. Und jetzt musste ich dieser köstlichen Unberührtheit ein Ende setzen.

»Wie bitte?«, maulte Johanna. »Was machen wir nur ohne Shakespeare?«

Gelächter rundherum. Wir, die Studenten dieses Seminars, galten wegen unserer unmöglichen Leidenschaft für Gedichte aus vergangener Zeit eh als Exoten an der Uni, was uns zusammenband, und wir kamen entsprechend gut miteinander aus. Shakespeare war mein Spitzname in diesem Kreis, auf den ich ungemein stolz war. Alle wussten, dass Johanna mich gerne hatte, weil ich ihren dunklen Akzent mochte und ihr das auch ab und zu sagte. Johanna war in diesem Moment deshalb die logische Sprecherin der Gruppe mir gegenüber.

»Ich gehe auf die Hochzeitsreise«, sagte ich.

Gleiches Gelächter wie vorhin. Niemand nahm meine Bemerkung ernst. Nur Johanna war ein bisschen blass geworden und meinte: »Du wärest der letzte, den ich als Familienvater sähe.«

Die andern nickten Zustimmung und schauten mich gespannt an, wie ich den Witz auflösen und Johanna beruhigen würde, ja, alle beruhigen würde, denn zu oft hatten wir uns lustig gemacht über die Verbürgerlichung der Welt und die Gedankenlosigkeit, mit der die andern, bloß die andern, in die Ehe hineintorkelten, um uns jetzt einfach damit abzufinden, dass einer von uns plötzlich verheiratet war. Der eine war ich, und meine Lage war verzwickt.

»Ich sah mich auch nicht als Familienvater«, versuchte ich zu erklären. »So kann man sich selber überraschen, siehst du.«

Ich hielt Johanna meinen Ring hin und fuhr fort: »Das war ein Verlobungsring, und jetzt ist es ein Ehering. Ich habe ihn schon lange, und du hast ihn nicht bemerkt. Ich bin tatsächlich verheiratet. Seit letztem Sonntag. Meine Frau heißt Maya. Sie hat pechschwarze Haare. Wie du.«

Es war sehr still geworden im Seminarzimmer. Ich beobachtete Johanna voll ängstlicher Aufmerksamkeit. Sie ergriff meine Hand und berührte den bescheidenen Weißgoldring, den Maya und ich uns nach der Verlobung auf dem Bielersee in aller Eile erstanden hatten. Mein Geschick an der Uni lag in diesem Moment ganz in Johannas Händen. Von ihren nächsten Worten würde es abhängen, ob mich die Gruppe als Exoten unter Exoten akzeptierte oder ob sie mich für meine Inkonsequenz bestrafen würde, mit der ich, der bisher deftigste aller Sprücheklopfer, mich still und heimlich verheiratet hatte. Johanna erhob sich. Sie schüttelte ihre schwarzen Haare, trat zu mir, drückte mir einen Kuss auf die Wange und sagte mit ihrer tiefen, wohlklingenden Stimme: »Du spinnst wohl. Na dann, da ist wohl nichts mehr zu machen. Aber bleib unser Shakespeare, sei so lieb. Warum hast du mich nicht um Erlaubnis gefragt? Dann hätte ich dir sagen können, dass ich dich auch genommen hätte, wenn du unbedingt heiraten wolltest... Alles Gute, Lausbub.«

Und sie küsste mich noch auf die andere Wange.

Das brach das Eis. Die andern klatschten. Ich empfing Schulterhiebe und weitere Küsschen und war unendlich erleichtert. Sie akzeptierten meinen neuen Zivilstand so, wie ich es erhofft hatte: Als einen Tatbestand, den sie nicht so recht verstanden, den sie mir aber nicht übel nahmen.

Zwei Jahre nach der Heirat brachte ich das Studium zu Ende, suchte und fand eine Stelle, aber nicht als Gymnasiallehrer, wie ich anfänglich beabsichtigt hatte, sondern als Redakteur einer Familienzeitschrift, deren Chef mehr von meiner Tätigkeit unter Jugendlichen, meiner Neugierde und meinem Allgemeinwissen beeindruckt war als von meinen Geschichts-, Englisch- und Französischkenntnissen. So wurde ich jüngstes Mitglied im Stab einer großen Zeitschrift, für die ich fortan Geschichten aufriss, Themen recherchierte und nach kurzer Zeit auch selber Artikel schreiben durfte. Ich benutzte dazu meine Vorstellungskraft, genährt aus Literatur und Film; mit meiner eigenen Realität musste das ja nichts zu tun haben.

Neben Beruf und Ehe füllte ich mein Dasein bis in die letzte Minute mit hingebungsvoller ehrenamtlicher Arbeit im Reformierten Jugendbund, für das, was ich für die Ehre Gottes hielt. Vor allem bemühte ich mich von morgens bis abends, aus keiner dieser Rollen zu fallen. Die Menschen um mich sollten beeindruckt sein von mir, ebenso wie Gott, meine Frau und ich selber.

Alles klappte ganz leidlich. Mit Ausnahme des Sexuallebens. Die Heirat hatte nichts daran geändert, dass seit der endgültigen Entscheidung zur Ehe das, was in Jugoslawien und in der Bieler Kindergärtnerinnenwohnung ein aufregendes Abenteuer gewesen war, was der Gipfel des Lebensgenusses hätte sein sollen, zu einer Nachtübung voller Verlegenheit verkommen war.

16

Die ersten Ferienwochen in meiner neuen Stelle benutzte ich, um im Berner Unispital eine kleine Missbildung im Fußgelenk operieren zu lassen, die in meiner Familie seit Generationen weitervererbt worden war. Maya war, auch wenn sie mich fleißig besuchte, weit weg, ebenso weit wie meine Ehrenämter und auch sonst alles, was mir geholfen hatte, das Leben in geordneten Bahnen zu halten. Es war während den langen Stunden im Spitalbett, in denen zuerst langsam und dann immer schneller die Dämonen der Zerrissenheit und des Zweifels über mein Leben und meine Rollen zurückkamen. Ich rutschte unaufhaltsam in tiefe Hoffnungslosigkeit zurück wie ein Ex-Trinker in den Alkohol. Keine Pflichten hielten mich mehr in Betrieb, keine Sitzungen, nichts, ich hatte auf einmal Zeit und rutschte und rutschte. Ich bäumte mich vergeblich gegen das gewaltige dunkle Loch auf, das ich auf mein Gemüt zukommen spürte. Wenige Tage nach dem Spitaleintritt war ich endgültig drin. Da betete ich: »Herr, nimm mich zurück – ich bin ein Fehlschlag. Ich mache es nicht mehr lange. Ich bin zu labil, zu gefühlshaft, fehlerhaft, lasterhaft, unsicher, abhängig von Menschen, ich bin krank, ohne Vertrauen und Konstanz... Ich glaube, ich werde nie funktionieren. Diese verrückte Sehnsucht nach heiterem, geborgenem Aufgehobensein, nach Geliebtwerden: Angenommen sein möchte ich. Ich träume von einer unbekannten Frau, mit der ich im Bett liege, und die ganze Welt ist uns gleich, nach uns die Sintflut... Aber ich werde das nie erleben. Ich lebe nicht. Ich möchte bloß leben, aber ich tue es nicht. Ich schaffe es nicht. Ich bin ein Zuschauer, der mitspielen möchte und es nicht mal auf die Bühne schafft.«

»Das ist kein fröhlicher Mensch«, sagte eine ältere Krankenschwester über mich zu einer jüngeren, die es mir hinterbrachte. Alkohol, den ich von einer Komplizin unter den Krankenschwestern ins Zimmer schmuggeln ließ, half mir, die Furcht vor meinen eigenen Gedanken zu überwinden, Gedanken, die in meinem Alltagsleben verdrängt geblieben waren. Ich schickte sie weiter an Gott, auch wenn mir nicht mehr so klar war, ob ich von ihm wirklich noch etwas erwartete.

»Ich muss es einfach aussprechen, endlich«, sagte ich ihm. »Ich habe einen Fehler gemacht, indem ich heiratete. Ich geriet in Panik, mein Leben lang allein zu sein, wie ich es als Kind immer gewesen bin, und ich wollte mir einen Menschen anschnallen, der meine Einsamkeit ausfüllt. Wie es Maya sah, ist mir sehr zustatten gekommen: Sie wollte mich einfach, und ich hatte Angst, ihr die Ehe zu verweigern, weil sie mich doch so sehr wollte. So habe ich mir selber gegenüber die Heirat gerechtfertigt. Und dann die Sexualität! Mein Leben war doch ein unaufhörliches Suchen nach einer Frau, die ich bezwinge. Aber Maya hat mich bezwungen, nicht ich sie. Muss ich zurück in ein Eheleben, das keines ist? Was muss ich tun?«

Was ich tun musste, erfuhr ich nicht. Dafür trat Anita, eine junge

Krankenschwester, in mein Leben, und ich erfuhr eine steile Bergfahrt der Gefühle, hinaus aus dem Jammertal. Anita kam am Morgen nach der Nacht meiner düsteren Gedanken zur Türe herein, um mir das Frühstück zu bringen, und die Augen fielen mir fast aus dem Kopf, so hinreißend fand ich sie. Zunächst dankte ich der brünetten Schönheit mit dem Schalk in den Augen etwas intensiver als nötig für den Kaffee. Bei den folgenden Mahlzeiten fiel mir auf, wie lange sie an meinem Bett stehenblieb und wie gern sie den Small Talk mitmachte. Ich begann mich auf die Mahlzeiten zu freuen. Ich begann zu lachen. In mir drin lösten sich Knoten. Die Wintersonne wärmte das Zimmer, und mir fielen alle schrägen Sprüche auf einmal ein, wenn Anita das Zimmer betrat. Sie lachte darüber, bis ihr die Tränen kamen und sie sich eine Weile ausruhen musste, bevor sie ihre Arbeit fortsetzen konnte. Ich fühlte mich glücklich bis in die Fingerspitzen über dieses Lachen. Nachts dachte ich über Anita nach. »Es kann doch kein Zufall sein, dass sie in dem Augenblick hier aufgetaucht ist, in dem es in mir förmlich nach einer Lösung aus meiner unmöglichen Ehesituation schrie. Die Gegenwart von Anita macht mich glücklich. Aber ich verstehe das nicht. Das kann doch nicht die Antwort von Gott auf mein verzweifeltes Gebet sein. Ich verstehe auch nicht, wie ich mit Maya weiterleben soll, wenn die Spitalzeit vorüber ist. Wie es überhaupt mit mir weitergehen soll.«

Natürlich ging ich trotzdem nach Hause zurück. Es ging alles weiter, genau wie vorher. Mit einer Ausnahme: Ich begann Anita regelmäßig zu treffen. Mir war bewusst, was ich tat, aber ich hatte die Nase voll, mir ständig meine Pflichten und Rollen vor Augen zu halten. Vielleicht zum ersten Mal in meinem Leben fürchtete ich die Hölle nicht, während ich etwas tat, was nach den in meiner Jugend erlernten, jetzt offen bezweifelten Gesetzen die Hölle nach sich zog; zum ersten Mal zog ich in Betracht, dass Gott oder das, was ich für Gott hielt, vielleicht anders wäre als so, wie es bisher festgestanden war. In nie gekannter Unbekümmertheit begann ich mich in Fragen und Erkenntnisse vorzuwagen, die ich aus Furcht vor Hölle, Zurückweisung und Einsamkeit bisher nicht zugelassen hatte.

Auf einmal war alles offen. Maya und ich begannen ganz anders miteinander zu reden. Ich fand sie plötzlich reizvoll und einer Entdeckungsreise wert, wir schmusten wieder wie in gewissen guten Zeiten vor der Heirat, und gleichzeitig traf ich Anita. Bei Anita verfiel ich auf die tollsten Ideen und bei Maya fühlte ich mich einfach gut. Bedingungslos frei fühlte ich mich, und ich würde noch freier werden, nahm ich mir vor. Dazu brauchte ich Anita, ohne Maya entbehren zu wollen. Anita wollte ich mir nur auf Zeit halten; so lange, bis die neue Freiheit in mir selber drin stark genug war; Maya hatte ich ja sowieso, und sie würde von meiner neuen Freiheit profitieren. Die Gegenwart war schön, die Zukunft würde herrlich sein.

Aus dem Gang in die Freiheit wurde aber nichts. Das berauschend Schöne, das solch ungeahnte Kräfte in mir freisetzte, wurde unversehens zur Glut, über die ich innerhalb weniger Tage die Kontrolle verlor. Ich gab es mir schließlich zu: Ich hatte mich in Anita verliebt, mehr noch, ich war ihr mit Haut und Haar verfallen. Dabei wollte ich ja gar nicht von Maya weg, zu der ich Zuneigung empfand; es war, als hätten Maya und ich etwas nachgeholt, was wir vor der Heirat verpasst hatten, und ausgerechnet jetzt, wo die Tür zu einer ganz anderen, besseren Beziehung zwischen ihr und mir offengestanden hatte, ausgerechnet jetzt fand ich mich verliebt in eine andere, im Zustand der Untreue, ja, des Ehebruchs. Es war zum Verzweifeln, und ich verzweifelte in einem monumentalen, einsamen Samstagabend-Besäufnis in meinem Büro, in dessen Verlauf ich abwechslungsweise Anita und dann wieder Maya tot wünschte, um mein eigenes Leben fürchtete und schließlich betete: »Ich habe Sehnsucht nach Frieden. Mach mit mir doch ein Ende, Gott.« Maya kam mich suchen, fand mich, las mich zusammen und schleppte mich nach Hause. Sprechen konnte keiner von uns beiden, tagelang nicht.

Nach dem Zusammenbruch versuchte ich einen Entzug von Anita. Maya und ich bemühten uns um Verständnis füreinander, wir machten Ausflüge, saßen abends lange in der Küche und erzählten einander die Ereignisse des Tages, und manchmal hatte einer von uns den Mut, die Schwierigkeiten unserer Beziehung zur Sprache zu bringen, aber es war ein Gang auf rohen Eiern, der oft in Tränen ihrerseits oder Wut meinerseits endete. Dazwischen hatte ich Rückfälle, brauste mit dem Auto in die Stadt und traf Anita oder eine andere Frau, die ich in irgendeinem Lokal angequatscht hatte. Einmal saß mir ein Mädchen gegenüber, dessen Namen ich vergessen habe, eine Welsche, und ich war zutiefst glücklich, dass sie mein Französisch offen bewunderte, es gefiel mir, dass auch sie Bier trank und rauchte. Sie bekam die ganze Geschichte mit meiner Frau, mit Anita und mit allem andern im Verlaufe eines kurzen Abends aus mir heraus. Aus einem richtigen Rückfall wurde an diesem Abend nichts, denn die Welsche machte eine unerwartete Kehrtwendung, sobald sie alles wusste, das Glitzern in ihren Augen machte einem Blitzen Platz, und sie sagte abrupt: »Du gehörst zu deiner Frau. Ich verstehe nicht, warum du nicht ein Kamerad sein kannst für andere Frauen. Geh nach Hause und liebe deine Frau.« Nicht mal ihr Bier ließ sie sich bezahlen. Ich gehorchte ohne Widerrede, erhob mich und ging nach Hause. Maya wartete an diesem Abend auf mich in der Küche, kam mir entgegen, umarmte mich, obwohl ich nach Alkohol und Tabak roch, und sagte: »Ich glaube, wir bekommen ein Kind.«

Oh, wie sehr ich es mir vornahm, ein guter Vater zu sein. Wieder stürzte ich mich in meine Pflichten; in einer neuen Euphorie erklärte ich die im Spital ausgebrochene Krise schlichtweg für beendet. Das wohlgeordnete Leben hatte mich wieder. In der Redaktion war ich hingebungsvoll engagiert, im Jugendbund ein theologisch nie in Verlegenheit geratender Leitstern für die Sache Gottes, und kein Mensch, so meine feste Überzeugung, konnte etwas von den im tiefsten Seelenkeller vergrabenen Zweifeln und Ängsten ahnen. Ich selber hatte sie ja für erledigt erklärt und spielte mir selber gegenüber die Rollen als Redakteur, Leiter und auch als Ehemann mit größter Sorgfalt.

Die Geburt unserer Tochter Viviane, die ich miterlebte, setzte der von mir ausgerufenen Idylle das i-Tüpfelchen auf. Sie reichte einige Monate, bis in den Herbst des nächsten Ehejahres hinein, bis zum nächsten Rückfall, der so radikal verlief wie der vorhergehende mit

Anita. Ich nahm Ferien, denn ich fühlte mich ausgelaugt von allen meinen Anstrengungen, und schlug Maya vor, ich würde mich für eine Weile zurückzuziehen. Ich bräuchte bloß eine Dosis Alleinsein und Unterwegssein nach dem anstrengenden Sommerhalbjahr, nachher würde ich erholt zu ihr zurückkehren, und das sei wohl für alle besser, als wenn ich zu Hause bleiben und ihr und mir selber auf die Nerven gehen würde.

Ich spürte, wie sehr Maya mir Glauben schenken wollte, was mich rührte. Ich spürte auch, wie wenig Glauben sie mir trotz ihres guten Willens schenken konnte, was mich wütend machte. Denn ich schätzte mich selber nicht anders ein, als sie es tat, aber ich wollte es nicht wahr- und noch weniger ausgesprochen, ja nicht einmal gedacht haben. Das machte meine Wegfahrt auch zu einer Flucht vor mir selber. Ich fuhr weg.

Kaum aus dem Haus und auf der Straße, durchströmte mich eine Frische, die mir Angst machte und die ich zugleich begehrte. Ich vergaß auf der Stelle mein Leben als Redakteur, Jugendverantwortlicher, Ehemann und Vater, ich vergaß es wirklich und tauchte in eine Welt ein, die sich von Camus nach Max Frisch hin erweitert hatte, dessen Texte mir seltsam vertraut klangen. Frisch vermittelte mir das Gefühl, an meinen Zweifeln und Fantasien sei nichts Falsches, und ich war ihm dankbar. Seine Bücher begleiteten mich auf dieser Reise. Es war Anfang Oktober, und ich fuhr mit meinem ewiggleichen Döschwo nach Marseille. Dort kam ich bei Leuten unter, die ich in Paris kennengelernt hatte. Unter ihnen war eine Bretonin; sie war damals sechzehn gewesen und behauptete jetzt, vier Jahre später, bei einem Spaziergang im Parc Borély, den ich aus der französischen Literatur bestens kannte, sie sei damals in mich verliebt gewesen. Ihr Name war Jeanne. Ich erinnerte mich kaum an sie. Jeanne war mit ihren Eltern kurz nach meinem Weggang aus Paris nach Marseille gezogen, wo ihre Familie ein bretonisches Restaurant eröffnet hatte. Jeanne war mittlerweile verlobt mit einem Bretonen, mit einem echten, wie sie betonte, vor dessen Eifersucht sie sich aber fürchte. Unvermittelt stellte Jeanne sich mir bei unserem Bummel durch den Parc Borély in den Weg und legte eine Hand auf meinen Arm. Ich schaute zu Jeanne hinunter, es war ein milder, sonniger Spätnachmittag im Oktober, und ich sah eine kleine, lebhafte, aufregende junge Frau mit langem, brandrotem Haar, glänzenden Augen und einem kupfernen Teint. Sie schaute mir mit Kühnheit ins Gesicht und hielt mir eine Rede.

»Hör mir zu, mon cher copain, ich werde dir jetzt etwas sagen. Mir bedeutet das Leben nicht viel. Schon in Paris habe ich viele Dummheiten gemacht. Nein, nicht mit dir, denn in dich war ich ja verliebt, aber mit andern. Als wir hierher nach Marseille kamen, fand ich Michel, meinen Freund, der jetzt mein Verlobter ist, und er gibt mir Halt. Meine vielen Dummheiten, die ich begangen habe, wolle er mir nicht nachtragen, sagt er immer, aber er tut es trotzdem. Er ist sehr eifersüchtig. Ich kann nicht von ihm weg. Ich will das gar nicht, ich komme mit mir selber nicht zurecht, jedenfalls nicht allein. Mit Michel wird es gehen, aber es wird kein Leben der Hoffnung sein. Es wird einfach ein Leben sein. Aber weil ich keine eigene Zukunft habe, sagt mir das Leben auch nichts. Und jetzt höre mir gut zu. Vier Jahre lang hatte ich einen Tröster im Traum, das warst du. Jetzt stehst du da, und ich möchte nicht, dass der Traum zu Ende geht. Ich werde Michel heiraten und alle Hoffnungen begraben, aber nicht den Traum. Diese Ehe ist meine reale Welt, aber der Traum wird mich immer trösten. Wer versucht, einen Traum in Realität umzuwandeln, an dem rächt sich das Leben. Und trotz der Angst vor dieser Rache, trotz der Angst vor der Eifersucht meines Verlobten Michel, will ich dich jetzt, heute, für eine Weile aus dem Traum in mein wirkliches Leben herüberholen. Ich habe dich nicht gerufen, du bist aus eigenem Entschluss hierhergekommen, und du hast von dem allen nichts gewusst. Aber jetzt bist du da, und darum will ich tun, was ich tun will. Nachher fährst du in die Schweiz zurück, ich heirate Michel, und c'est ça.«

Nach dieser Rede, die mich vollkommen aus der Fassung brachte, stellte sich Jeanne dicht vor mir auf die Zehenspitzen und küsste mich, bevor ich denselben öffnen konnte, auf den Mund. Es war der wildeste Kuss, den ich je bekommen hatte. Ich war zu überrascht, um ihn zu genießen, und als mein Blut endlich so richtig in Wallung geraten war, hatte Jeanne schon wieder von mir abgelassen. Ich schaute sie entgeistert an, und es dauerte eine Weile, bis mein Gehirn wieder einigermaßen anlief. Als erstes dachte ich, dies sei wirklich nur ein Traum, aber ich bemerkte den Irrtum rasch. Als zweites kam mir Max Frisch in den Sinn. Was Jeanne über die Sache mit der Realität und dem Traum sagte, kannte ich schon von ihm, aber Jeanne drückte es besser aus als Max Frisch. Als drittes realisierte ich, was Jeanne eigentlich eben gesagt hatte über sich und mich, und ich verlor gleich noch einmal die Fassung. Das konnte doch einfach nicht wahr sein. Aber sie ergriff meine Hand, zog mich durch den Park zu meinem Auto zurück und dirigierte mich auf die Calanques vor der Stadt hinaus, wo wir beim Anblick von Felsen, Möwen und Meereswellen miteinander über das Leben im Allgemeinen und im Speziellen sprachen, bis wir ermattet waren. Langsam sank die Sonne ins Meer.

Dann fuhren wir zu Jeannes Eltern ins bretonische Restaurant, wo wir wie Könige empfangen und bewirtet wurden. Offensichtlich hatte Jeanne sie eingeweiht in ihre Pläne. Inmitten des märchenhaften Essens fiel mir die Schäbigkeit meines Hochzeitsmahles ein, beim Anblick des geschmackvoll ausgestatteten Raumes musste ich an die Holzwände jener rohen Waldhütte denken, in der wir gefeiert hatten, und die offenen, lieben Gesichter von Jeannes Eltern riefen mir die lauernden Blicke meiner Mutter und das steinerne Antlitz meines Vaters an jenem Sonntag im Mai in Erinnerung, an dem ich mich mit Maya verheiratet hatte. Was Jeanne eigentlich für mich bedeutete, kam mir nicht in den Sinn zu fragen. Ich fand sie schön und nach dem Gespräch auf den Calanques auch interessant, aber das war es dann. Sie wollte mich ja, da war ein weiteres Nachdenken meinerseits vollkommen überflüssig. So hatte ich es immer mit den Frauen gehalten, und ich sah keinen Grund, ausgerechnet in diesem richtig erlebten Märchen etwas daran zu ändern. Keine Sekunde lang dachte ich über Recht oder Unrecht meines Tuns nach. Diese Begriffe stammten aus einer fernen Welt, in der ich mich in jener Stunde nicht befand, und fochten mich nicht an. Ich war berauscht von dieser unglaublichen Welt. Wenn Gott ein Feind dessen wäre, was ich eben erlebte, dann hätte ich an diesem verrückten Abend nichts mehr von ihm wissen wollen. Ich wusste mich im Paradies, im Liebeshimmel.

Einmal noch stoppte ich auf der Rückfahrt in die Schweiz bei einer Telefonkabine, rief Jeanne an und sprach eine Viertelstunde lang Unsinn in den Hörer hinein. Sie bat mich aufzulegen, denn der Traum sei jetzt vorbei, und ich gehorchte. Ich habe Jeanne nie wieder gesehen. Jetzt nach Hause fahren? Ein Ding der Unmöglichkeit. Im Bewusstsein, dass ich einer Rückkehr in die harte Realität letztlich nicht ausweichen konnte, schob ich sie bis zum Ende meines Urlaubs hinaus und machte im Tessin Halt, wo ich mich bei Journalistenkollegen einquartierte, die dort eine geräumige Ferienwohnung gemietet hatten.

Ich schaffte es nicht, die Erinnerung an Jeanne abzuhaken. Stattdessen legten sich wieder einmal zahllose Steine in meinen Bauch. Zum Alkohol gesellte sich ein neues Mittel, sie erträglich zu machen: der Sarkasmus. »Ich bin ein Schrei nach Liebe und ein Rinnsal der Kraftlosigkeit«, verriet ich meinem Tagebuch. »Mein Kopf ist zu gross für meine Schultern. Vom Leben begreife ich mehr, als ich aushalten kann. Wer mehr Kraft als Einsicht hätte, könnte mich ausgleichen. Das Beste meines Lebens habe ich in Marseille erlebt, mehr will ich nicht, eigentlich könnte die Partie zu Ende sein, jetzt muss ich mich abfinden mit dem Rest. Sicher ist eines: Ich gebe mich von heute an keinem Menschen mehr hin, von dem ich nicht weiss, dass ich ihn nie mehr wiedersehe oder dass er ein totaler Schafskopf ist: Weil mich seine Nähe sonst zerstört. Weil ich dauerhafte Nähe, scheint mir, gar nicht ertragen kann. Ertragen könnte ich außerdem noch einen heiligen Narren, mit dem könnte ich wenigstens über die Welt lachen, bevor ich verzweifle. Ich fühle mich Max Frisch nah. Es hat noch nicht mancher versucht, so verzweifelt Christ zu sein ohne Gott, wie du, Max. Du bist einer von den vielen, die erst mit dem Tod auf die Welt kommen werden. Christ sein ohne Gott ist Gott sein. Max, du bist kein Gott. Gott kennen ist Leben. Du kennst Gott nicht, Max, und ich auch nicht. Darum leben du und ich nicht, Max. Wir stehen immer auf der Seite und beobachten es, scharf und präzis. Das ist alles, was wir zwei vom Leben haben.« Max Frisch und ich. Der Prophet und sein verlorener Schüler auf einer Tessiner Steinbank.

Ich blieb nachmittags in der Ferienwohnung, während meine Kollegen auf Wanderungen gingen, und ich schrieb, den Portwein immer in Reichweite. Anders als auf der Redaktion schrieb ich einfach drauflos, ohne viel zu überlegen. Am Abend las ich den andern das Ergebnis vor, Gedichte, Aphorismen und Szenen, die vor Sarkasmus trieften. Sie klatschten sich begeistert auf die Schenkel. Je mehr die Zeit verrann, desto näher rückte der Wiederbeginn der Redaktionsarbeit, und das bedeutete, dass ich eine Entscheidung würde treffen müssen, wie ich meiner Zukunft entgegengehen wollte. Ich setzte mich nachts, als die Kollegen schliefen, mit einer Laterne an den Steintisch vor dem Haus und kam beim Studieren auf drei Möglichkeiten: Sterben, Ausziehen von Zuhause, oder in Ehe, Beruf und anderen Pflichten verharren. Zu sterben traute ich mich nicht, auszuziehen auch nicht, und in meiner Situation zu verharren würde ich nicht die Kraft haben. Würde ich je einen Weg finden, wie ich mit Kraft, Liebe, gutem Gewissen und ohne Angst leben könnte? Ich bemerkte eine neue Angst, größer als alle vorherigen: Dass viel mehr, als ich bisher zu denken gewagt hatte, einen doppelten Boden haben könnte, kalter Kaffee sein könnte, raffiniert getarnt mit Moral und Religion. Ich fand keinen Boden unter mir, marschierte auf unsicheren Lehrsätzen wie in einem Sumpf, in den ich jederzeit einsinken konnte, aber es war mir in jener Nacht am Steintisch meiner Kollegen im Tessin seltsam gleichgültig, ob ich wieder einsinken würde. Bis auf Momente namenlosen Entsetzens, als mir in den Sinn kam, Gott könnte sich einmal vor mich und mich zur Rede stellen, und dann hätte ich alles vermasselt.

Am nächsten Morgen fuhr ich über die Alpen nach Hause, wieder einmal, aber mit weit weniger Zuversicht als damals, als ich neunzehn war und verstand, dass dieser gleiche Gott mich im Leben wollte. Entschieden hatte ich mich für keine der drei Möglichkeiten, auf die ich in der Nacht zuvor gekommen war, aber auch das war wohl eine Entscheidung. Ich kam meinen Verpflichtungen in den nächsten Wochen einigermaßen nach und versuchte, nichts von alledem nach außen dringen zu lassen, was ich bei meiner Herbstreise erlebt hatte, auch nichts von dem, was diese Erlebnisse an neuen Zweifeln über den Wert meines Daseins in mir ausgelöst hatten. Jeannes Methode, die Welt in Traum und Realität aufzuteilen, fand ich hilfreich, und Max Frischs Texte bestätigten mir deren Berechtigung. Die Realität war traurig, aber im Traum gab es Genuss. Ich behielt diese Methode als eine bizarre Kostbarkeit für mich und entwickelte sie zu einem Stück eigener Identität, das sowieso niemand verstehen würde, und das ich demzufolge für mich behielt. Wenn ich schon ohne Hoffnung, also traurig bin, so will ich das wenigstens auf meine Art sein, sagte ich mir. Man muss ja aus dem etwas machen, was man hat, nicht aus dem, was man nicht hat. Wenn schon traurig, warum, jawohl, warum sollte das nicht lustig sein? So erfand ich das Wort Trauerlust, das mir als beste Beschreibung des Zustandes erschien, in dem ich mich fortan am ehesten zurecht fand. Meine Umgebung erschien mir in anderem Licht, und die Trauerlust bot sich als ideale Form an, meinem Empfinden der Dinge Luft zu machen, wenn ich nicht gerade im Dienst war in einer meiner Rollen, die ich unverändert spielte. Noch spielte ich meine Rollen nach außen perfekt, aber in meinem Innern hatte sich längst eine bodenlose Leere auszubreiten begonnen.

Knapp teilte ich eines Tages Maya mit, ich wolle nicht von ihr weggehen, aber einen Unterschlupf finden in Biel, eine Dachkammer zum Beispiel, in die ich mich jederzeit allein zurückziehen könnte, was ich unbedingt brauche, genau zu dem Zweck, dass ich nicht von ihr weggehen müsse. Die nächtlichen Stunden in meinem Büro reichten mir nicht mehr, um mich von den Rollenspielen tagsüber zu erholen. Maya spürte, dass es zwecklos war, mit mir über meine Pläne zu sprechen, hörte mich darum bloß an und sagte: »Dann halt.«

Ich fand rasch das, was ich suchte: Ein kleines Dachzimmer im herrschaftlichen, heruntergekommenen Haus einer älteren Malerin, mit Blick in einen üppigen, verwilderten Garten und auf den Bielersee, und das wurde mein *Schlupf*, der mich vom Druck entlastete, den das Pflichtleben auf mich ausübte. Jetzt konnte ich mein Leben auch örtlich sauber in einen Pflicht- und einen Kürteil aufgliedern. Der Pflichtteil fand zu Hause, im Jugendbund und auf der Redaktion statt, der Kürteil im *Schlupf*. Abende lang saß ich dort und war glücklich. Ebenso oft saß ich in der Küche der Malerin, die sich sehr für mich interessierte, mir Whisky empfahl gegen meine Bauchschmerzen und mich einen Auflöser aller Dinge nannte, wenn wir, umgeben von anderen jungen Leuten, ausgiebige Debatten über Kunst, Darstellung, Wahrheit und Wahrnehmung führten. Dass ich als noch nicht Dreißigjähriger im Grunde genommen mit meinem Leben abgeschlossen und beschlossen hatte, den Rest als Zugabe zu betrachten und zu genießen, so gut es ging, faszinierte die Malerin.

Lange dauerte auch dieser neue Versuch eines Gleichgewichtes nicht. Ein Redaktionskollege schaute mir eines Tages nach dem x-ten Bier über den Tisch der Gartenwirtschaft hinweg, in die wir uns nach getaner Arbeit zurückgezogen hatten, unvermittelt in die Augen und sprach: »Du ziehst eine Riesenshow ab, mon cher. Ich sehe, wie du durch den Job wirbelst, aber ich könnte keine einzige Eigenschaft von dir aufzählen, von der ich sicher bin, dass du sie wirklich hast. Ich mag dich, und ich bedaure dich. Dich verknallt es eines Tages wie einen Ballon, wenn du dir nichts einfallen lässt.« Als ob sich die Menschen plötzlich zur Äußerung brutaler Wahrheiten über mich verschworen hätten, erhielt ich am nächsten Tag einen persönlich adressierten Leserbrief mit einem einzigen Satz ohne Unterschrift. Der Satz lautete: »Ist doch alles Bluff, Ihre Schreibe.« Um das Maß voll zu machen, eröffnete mir wenige Tage später Maya, sie habe dem Drama meiner peinlichen Riesenschau nicht länger zusehen können, die ich im Jugendbund vollführe, und den Kantonsleiter gebeten, mir die Führung über die Ortsgruppe Bottigen abzunehmen, bevor etwas Dummes passiere: Sie, Maya, habe unsäglich gelitten wegen mir und für mich, es reiche jetzt, besser sei ein Ende mit Schrecken als ein Schrecken ohne Ende, und sie habe gehandelt, weil ich selber nie etwas unternommen hätte.

Ich sank in mich zusammen. Nur unsere Tochter, mit der ich viel Zeit verbrachte, hielt mich davon ab, auf der Stelle mit dem Döschwo gegen einen Baum zu rasen. Jedenfalls war das die Erklärung, mit der ich mir selber gegenüber begründete, warum ich mein sinnloses, jetzt auch noch von offenbar allen durchschautes Leben nicht sofort beendete, als ich aus allen Rollen auf einmal gekippt wurde. Mit unendlicher Scham gab ich meine Jugendleiter-Funktionen von einem Tag auf den andern auf und erlebte das für mich ganz neue Gefühl unendlicher Erleichterung, wie wenn ein jahrelanges Rollenspiel endlich zu Ende ist. So musste sich ein ertappter Serienbrandstifter fühlen, dachte ich, dem die Last abgenommen wird, ständig neue Häuser in Brand setzen zu müssen, und am liebsten hätte ich diese Erleichterung auch in Beruf und Ehe erlebt. Die Weihnachtsferien retteten meine düstern Gedanken in eine Pause, ich fuhr zum Haus der Malerin in meinen Schlupf und zog wieder einmal Bilanz. In meinem Tagebuch.

»Eigentlich bin ich gar nicht. Es gibt mich nur scheinbar. Und jetzt hat mein Schein auf der ganzen Linie Schiffbruch erlitten. Warum sollte mir irgendein Mensch oder Gott selber zürnen, wenn ich meinem Leben ein Ende setze? Aber ich tue es nicht. Ein Versuch hat gereicht. Und ich bin nicht so dumm, das Ende der Welt und den Augenblick der Rechenschaft vor Gott für eine Erfindung zu halten, und ich habe sogar Angst davor. Angst, dass mir zu meinem freigewählten Tod nichts einfallen würde. Es ist mir nur nicht möglich zu leben. Ich müsste da leben, wo ich keinen Schein brauche, wo ich rein nichts darstellen muss: entweder in der absoluten Anonymität oder auf ständiger Wanderschaft. Ich müsste das sein können, was ich immer war: ein flüchtiger Vogel. Ein flüchtender Vogel. Das sein, was ich als Kind auf dem Weg von und zur Schule war: Einer, der ständig rennt. Aber wohin soll ich rennen, oder fliegen? Mein Doppel- oder Mehrfachleben ist ans Ende gekommen. Ich muss die Konsequenzen ziehen, aber wie? Ich habe Bestätigung und Annahme gesucht, indem ich Frauen, immer wieder Frauen wollte. Sex gleich Erfolg gleich Annahme. Und dann kam vielleicht Reue, weil ich Untreuegefühle, Schuldgefühle hatte. Es endete jeweils mit der Rückkehr in das, was ich als gottgegebene Ordnung erlernt habe, in die Ehe, in eine kurze Zeit äußerst anstrengender Selbstdisziplin. Und dann beginnt das Ganze von vorn, das Ganze, das eine Mühle ohne Ausweg und Ende ist. Sogar eine Ehe ist schon einmal gescheitert, diejenige mit Clara. Nein, wir waren nicht gesetzlich verheiratet, aber wir haben eine Art Ehe geführt, und die ist gescheitert.«

Statt meinem gescheiterten Leben ein Ende zu setzen, da mein Scheitern nun vor aller Welt offenbar war, dachte ich also an Clara. Da war sie wieder, Clara. Sie, die ich endgültig aus meinem Leben verbannt glaubte, tauchte in dem Moment wieder auf, in dem mein Lebensschwindel aufflog. Maya stellte die Rechtschaffenheit dar und die Ehe mit ihr den geraden Weg vor Gott und den Menschen, den zu gehen ich erfolglos versucht hatte; Clara war mein erster langer Ausbruch gewesen aus der erlernten Ordnung und der Rechtschaffenheit, aber ich hatte mich in die Ordnung zurückholen lassen und Clara weggeschickt. »Wenn ich doch zwei Seelen in meiner Brust habe«, fragte ich mich in dieser Nacht in meinem kleinen Dachzimmer im Haus der Malerin am See, »wenn ich ganz einfach gespalten bin, in einen Christian- und einen Köbi-Menschen, wenn ich die beiden Seiten einfach nicht miteinander versöhnen kann – dann bräuchte ich doch beide, Maya und Clara. Mit einer Prise Anita und einer Prise Jeanne. Ich habe es mit Maya allein versucht, dann mit Clara allein, dann wieder mit Maya allein. Soll ich es vielleicht wieder mit Clara versuchen, allem zum Trotz, was in der Zwischenzeit geschehen ist? Oder mit beiden zusammen? In irgendeiner Form?«

In einem Akt der Verzweiflung rief ich Claras Mutter an und erlebte den unglaublichen Zufall, dass Clara eben in der Schweiz war, und zwar ohne Ehemann, aber mit Kind. Sie kam ans Telefon.

»Lass uns miteinander sprechen«, bat ich sie. »Bitte, ich flehe dich an.«

Ich flehte, als ging es um mein Leben. Ich war am Ende, und Clara schien mir als letzte Hoffnung. Weil ich es gewesen war, der die Beziehung zu ihr beendet hatte, konnte ich vielleicht meinen Zustand verbessern, indem ich sie wieder aufnahm. Zumindest Kontakt aufnahm. Vielleicht konnte ich dort anknüpfen, wo ich in meinem Ausbruch aus der Müetiwelt steckengeblieben war. Vielleicht. So recht glaubte ich nicht an diesen letzten Hoffnungsschimmer. Ja, ich kam mir recht idiotisch vor, die Flasche in der einen und den Telefonhörer in der andern Hand, über den ich mit einer Frau verbunden werden würde, die bestimmt nichts mehr mit mir zu tun haben wollte.

»Einen Augenblick bitte«, erwiderte Clara. Sie deckte die Muschel zu, und ich wartete, während sie mit ihrer Mutter sprach.

»Gut, es geht, meine Mutter schaut nach dem Kleinen. Kannst du mich abholen? Wo wollen wir hingehen?«

»Ich bin in einer halben Stunde bei dir«, sagte ich. »Es gibt schon einen Ort, wo wir hingehen können. Musst du es jetzt schon wissen?«

»Nein, ich muss es nicht wissen. Ich vertraue dir. Bis nachher.«

Wir hängten auf. Mein Herz klopfte zum Zerspringen. Vielleicht gab es doch noch Hoffnung für mich.

Clara wartete vor dem Haus ihrer Mutter auf mich. Ihr Atem war in der kalten Februarluft von weitem zu sehen. Sie sah genauso aus wie in meiner Erinnerung: zierlich, zerbrechlich, lieb. Ich parkte den Wagen wie in meiner Erinnerung. Erst, als ich den Motor abstellte, wurde mir bewusst, wie kurios es war, dass ich wenige Tage vor diesem Treffen anstelle des altersschwachen Döschwos einen blauen Fiat gekauft hatte. Das Auto, das uns Claras Mutter damals geschenkt hatte, war ein blauer Fiat gewesen, ein etwas anderes Modell zwar. Ein läppischer Zufall war das zweifellos. Clara lächelte zuerst das Auto an und dann mich. »Ein blauer Fiat«, meinte sie, als wir uns die Hand gaben. »Wie geht es dir?«

»Komm, steig ein, dann sag ich dir, wie es mir geht«, gab ich zur Antwort und öffnete ihr die Türe. Clara stieg ein, und ich ging um den Wagen herum. Meine Augen wanderten unwillkürlich zum

Fenster der Wohnung empor, an welches ich ein paar Jahre vorher unzählige Male spätnachts Kieselsteine geworfen hatte, um Einlass zu finden, und ihn auch gefunden hatte. Diese Wohnung war eine Fluchtinsel gewesen für mich, aber ich hatte es nicht gewusst. Da erkannte ich hinter der Fensterscheibe das Gesicht von Claras Mutter. Sie bemerkte meinen Blick und trat rasch einen Schritt vom Fenster weg. Ich stieg ins Auto, schaute Clara an, verharrte einen Augenblick und sagte: »All die Jahre.« Clara drehte den Kopf zu mir und wiederholte: »All die Jahre.«

Dann startete ich den Motor, und wir fuhren um Bern herum nach Biel, zum Haus der Malerin. Während der Fahrt erklärte ich Clara das Zimmer und dessen Zweck, aber es kam mir vor, als wüsste sie alles im Voraus und als seien meine Erklärungen überflüssig. Wir stiegen die knarrende Treppe zum Dachboden empor, gingen durch den breiten Flur, dann öffnete ich mit einem uralten Schlüssel die Tür meines Schlupfs, und da waren wir. Sie trat ein, und ich folgte ihr. Lange verharrte sie reglos mitten im Zimmer, dann drehte sie sich zu mir um, und mit Tränen in den Augen sagte sie: »Das bist du.«

Stumm stand sie vor mir, die Frau, die ich nach zwei Jahren engstem Zusammensein mit frommen Worten weggeschickt hatte. Statt in ihrem Traumberuf war Clara in Italien gelandet, wo sie sich in den Armen eines Italieners trösten und von ihm ein Kind zeugen ließ, dem sie, wie sie mir erzählte, kaum hatten wir den Schlupf betreten, jenen Namen gegeben hatte, den wir für das Unsrige ausgesucht hatten, als wir neunzehnjährig an der Aare entlangspaziert waren und dem Resultat des Schwangerschaftstestes entgegengebangt hatten. Jetzt, Jahre später, spürte ich die Eifersucht auf jenen Italiener kurz und jäh in mir aufsteigen. Die Eifersucht verwandelte sich in Trauer über die Unabänderlichkeit der Dinge. Eine Trauer gänzlich ohne Lust. In die Trauer mischte sich eine stille Stimme, die mich daran erinnerte, dass Clara mich eigentlich an ihrem Leben beteiligte, indem sie ihrem Kind unseren Namen gegeben hatte, und dass sie ohne zu zögern Jahre später zu mir kam. Clara hatte mich nicht vergessen.

Ich hätte sie vor Rührung darüber in meine Arme schließen mögen, aber ich berührte Clara nicht, die ganze Nacht nicht, die wir in der engen Dachkammer zusammenwaren.

Wir ließen uns nieder und redeten, stundenlang. Wir redeten über die gemeinsamen zwei Jahre und erzählten einander, was wir nachher gemacht hatten. Warum ich sie hatte wiedersehen wollen, war mir halbwegs klar, aber warum hatte sie eingewilligt in dieses Treffen? Vielleicht, um unserer Beziehung endlich einen würdigen Abschluss zu geben? Sie verbarg nichts vor mir, und als sie plötzlich aufstand, zum Fenster trat und sagte, wir könnten ja zusammen nach Übersee gehen, stand mein Herz still, eine Ewigkeit lang, wie mir schien. Ja, dort findet uns niemand, würgte ich schließlich hinaus. Sie drehte sich zu mir, das Gesicht verweint, und ich verstand, dass sie mir mit diesem Satz hatte sagen wollen, wie sehr sie mich geliebt hatte, und ich verstand, dass auch ich sie geliebt hatte. Ihr Blick verriet, dass sie noch einmal von mir Abschied genommen hatte und bereits wieder an ihren Mann und ihr Kind dachte. Zum ersten Mal in meinem Leben vermochte mich die Vorstellung eines Jenseits zu trösten; ich wusste auf die kindlichste aller Arten, dass einmal alles gut sein würde, und ich fühlte mich mit meinem Schicksal versöhnt. Das war mehr als alles, was ich mir erhofft hatte. Dieser Trost flößte mir Kraft und Zuversicht ein, und ich kehrte, nachdem ich Clara zu ihrem Kind und ihrer Mutter zurückgebracht hatte, im Morgengrauen als ein neuer Mensch zu meiner Frau und meinem Kind zurück.

17

War meine Zerrissenheit und Unruhe nach der Begegnung und der Versöhnung mit Clara durch die Vordertür verschwunden, so kamen sie nach und nach durch die Hintertür zurück. Ich wurde gewahr, dass ich mehr als ein Stück Versöhnung mit einem Stück Vergangenheit brauchte, um innerlich satt zu werden, und dass ich nicht bis in die Ewigkeit darauf warten konnte. Ich hasste Maya nicht, ich hasste meine Tochter Viviane nicht, ich hasste überhaupt keinen der Menschen, mit denen ich zu tun hatte; ich hasste weder mein Vater- noch mein Ehemann- oder Redakteursein. Aber ich liebte auch nichts und niemanden.

Ich wurde nicht satt. So begann mein Doppelleben wieder, an einem Samstagnachmittag in einem Café, mit dem scharfen Blick in die Augen einer Kellnerin. Ich hatte wieder eine Muse, und nach ihr andere. Es war ärger als je. Nachts war ich unterwegs, schrieb und komponierte, soff und führte weltbewegende Gespräche von gewaltiger Länge mit meinen Musen und anderen Leuten, von denen ich mich verstanden fühlte, tagsüber schrieb ich wieder, aber kluge Artikel, und abends war ich Vater und Ehemann. Die erneute Spaltung meines Lebens in Pflicht- und Kürteil jagte mir das alte schlechte Gewissen ein, aber sie entlastete mich auch, indem ich in den abendlichen und nächtlichen Streifzügen ein Ventil für den Druck fand, der sich in meinem vordergründigen Leben aufbaute. Immer und immer wieder.

Ewig konnte es auch diesmal nicht dauern. Halb besinnungslos vor Schlafmangel und innerem Durcheinander bestieg ich eines Tages einen Zug nach Süden und fuhr zu Clara, die mich zwar in unveränderter Freundlichkeit empfing, aber mir auch klarmachte, dass sie meine ziellose Nähe nicht weiter ertragen würde. Weder konnte ich die Dinge auf sich beruhen lassen und gleich wieder abreisen, noch hatte ich den Mut, doch noch Claras Hand zu ergreifen und mit ihr in ein anderes Land zu fahren. Ich schloss nicht aus, dass sie mitgekommen wäre, doch schreckte ich vor der Verantwortung für zwei verlassene Familien zurück, die ich auf mich geladen hätte. So blieb Clara nichts anderes übrig, als mich an einer Bushaltestelle in einem Vorort einer mittelitalienischen Stadt wie einen Tor stehen zu lassen, weil sie ihr Kind vom Kindergarten abholen musste. Und mir blieb nichts anderes übrig, als zum x-ten Mal über die Alpen in einen tonnenschweren Alltag zurückzufahren. Was mich im Leben hielt, weiß ich nicht. Was Maya bei mir hielt, weiß ich auch nicht, und was den Chefredakteur dazu bewog, den ideenreichen, aber unberechenbaren und unsteten Redakteur zu behalten, anstatt ihn zum Teufel zu schicken, weiß ich am allerwenigsten.

Unser zweites Kind Peter kam ein Jahr später zur Welt. Wir zogen von der alten, selbstrenovierten Bruchbude um in ein zwar fast gleichaltes, aber hübsches und gut erhaltenes Reihenhaus in Lutwil, einer kleinen Nachbargemeinde von Bottigen. Der Auszug aus Bottigen, wo ich mit Ausnahme meiner Auslandszeiten mein ganzes bisheriges Leben verbracht hatte, belebte mich. Ich gab mich mit frischem Elan in meinen Beruf hinein. Die nächtlichen Ausbrüche wurden seltener, aber sie hörten nicht auf. Ich begann, mich auf sie einzustellen, sie besser auf meine körperlichen Kräfte abzustimmen, auf jeden Fall kämpfte ich nicht mehr gegen sie an, wie ich das immer noch in gewissem Maß getan hatte. In den Ferien zog ich regelmäßig ins Tessin oder ins Ausland, wo ich tagelang nicht eine Sekunde an zu Hause dachte. Eher fühlte ich umgekehrt; unterwegs war mein Zuhause, und der Alltag war eine Expedition voller Risiken und Belastungen.

Aber auch das Alltagsleben ging weiter, und ich empfand diese Tatsache als so erstaunlich, dass ich ihr nie ganz traute. Wenn ich es bisweilen sogar in vollen Zügen genoss, bekam ich Angst vor einem Absturz. Und der kam regelmäßig. Nacht, Cafés, Reisen, Frauen, Weinen, Schreiben, Saufen, Zurückkehren, Arbeiten, die Übereinkunft mit Maya, kein weiteres Kind mehr zu wollen. Dazwischen Aufhellungen, Temperaturen um den Siedepunkt, Depressionen, Kaltwetterfronten und Trockenperioden, eitel Sonnenschein und Zeiten, in denen alles in Schwarz verwandelt war. Es war eine Zeit zwischen Hoffen und Bangen, in denen ich allen schönen Erlebnissen misstraute und mir die Frage stellte, ob ich nicht doch eines Tages den schrecklichen Irrtum aufspüren könnte, der meinem Leben zugrunde liegen musste, meinem Leben, in dem nichts, aber auch gar nichts aufgehen wollte.

Mit der Zeit machte sich eine einzige große Müdigkeit in mir breit. Einmal träumte ich von Clara, und sie hatte Mayas schwarze Haare. Die Verbindung von verpasster Vergangenheit und verpasster

Gegenwart. Was war der Grund, dass ich das Leben immer verpasste? Ich versuchte es mit Beten. Das eine Mal bettelte ich verzweifelt um neue Kraft für mein anstrengendes Leben, dann wieder dankte ich Gott überschwänglich für die kleinste Freude, in der ebenso verzweifelten Hoffnung, der schöne Augenblick möge noch ein wenig verweilen. Aber er verweilte nie. Ich verfluchte schließlich den Tag meiner Geburt. Und obwohl ich mich von meiner Mutter sorgsam fernhielt, blitzte ab und zu eine Regung, ein Gedanke, eine Ahnung auf, dass sie immer noch in meinem Leben präsent war und mit meiner Situation zu tun hatte.

Schließlich schob ich die Ursache für meine tiefe Müdigkeit meinem Beruf zu, der mich auslauge. Ich kündigte meine Redakteursstelle und wurde Hausmann. Am ersten Tag, Maya arbeitete wieder als Kindergärtnerin, stand ich im Garten, hängte Wäsche an die Leine und war glücklich.

II. Das Erbe

18

Jeder Tag ist schön. Ich erobere Raum für Raum unseres alten Reihenhauses, weil mir ist, als wäre ich eben erst eingezogen. Dabei gehört das Haus schon seit einer ganzen Weile uns. Aber jetzt erst nehme ich es richtig zur Kenntnis, entlastet vom Alltagsdruck meines Redakteurberufes, so dass ich mich entspanne und die Augen weit aufmache. Was ich sehe, versetzt mich in Erstaunen: Dicke Balken, alte Holztäfelung, Teppiche, Nischen, Fenster, Winkel, Farben, Spinnweben, Kinderzeichnungen, Spielsachen, Bücher, Küchengeräte, Tisch, Bank, Bett. Ich sauge die Luft jedes Raumes ein: Waschmittel, Staubsaugerabluft, Fußschweiß, Leim, Laubsägeholz, Moder, Meerschweinchen, Blumen, Koteletts, Zvierischoggi, regennasse Kleider. Ich lausche dem Siebenschläfer, der durch die Zwischenböden rast, dem Knacken des Holzes beim Wetterumschwung, dem Telefonläuten der alten Nachbarn, den Treppenschritten der jungen Nachbarn, den Autos vor dem Haus, dem Klick des Briefkastenverschlusses, wenn der Postbote etwas hineinsteckt, der kreischenden Wasserspülung, dem Klirren des Geschirrs, wenn ich es abwasche, dem kochenden Spagettiwasser, auch dem Klavier und meiner eigenen Stimme beim Singen.

Dann knallt die Türfalle, und ein heimkehrendes Kind schreit: »Uhuuuuuu! I bi deheimeeeee!« Und ich gehe ihm entgegen und finde auch das schön. Ich bin der Vater, aber in gewisser Weise auch die Mutter, und beides bin ich gleich gern. Viviane, die ältere, schreibt die ersten Wörter. Peter bringt Lieder vom Kindergarten nach Hause und von zu Hause in den Kindergarten. Mit beiden albere ich herum, jedem erzähle ich eine eigene, exklusive Einschlaf-Fortsetzungsgeschichte, allen koche ich, allen wasche ich die Kleider, und Maya lache ich ins Gesicht, wenn sie die Stirne runzelt, ob wohl alles gut gehe im Haushalt ohne sie, die ein volles Arbeitspensum als Kindergärtnerin erfüllt, seit ich Hausmann bin; ich lache, bis auch sie lacht. Meine Träume und Alpträume, meine Müdigkeit, meine Streifzüge in andere Wirklichkeiten sind verschwunden wie eine Fata Morgana beim Nähertreten.

Zwischenhinein arbeite ich am Umbau eines Dachzimmers, und ich komme nach getaner Arbeit in einer neuen Art von Müdigkeit die Treppe herunter, sehe mich in den Spiegeln der Schrankwand und grüße mich wie einen alten Bekannten, der mir sympathisch wird. Ich denke an nichts, und das Leben kribbelt vor Vergnügen. Einfach so.

Eines Nachts erwache ich wie elektrisiert aus einem Traum, wie ich nie einen gehabt habe: Es ist ein ausführlicher Traum über meine Eltern. Ich setze mich um drei Uhr früh an den Küchentisch, schreibe den Traum nieder und überlege, mit wem ich darüber sprechen könnte. In den Sinn kommt mir Tom, der junge Lehrer, der inzwischen auch älter geworden sein wird, der durch seine fast tägliche Anwesenheit am Mittagstisch in meinem Elternhaus die Familie gewiss kennt wie kaum jemand sonst. So kommt es, dass ich Tom anrufe und ihn um ein Gespräch über einen Traum bitte, den ich gehabt hätte. Tom klingt argwöhnisch am Telefon und sagt nicht ohne weiteres zu. Warum ich ausgerechnet zu ihm komme mit meinem Traum? Weil er meine Eltern kenne. Und mich. Und weil er immer ein scharfer Analytiker gewesen sei. Ob ich denn eine bestimmte These hätte, was den Traum betreffe, die ich bestätigt haben möchte, oder ob es mich wirklich interessiere, was er aus seiner Sicht dazu zu sagen habe? Doch, doch, es interessiere mich wirklich, beteuere ich, was er, ganz von sich aus, dazu meine.

Schließlich willigt Tom ein, mich zu treffen. Es sind zehn Jahre verstrichen, seit wir das letzte Mal miteinander gesprochen haben, und noch immer fesseln mich seine wachen Augen, als wir uns in einer Bottiger Dorfbeiz etwas abseits an einen Tisch setzen. Seine Stimme klingt allerdings von Anfang an nervös, ja fahrig. Ich schreibe das sofort mir selber zu: Habe ich etwas Falsches gesagt? Habe ich falsch dreingeschaut? Wir tauschen zuerst einige biographische Bruchstücke aus den vergangenen Jahren aus. Er erfährt von meinem beruflichen Ausstieg und ich von seinem: Er sei nicht mehr Lehrer, sondern habe als Fünfzigjähriger noch ein Studium aufgenommen, was für eines, will er nicht sagen. Ich habe zwei Kinder, und er ist ledig geblieben. »Keine Zeit gehabt zum Heiraten, Tom?«, versuche ich zu scherzen, aber der Scherz kommt nicht an. Er schaut mich befremdet an, schlägt die Augen nieder, räuspert sich lange und sagt: »Du bist wohl richtig begeistert vom Ehestand.« Ich werde verlegen und frage, ob ich ihm jetzt meinen Traum erzählen dürfe. Wie faltig sein Gesicht geworden ist. Seine Hände sind keinen Augenblick ruhig. Mittagstisch-Szenen rasen vor meinem inneren Auge vorbei: Tom mit seinem spöttischen, wohlwollenden Blick, wie er Argumente meiner Mutter ad absurdum führt. Tom, wie er meinen Vater um ein konkretes Beispiel sogenannt göttlicher Gnade bittet, von der in der Sonntagspredigt die Rede war; Tom, wenn er dem geschwisterlichen Geschwätz lauscht und, sobald auch ich meinen Senf zum Thema gegeben habe und alle schallend lachen, mit einem wissenden Kopfnicken in meine Richtung meint: »Aha.« Diesem Tom erzähle ich jetzt meinen Traum:

Maya und ich legen eine theologische Schlussprüfung ab vor meinem Vater. Wir sitzen uns gegenüber, im Gegensatz zu den andern Prüflingen, die schön in Reih und Glied Platz genommen haben. Mein Vater verlangt von Maya und mir, wir müssten uns wie die andern hinsetzen, denn: »Wenn ihr einander anseht, könnt ihr spicken.« Stimmt doch gar nicht, lieber Vater, sage ich; ich weiß, dass man von nebeneinander sitzenden Leuten viel besser abschreiben kann, ich bin doch auch einmal zur Schule gegangen! Ich gerate mit meinem Vater, der auf seinem Standpunkt beharrt, in Streit, ohne dass Maya sich daran beteiligt, was mich zutiefst verletzt.

Die Situation ist ausweglos: Wenn wir diese Prüfung nicht bestehen, wird das ganze bisherige Leben sinnlos, und es gibt auch keine Zukunft. Ebenso sicher weiß ich, dass ich diese Prüfung nur nach meiner eigenen Sitzordnung absolvieren werde. Ich erhebe mich und gehe weg, erbittert, verzweifelt, zornig, marschiere stundenlang durch umliegende Wälder, bis ich wieder in die Nähe des Prüfungsraumes komme. Da gesellt sich Maya zu mir. Sie hat die Prüfung gemacht! Es sei zu schaffen gewesen, teilt sie mir mit, und ich weiß: Ich hätte sie auch geschafft. Wir gehen zum Prüfungsraum zurück, und da sitzen immer noch welche und mühen sich ab. Umso mehr schmerzt mich, dass ich die Prüfung nicht gemacht habe. Ich könnte sie aber noch machen.

Tom: Fertig?
Ich: Fertig. Ein Traum über meinen Vater. Was meinst du dazu?
Tom: Was du träumst, bist immer du.
Ich: Alles das bin ich?
Tom: Alles das spielt sich in dir ab.
Ich: Natürlich. Ich träume es ja schließlich. Aber warum? Es kommt doch von irgendwoher. War mein Vater so? War mein Vater einer, der mich richtet und dem ich mich nicht beugen will und der mein ganzes Leben zunichte zu machen droht?
Tom: Wer sagt denn, es sei dein Vater, der im Traum?
Ich: Wer sonst soll es denn sein?
Tom: Willst du es hören, wie ich es sehe?
Ich: Sonst hätte ich dich ja nicht um dieses Gespräch gebeten.

Tom stützt das Kinn auf die Fäuste und blickt mir voll ins Gesicht.

Tom: Dein Vater ist die Fassade deiner Mutter.
Ich: Wie bitte?
Tom: Dein Vater ist ein lieber, sehr schwacher Mensch, der niemals zum Richten fähig wäre. Es ist deine Mutter, die durch ihn hindurch handelt, wie eine Hand in einer Kasperlefigur.
Ich: Meine Mutter erscheint ja überhaupt nicht in diesem Traum!
Tom: Weil es gar nicht notwendig ist!
Ich: Woher weißt du das?
Tom: Deine Mutter war die Starke in eurer Familie. Sie hat den Laden zusammengehalten. Sie hat über euch alle gewacht wie eine Henne über ihre Küken. Und glaube mir: Sie tut es noch

immer. Ihren Ehemann, deinen Vater, hat sie auch gleich unter ihre Fittiche genommen. Er gehörte zu ihrem breiten Arsenal von Waffen im Kampf um Ordnung und Seelenheil in eurer Familie. Zu gegebener Zeit hat sie ihn an die Front geschickt, um durchzugreifen.

Ich: Mein Vater als Vollstrecker meiner Mutter? Der Henker und die Richterin?

Tom: So kannst du es durchaus sehen. Deine Mutter ist es, die in deinem Traum die vollkommene Unterordnung von dir fordert, ansonsten *dein* Leben keine Zukunft hat, nicht dein Vater. Vor dich hintreten muss aber er.

Ich: Wenn ich mich ihm im Traum nicht füge, habe ich keine Zukunft. Wenn ich mich füge, habe ich aber keinen eigenen Willen. Das ist doch eine Wahl zwischen zwei Unmöglichkeiten!

Tom: Du fügst dich ja gar nicht im Traum.

Ich: Schon. Aber ich sehe auch keinen Weg, meinen Willen durchzusetzen.

Tom: Das nennt man wohl eine Erpressung.

Ich: Und das von meinen Eltern. Ich will nicht entweder – oder, sondern beides: eine Zukunft *und* meinen Willen! Erst mit beidem lebe ich doch!

Tom: Hast du vielleicht den Eindruck, du lebst nicht?

Ich: Oft genug habe ich diesen Eindruck gehabt. Immer dann, wenn ich mich einer Situation gefügt habe. Wenn ich getan habe, was man von mir erwartete.

Tom: Wenn du getan hast, wovon du glaubtest, dass es von dir erwartet werde. Das ist überhaupt nicht das Gleiche.

Ich: Akzeptiert. Aber was ich geglaubt habe, das haben mir meine Eltern beigebracht.

Tom: Auch akzeptiert. Deine Mutter hat es dir beigebracht, um genau zu sein.

Ich: Unterordnen soll ich mich, oder keine Zukunft haben dürfe ich. Wenn meine Mutter mich zur Wahl zwischen diesen Wegen zwingt, dann hat sie gar kein Interesse daran, dass ich

lebe. Dass ich aus eigener Kraft lebe. Wenn es stimmt, was du über sie sagst, dann hätte sie mir eher die Flügel gestutzt, als mich fliegen zu lehren.
Tom: Sie hat dir deine ganze Kindheit über die Flügel gestutzt.
Ich: Warum um alles in der Welt hat sie das getan?
Tom: Sie hat es bloss gut gemeint. Mir scheint – verzeih mir meine Offenheit –, sie habe immer noch Macht über dich.
Ich: Kann sein. Aber ich habe mich doch auch gewehrt! Immer wieder!
Tom: Wie hast du das jeweils konkret gemacht? Und was ist dann passiert?
Ich: Ich bin periodisch aus dem wohlanständigen Leben ausgebrochen und jedes Mal zurückgekehrt in den Schoss der frommen Rechtschaffenheit, die mir meine Mutter anerzogen hat. In den Schoss meines Müeti, kürzer und ehrlicher gesagt.
Tom: Wie hast du dich bei diesen Ausbrüchen gefühlt?
Ich: Herrlich. Immer.
Tom: Warum bist du dann nicht weggeblieben? Warum bist du jeweils zu ihr zurückgekehrt?
Ich: Ich bekam ein schlechtes Gewissen, Angst vor Gott, Höllenangst.
Tom: Und wie hast du dich bei der Rückkehr gefühlt?
Ich: Ich bin jeweils zerflossen vor Tränen. Die intensivsten Empfindungen meiner Jugend hatte ich in diesen Momenten der Rückkehr.
Tom: Kannst du diese Empfindungen etwas näher beschreiben?
Ich: Lieber nicht.
Tom: Es geht dir wohl zu nah.
Ich: Warum soll es mir zu nah gehen?
Tom: Waren es körperliche Empfindungen, die du in den Rückkehr-Momenten hattest?
Ich: Und wie. Ich hasse meine Mutter für diese Rückkehr-Empfindungen, die sie in mir auslöste.
Tom: Waren es schöne oder schlechte Gefühle?

Ich: Sie waren schön und schlecht zur gleichen Zeit. Sie waren so schön, dass ich darüber hätte zerfließen können. Und gleichzeitig habe ich mich so schlecht gefühlt, dass ich hätte kotzen können. Man würde meinen, das gehe gar nicht gleichzeitig. Aber bei mir ging es, und wie.

Tom: Bis in welches Alter hinein ging das so?

Ich: Bis... um ehrlich zu sein, bis zur Rückkehr von Paris. Ich war zwanzig.

Tom: Und dann hat es aufgehört?

Ich: Das Rückkehren schon. Die Gefühle nicht, die kommen noch heute. Immer wieder. Sie kommen, wenn ich zu Besuch bin bei meinen Eltern. Oft reicht schon die Stimme der Mutter durch das Telefon. Heute könnte ich aber nur noch kotzen. Da ist nichts mehr von schön.

Tom: Dir ist wohl klar, was das bedeutet?

Ich: Das könnte ich nicht so klar und eindeutig behaupten.

Tom: Du hättest zerfließen können vor... ja, nun... vor Wonne bei der reumütigen Rückkehr zu deiner Mutter. Du hast dich selber in diesen Momenten am intensivsten erlebt. Gleichzeitig hast du dich selber reinigen wollen... Begreifst du?

Ich: Nicht so recht. Warum reinigen?

Tom: Dein Kotzdrang!

Ich: Kotzen gleich reinigen? Wie bitte?

Tom: Kotzen heißt, etwas aus dir hinauswürgen, was du nicht länger erträgst...

Ich: Ach so. Was soll ich denn nicht ertragen haben?

Tom: Deine Mutter, himmelnochmal!

Ich: Aber die Gefühle für sie waren doch schön!

Tom: Ja, eben! Das ist ja der springende Punkt!

Ich: Vielleicht begreife ich das später.

Wir schweigen eine Weile. Dann winkte ich der Kellnerin und bestellte eine weitere Tasse Kaffee.

Tom: Hast du jetzt Höllenangst?

Ich: Wieso jetzt?
Tom: Du hast doch Vater und Mutter verlassen und Maya geheiratet. Vorhin hast du gesagt, du habest jeweils Höllenangst empfunden, wenn du von deinen Eltern weggingst.
Ich: Worauf willst du hinaus? Was hat das mit Ausbrüchen zu tun?
Tom: Viel. In deinem Traum, wie verhält sich da Maya, deine Frau?
Ich: Sie hält nicht zu mir. Sie unterwirft sich meinem Vater beziehungsweise meiner Mutter. Sie sieht das Problem überhaupt nicht, das ich habe. Es kostet sie nichts, sich zu unterwerfen.
Tom: Eben.
Ich: Was eben?
Tom: Auf welcher Seite siehst du sie im Traum?
Ich: Auf keiner.
Tom: Ach.
Ich: Jedenfalls nicht auf meiner.
Tom: Du bist also mit einer Frau verheiratet, die nicht auf deiner Seite steht – immer gemäß deinem Traum?
Ich: Sie ist ein lieber Mensch. Sie ist die ganze nicht leichte Zeit unserer Ehe bei mir geblieben.
Tom: Aber im Traum?
Ich: Dort nicht.
Tom: Sie hat sich den Bedingungen deiner Eltern unterworfen, und du hast selber einen Ausweg aus dem Dilemma suchen müssen. Sie hat dich allein gelassen. Im Stich gelassen, sozusagen.
Ich: Und ich habe den Ausweg aus dem Problem nicht gefunden, das offenbar nur ich hatte.
Tom: Wie denken deine Eltern von Maya?
Ich: Sie schwärmen von ihr.
Tom: Gefällt dir das?
Ich: Was soll mir daran nicht gefallen? Maya kann doch nichts dafür, wenn meine Eltern sie gut finden. Maya ist schon recht.
Tom: War sie die Kandidatin deiner Eltern?
Ich: Kandidatin wofür?
Tom: Für dich. Als Ehefrau.

Ich: Sie hat ihnen von Anfang an gefallen.

Tom: Und dir gefiel das? Dass sie ihnen gefiel?

Ich: Einerseits empfand ich dasselbe dabei wie ...

Tom: ... wie bei einer Rückkehr zu deiner Mutter?

Ich: Ja. Und andererseits war mir auch unbehaglich dabei. Als ob meine Eltern mir das Fühlen für Maya abnehmen würden. Ein bisschen vorschreiben würden.

Tom: Sie war doch schon deine Freundin, und du hattest ja hoffentlich durchaus eigene Gefühle für sie! Was hätten sie dir da schon vorschreiben können?

Ich: Die Zukunft. Es war, als wollten sie mir die Zukunft vorschreiben durch die Art, wie sie Maya begrüßten, als wir ihnen nach der Wiederaufnahme unserer Beziehung einen Besuch abstatteten. Sie schlossen sie in die Arme, als hätten wir ihnen eben die Heirat angekündigt, und sie seufzten glücklich aus tiefster Seele, als hätte mein Leben und damit wohl auch ihres die entscheidende Wende zum Guten genommen. Sicher hatte ich Gefühle für Maya, aber ich war noch lange nicht beim Heiraten.

Tom: Hast du das deinen Eltern erklärt?

Ich: Auf diese Idee bin ich nicht gekommen.

Tom: Was wussten deine Eltern denn von Maya? Warum wohl haben sie so erlöst reagiert, als ihr zusammen aufgetaucht seid?

Ich: Wir waren schon in der Konfirmandenzeit befreundet, und unser Pfarrer war ... mein Vater. Damit hat auch meine Mutter alles von Maya gewusst, was mein Vater wusste und was sie selber mitbekam. Meine Eltern waren tieftraurig, als unsere Beziehung zu Ende war, und sie waren voller Kummer während meiner Zeit mit Clara, die dann folgte. Clara haben sie nie akzeptiert. Aber du weißt ja nichts von Clara. Es ist eine Freundin, die ich von meinem achtzehnten bis zum zwanzigsten Lebensjahr hatte.

Tom: Dann war die Wiederaufnahme deiner Freundschaft mit Maya von deinen Eltern aus gesehen eine Rückkehr von der exakt gleichen Art, wie deine früheren Ausbruchversuche endeten

Mit Maya bist du auf den geraden Weg zurückgekehrt. Du hast dich bei jenem Besuch genau gleich gefühlt wie bei jeder früheren Rückkehr, nicht wahr? Ganz intensiv glücklich hast du dich gefühlt und zugleich unbehaglich bis fast zum Brechreiz ...

Ich: Ja, ja, ja! Donnersiech noch mal, ja, so war es!
Tom: Und jetzt träumst du so etwas.
Ich: Ich träume von meinen Eltern als den Verhinderern meines Glücks. Sie befehlen mir, zu sterben oder zu gehorchen.
Tom: Bei der Heirat hast du, alles zusammengerechnet, also sozusagen gehorcht. Wie hast du dich denn bei der Hochzeit so gefühlt?

Jetzt schrie ich beinahe.

Ich: Kotzübel war mir, den ganzen Tag!
Tom: Aber ja hast du gesagt in der Kirche ...
Ich: ... Ich musste ja wohl! Es gab keinen andern Ausweg mehr! Ich musste die Sache durchziehen! Ich wäre sonst gestorben, tausend Tode! Und neunzig Gäste waren geladen, alles war eingefädelt, ich konnte nicht zurück ...
Tom: Du wärest ungehorsam gewesen, was den Tod nach sich zieht, nicht wahr?
Ich: Ja. Wäre ich im Traum meinen eigenen Weg gegangen, so hätte ich die mir und Maya von meinen Eltern auferlegte Prüfung nicht bestanden und hätte keine Zukunft gehabt.
Tom: Da hätten wir es. Die Heirat war für dich eine Gehorsamsprüfung deinen Eltern gegenüber. Maya hat sie gemacht, weil sie kein Problem dabei sah. Du hast geträumt, wie du deine Heirat empfunden hast! Aber im Unterschied zum wirklichen Leben hast du im Traum die Entscheidung verweigert. Du hast dich weder für den Gehorsam noch für den Ungehorsam entschieden.
Ich: Im Leben habe ich ja gesagt zur Heirat und zum Gehorsam, aber vom zweiten Tag unserer Ehe an habe ich als Weder-Noch gelebt. Bis heute.

Tom: Deinen Traum sehe ich als Lebenszeichen. Du bist darin weder tot, noch hast du dich untergeordnet.

Ich: Was kann ich deiner Meinung nach denn tun? Mich scheiden lassen? Ich habe zwei Kinder!

Tom: Um Himmels willen, was soll das Gerede von Scheidung? Spinnst du? Du musst ja nicht gleich ins andere Extrem fallen. Aber du kannst dich von jetzt an weigern, nach den Regeln deiner Eltern zu spielen. Das ist die dritte Möglichkeit, die im Traum nicht einmal vorkommt!

Ich: Wie meinst du das?

Tom: Du musst dich der Wahl zwischen Gehorsam und Ungehorsam gar nicht unterziehen. Diese angebliche Prüfung muss für dich gar nicht gelten. In beiden im Traum möglichen Fällen würdest du nämlich anerkennen, dass du von deinen Eltern abhängig bist. Gehorsam und Rebellion sind aber im Grunde genommen ein und dasselbe, nämlich Unterordnung. Der dritte Weg würde heißen: keine Unterordnung mehr! Die Spielregeln deiner Eltern gelten nicht mehr für dich! In Bezug auf deinen Traum hieße das: Die Sitzordnung, die eine Unterordnung bedeutet, entscheidet gar nicht über deine weitere Zukunft. Du kannst deinem Willen nachgehen, und es wird überhaupt nichts passieren. Keine Strafe, kein Tod. Und keine Hölle.

Ich: Dann hätten mich meine Eltern ja angelogen!

Tom: Objektiv gesehen ist die Bedingung, dass es nur durch Unterordnung unter ihren Willen eine Zukunft für dich gibt, sicher eine Lüge. Aber vergiss nicht, dass du diese Geschichte geträumt hast, dass du das Handeln deiner Eltern so empfindest. Ob bewusste Absichten dahinter stecken, weißt du nicht. Von ihnen aus gesehen ist alles in bester Ordnung, so lange sie nur dein Bestes wollen. Wer will da von Lüge, von Betrugsabsichten reden?

Ich: Eigentlich ging es um die Sitzordnung. Ich durfte Maya nicht ansehen, sondern hätte neben ihr sitzen müssen, was ich nicht wollte.

Tom: Ihr hättet nebeneinander den Gesetzen deiner Eltern gehorchen sollen. Du aber wolltest deine Frau sehen. Du wolltest sie als Gegenüber. Ich finde deinen Traum wunderbar!
Ich: So haben wir jetzt ja neun Jahre lang gelebt.
Tom: Wie?
Ich: Maya und ich haben nebeneinander gelebt, und allem gehorsam, was wir tun zu müssen glaubten. Ich jedenfalls.
Tom: Dein Traum sagt dir, dass du das nicht länger willst. Gut!
Ich: Vielleicht rufe ich dich wieder an, wenn ich weiß, was ich will. Tom, ich danke dir.

Ich kann plötzlich nicht mehr. Erinnerungen und Erkenntnisse kommen über mich, und ich will nach Hause, um sie niederzuschreiben. Tom, der Zeuge unserer Familie, bezahlt meine vier Kaffees, die ich während unseres Gespräches getrunken habe, zu seinen fünf eigenen hinzu, und wir verabschieden uns voneinander. Ich schwinge mich aufs Velo und rase nach Lutwil zurück. Ich finde meine Kinder friedlich spielend im Sandkasten, setze mich zu ihnen und ergebe mich meinen Gedanken. Nur noch die Wahrheit ist gut genug, beschließe ich. Und was ich von der Wahrheit noch nicht weiß, der Wahrheit über mein Elternhaus, das ich für meinen Zustand verantwortlich mache, werde ich herausfinden. Koste es, was es wolle.

Und so schreibe ich wutentbrannt das nieder, was ich für die Wahrheit halte. »Mein versuchter Selbstmord mit neunzehn war logisch: Der, den meine Mutter gemacht hat, will ich nicht sein. Ich will ihn tot. Aber was bleibt übrig? Ein unbestimmter, nach jeder Katastrophe nachwachsender Lebenswille. Was ist echt von dem, was sich in meinem Kopf, in meinen Gedanken, in meinen Gefühlen bis heute angesammelt hat? Ich bin ja eine Schmuggelkiste: Eine an sich zwecklose Hülle, angefüllt mit Gut, das meine Mutter in mein Leben geschmuggelt hat. Die will ich jetzt ausräumen. Ich bin Simson, aber einer, dem man immerzu die Haare abgeschnitten hat, damit er keine Kraft entwickelt. Wehe, wenn die Haare wachsen! Meine Mutter hat verhindert, dass mir Flügel wuchsen. Ich bin trotzdem geflogen, habe mir jedes Mal alle Knochen gebrochen und bin immer wieder reumütig ins Nest zurückgekehrt. Aber jetzt will ich Flügel, und niemand soll sie mir wieder abschneiden.«

Eines Nachts, als ich in der Küche sitze und vor mich hin sinne, vernehme ich eine Stimme. Sie sagt: »Ich bin nicht da, wo du mich suchst. Du suchst mich im Bravsein, im Perfektsein, im Frommsein. Du suchst mich, indem du deinem Müeti zu gefallen suchst. Gefall-Sucht! Du suchst mich bei den Toten. Dreh dich um! Ich bin genau auf der anderen Seite! Ich bin da, wo du es nicht denkst: in der Freiheit. Nicht da, wo es tötet, sondern im Leben. Mach die Augen auf!«

19

Meiner Mutter versuche ich zu gefallen? Ich, der erwachsene Mensch?

Meine Mutter, meine arme Mutter. Müeti. Sie hat die ganze Last unserer Familie getragen, sie hat ihren Ehemann und das Pfarramt mitgetragen, und sie konnte nichts anderes mehr lernen, als alles zu tragen.

Meine Mutter, meine Päpstin. Sie war für mich Gottes Stellvertreterin auf Erden, ängstlich darauf bedacht, mir alles und jedes zu filtern, auf dass es richtig bei mir ankomme. Ich habe die Überzeugung verinnerlicht, dass ich es nie allein schaffen würde, dass ich sie brauche, und dass ich gar keine eigene Kraft zu entwickeln brauche.

Außerhalb des Leibes meiner Mutter, außerhalb des Pfarrhauses, außerhalb des Gartens lauerte das Böse, vor dem sie mich schützen und bewahren wollte. Weil sich aber das Böse trotzdem immer wieder in mich und alle Menschen einschlich, wenn man nicht unheimlich auf der Hut war, denn der Teufel geht ja herum und sucht, wen er verschlinge, ja, weil dieses Böse sogar in uns selber steckt, weil der Mensch böse ist von Jugend auf, wenn man es richtig und in die Tiefe hinab bedenkt, habe ich im Grunde genommen gelernt, mich von einem Teil meiner selbst fernzuhalten. Wenn ich nun das Böse in mir bekämpfe und austreiben muss, dann bekämpfe ich, wenn man es richtig und in die Tiefe hinab bedenkt, einen Teil von mir selbst. Da dieser Teil trotz allen Kampfes immer wieder in mir übermächtig wurde, ich eigentlich nur aus Bösem und Untauglichem bestand, wie ich neunzehnjährig an der Melezza im Tessin vollkommen ohne Hoffnung und in glasklarer Konsequenz feststellte, versuchte ich konsequenterweise, mich selber bis zum bitteren Ende zu bekämpfen. Abzutreiben. Abzutöten. Wortwörtlich. Gelungen ist mir das nicht, und ich habe akzeptiert, dass ich weiterlebte. Was an mir eigentlich nun weiterlebte, fand ich nicht heraus.

Nach jedem Ausbruch aus der Müetiwelt bin ich zu ihr zurückgekehrt. Ihr Schutz und Schirm hat die Oberhand behalten. Ich geriet in eine Ehe, bekam eine Familie, schmückte mich mit frommen Ämtern, denen ich nicht gewachsen war, übte einen Beruf aus, zu dem mir die Kraft auf die Dauer fehlte. Der Tod wäre mir meistens willkommen gewesen, wenn ich ihn auch nicht aktiv suchte. Ich wurde untreu, kehrte reumütig zurück und begann von vorn. Was für ein wahnsinniger Kreislauf. Und jetzt erst komme ich ihm auf die Spur, anhand eines Traumes.

Oh, ich rieche frische Luft in meinem Leben. Immer war ich nicht bedrückt, wenn ich es recht bedenke. Es gibt parallel zu diesem tödlichen Kreislauf durchaus eine Spur der Lebensfreude. Meine Kinder haben mich zum Genuss angestiftet; Gott sei Dank. Ich habe Sexualität genossen, ab und zu sogar – ja, sogar – in der Ehe. Ich habe auch geliebt und mich geliebt gefühlt: Am stärksten von Landschaften, unter denen ich mit dem Tessin eine besondere Liebesbeziehung eingegangen bin. Sobald ich in einem der Täler hinter Locarno stehe, bin ich berührt und glücklich. Ich stehe auf einem Talboden, einem Sattel oder einem Gipfel oben, und immer sind die Hänge nach dem Himmel und nach Süden hin offen. Ich bewege mich hinunter, und immer geht es dem Licht und dem Meer entgegen. Die Landschaft des Tessin ist weder zu weit, so dass ich mich verlieren könnte, noch zu eng, so dass sie mich erdrücken würde; sie gibt mir einen Raum und lässt gleichzeitig alles offen. Im Tessin brauchte ich nie eine Rolle zu spielen; vor andern nicht, vor mir selber nicht. Das Tessin bringt mich auf den Gedanken, dass alles vielleicht ganz anders ist. Wenn derjenige, der das Tessin erschaffen hat, der gleiche wäre, der mich erschaffen hat, dann wäre alles ganz anders. Das Gespräch mit Tom hat mich innerlich ins Tessin versetzt. Vielleicht ist alles ganz anders, als ich glaubte.

Es könnte ja sein, dass Christians kadaverartige Gehorsamsfrömmigkeit nichts mit Gott, aber alles mit dem Teufel zu tun hatte. Es könnte ja sein, dass Köbi die Freiheit und den Lebensgenuss in Tat und Wahrheit nicht in der Hölle, sondern unter der Nase Gottes suchte. Es könnte sein, dass ich als kleiner Bruder, der zwischen diesen Lebensentwürfen hin- und herpendelt, nicht länger auf die beiden starren und glauben soll, es gebe nur diese zwei Wege, beides unmögliche Wege, sondern dass ich mich umdrehen und in die andere Richtung gehen soll, die es auch noch gibt. Der Stimme folgen, die ich am Küchentisch gehört habe. Ein Gang wäre es wie die langen Wege durch ein Tessiner Tal Richtung Quelle oder Gipfel, die ich so oft unternommen habe, mit einem unbeschreiblichen Erlebnis, wenn ich oben stand. Aber soweit ist es in meinem inneren Leben noch nicht. Zuerst muss ich weitere Entdeckungen machen, weitere Wahrheiten finden.

20

Ich komme ihnen auf die Spur, denn die Träume gehen weiter, oder besser gesagt: Sie beginnen erst richtig. Tagsüber bin ich ein hingebungsvoller Hausmann, der sich keinen der Genüsse entgehen lässt, auf die ich bei meiner Frau so eifersüchtig war, solange ich auswärts arbeitete. Der größte unter den Genüssen ist, das Heranwachsen der Kinder ganz nah zu erleben. Mitten am Morgen einziger Mann im Laden zu sein, finde ich lustig, Wäsche aufzuhängen erfrischend, die Post als Erster zu lesen befriedigend. Mit andern Männern, die sich sozusagen durch die Hintertür anschleichen, über Lebensmuster zu diskutieren, ist eine Offenbarung über eine ungeahnte Männerwelt, von andern Frauen als Vorbild hingestellt zu werden, ist schmeichelhaft, manchmal aber auch peinlich. Ich habe meine Ruhe und etwas Frieden, und in dieser unendlichen Entspannung bricht in den nächtlichen Träumen der ganze Eiter meines bisherigen Lebens hervor.

Ich reite nackt auf einem Pferd ohne Sattel. Vor mir sitzt Clara, ebenso nackt. Wir galoppieren über Land, die Haare fliegen, es ist unbeschreiblich – wie ein Orgasmus. Da steht mitten im Weg meine Mutter. Wir halten an. Sie befiehlt uns, vom Pferd zu steigen. Wir gehorchen.

Dieser Traum erregt mich dermaßen, dass ich mitten in der Nacht aufwache und ihn aufschreibe. Clara, meine Clara, weine ich voller Wut, mit dir war ich wild, und ich war ich selbst, wir fuhren mit dem Motorrad durch die Welt und ins Tessin, und ich habe dich preisgegeben auf wohlmeinenden Rat aus meiner Familie. Nein, es geht nicht vorbei, es wird nie vorbeigehen, dieser Schmerz und dieser Zorn, einerseits gegen meine Mutter, die ich hinter allem sehe, andererseits gegen mich selber, dass ich Clara verlassen und Maya geheiratet habe. Gegen Maya empfinde ich keinen Zorn, sie hat mich einfach als Ehemann gewollt, und es ist ja nicht verboten, jemanden zu wollen, aber ich empfinde auch keine Liebe zu ihr, sie ist einfach jetzt da, sie schläft neben mir in der Nacht dieses Traumes und weiß von nichts. Ich bin Maya dankbar, dass sie an meiner Seite geblieben ist, ich achte den Menschen, der sie ist, aber eigentlich ist sie mir – gleichgültig. Überhaupt habe ich keine Kraft und keinen Raum, mich mit ihr zu beschäftigen, denn jetzt will ich meine Mutter aus meinem Leben werfen. Das beschließe ich in der Nacht des Traumes vom Ritt auf dem Pferd. Ich möchte sie nie mehr sehen. Sie nie mehr als irgendetwas in mir spüren. Ich will ihre Spuren in meinem Leben tilgen. Sie ist eine Lebensgefahr für mich. Sie bedroht mich mit Müetikräften, mit Seelenkräften, die mich niederdrücken. Sie quält mich mit Gesetzen, die nur Gehorsam wollen. Mit Gesetzen, die mich töten. Hinter allem sehe ich Müeti.

Ich erhebe mich, steige in die Stube hinunter und setze mich auf die Ofenbank. Mein schwerer Kopf lehnt gegen die grünen, lauwarmen Kacheln, und unversehens taucht eine Gestalt vor mir auf, die ich noch nie gesehen habe, mit einem unendlich freundlichen Gesicht. Sie schaut mich einfach an, und ich beginne wieder zu weinen und dann zu sprechen. »Ich kann meinen eigenen Namen nicht ohne Ekel aussprechen. Mich hat niemand im Leben willkommen geheißen, mich, diese Fehlgeburt, diesen Krüppel, der weder selber gehen noch fühlen noch denken kann. Ich möchte mich neu erfinden, aber da ist diese tonnenschwere Mutter in mir drin, und mein Vater hat immer nur zugesehen und mir nicht geholfen. Er hat mich nicht vor ihr geschützt, sondern sie noch gestützt, indem er ihr Polizist war mir gegenüber, und mein bester Freund hat zugesehen, wie ich verprügelt wurde, ohne mir zu helfen. Wenn du derjenige bist, nach dem ich mich sehne, und nicht derjenige, den mir meine Eltern vor Augen gemalt haben, wenn du anders bist als mein Vater und mein bester Freund, dann komm und wirf diese Last aus meinem Leben. Am liebsten möchte ich noch einmal auf die Welt kommen, aber anders. Aus einer anderen Mutter, willkommen geheißen von einem anderen Vater.«

Die Gestalt antwortet mir, und ich erkenne die Stimme. Es ist dieselbe, die ich nach dem ersten Traum vernommen habe. »Ja, ich bin ein anderer. Ich bin nicht der Rächer-Richter-Polizist-Unbekannte, als den du mich gefürchtet hast. Ich habe schon längst begonnen, deinen Wunsch zu erfüllen und dich noch einmal auf die Welt zu bringen. Ich liebe dich, und auch du wirst dich eines Tages lieben können, anstatt dich zu hassen.«

21

Sobald die Kinder aus dem Hause sind, setze ich mich mit dem Telefon in der Hand aufs Sofa, atme tief durch und rufe einen Pfarrer an mit Namen Münger, den alle bei seinem Vornamen nennen: Dänu. Dänus Ruf hat sich in den letzten Monaten verbreitet als einer, in dessen bloßer Gegenwart man sich schon besser fühle. Außerdem ist dieser Dänu in seiner Jugend wie tausend andere einst in unserem

Haus gewesen; was ich ihm erzählen möchte, wird er dadurch vermutlich rascher verstehen, als wenn er nie dort gewesen und nicht selber Pfarrer wäre. Ich rufe ihn also an, stelle mich vor und frage ihn, ob er für mich Zeit habe. Ich will mit jemandem über den letzten Traum sprechen und über die Stimme, die ich nächtens in der Stube vernommen habe.

Eigentlich habe er keine Zeit, meint Dänu, aber für Pfarrerssöhne sei das anders, für die habe er immer Zeit. Zwei Tage später sitze ich Dänu in seiner Studierstube gegenüber. Ich vergleiche sie mit dem Studierzimmer meines Vaters, und den Mann gegenüber mit seiner riesigen Gestalt, den freundlichen Furchen im Gesicht und den schlohweißen Haaren vergleiche ich mit meinem Vater. Gemeinsamkeiten sehe ich keine.

Dänu: Willkommen, Bernhard. Ich erinnere mich nicht an dich, du warst wohl noch nicht auf der Welt, als ich bei euch im Pfarrhaus Bottigen war. Aber an deinen Vater erinnere ich mich natürlich gut. Wie geht es ihm?
Ich: Ich weiß es nicht, ich habe ihn lange nicht mehr gesehen.
Dänu: Aber er ist doch pensioniert, oder nicht?
Ich: Jaja, das ist er. Soviel ich weiß, lebt er recht zufrieden. Unmittelbar nach der Pensionierung wäre er fast gestorben, er hat sich aber nachher sehr gut erholt. Jetzt kann er den ganzen Tag lang Großvater sein, was er sich immer gewünscht hat. Das habe ich von meinen Geschwistern gehört.
Dänu: Nicht von ihm selber?
Ich: Nein, nicht von ihm selber. Das ist wohl ein Teil meiner Probleme, dass ich kaum mit ihm spreche. Nie mit ihm gesprochen habe.
Dänu: Und das führt dich zu mir?
Ich: Das auch. Eher sind es aber meine Träume. Ich bin aus meinem Beruf als Redakteur ausgestiegen, bin jetzt Hausmann mit zwei Kindern und einer berufstätigen Ehefrau, und seit drei Wochen träume ich wie verrückt.

Dänu: Dann möchtest du mir wohl am ehesten einen Traum erzählen, nehme ich an.

Ich: Ich erzähle dir ein paar Szenen. Du bist Pfarrer, ich bin Pfarrerssohn, du kennst meine Eltern, vielleicht kannst du mir erklären, was mit mir los ist.

Dänu: Schieße los.

Ich: Ich musste im Traum bei meinem Vater eine Prüfung ablegen und konnte mich nicht den Bedingungen fügen, die er mir stellte. Dann befahl meine Mutter mir und meiner Freundin, die ich vor der Heirat hatte – eine andere als meine jetzige Frau –, wir sollten vom Pferd heruntersteigen, auf dem wir nackt durch die Gegend galoppierten. Einmal floh ich vor Maya, meiner jetzigen Frau, und versteckte mich in einer Schneehöhle, aber sie fand mich und lachte in die Öffnung hinein: »Jetzt habe ich dich!« Worauf wir heirateten. Nachher stecke ich plötzlich in einem Holzkäfig mit Gitterstäben, davor steht mein Vater und ist hochzufrieden, dass ich drin stecke. Ein andermal verfolgte mich meine Mutter im Nachthemd, ich wehrte mich mit äußerster Verzweiflung gegen sie und schoss schließlich mit einem Gewehr auf sie.

Dänu: Schrecklich, aber auch wunderbar sind sie, deine Träume!

Ich: Wie bitte, was daran soll wunderbar sein? Ich finde sie bloß schrecklich.

Dänu: Hast du auch Sachen geträumt, die du schön fandest?

Ich: Einmal lag ich neben einer Frau, die mich so warm anlächelte, dass es mir ganz wunderbar wurde, im ganzen Körper, in jeder Faser vom Kopf bis zu den Zehen. Sie fragte mich, ob wir miteinander schlafen sollten. Ich sagte ja, wir taten es, es war unheimlich schön, und dann fragte sie mich: Wollen wir heiraten?

Dänu: Wolltest du?

Ich: Und wie! Aber ich kenne die Frau im Traum nicht.

Dänu: Hast du sonst noch Schönes geträumt?

Ich: Ja. Ich träumte, Jesus sei wiedergekommen, und ich fühlte mich in seiner Nähe genau gleich wundersam gut wie mit jener Frau.

Dänu hat wahrhaft Tränen in den Augen, als er mich jetzt über den runden Tisch hinweg anlächelt, an dem wir sitzen.

Dänu: Du bist ein Glückspilz, Bernhard. Du hast die ganze frohe Botschaft geträumt. Das ganze Evangelium hast du geträumt! Ich beneide dich darum.

Ich: Was habe ich geträumt? Ich bringe meine Mutter um, steige vom Pferd, schlafe mit unbekannten Frauen ... und das soll das Evangelium sein?

Dänu: Ich verstehe, dass du dich über diese Teile deiner Träume nicht freuen kannst, denn du hast ja sicher ein schlechtes Gewissen, dass du solche Dinge träumst.

Ich: Ich habe eines, aber ich weiß nicht, ob ich das möchte. Gleichzeitig sind diese Träume nämlich für mich wie frische Frühlingsluft im Tessin. Ich war oft im Tessin. Eigentlich weiß ich nicht ...

Dänu: ... ob du die Träume gut finden sollst. Finde sie ruhig gut, finde sie sogar toll!

Ich: Was soll ich denn toll daran finden?

Dänu: Du träumst die Hindernisse und Gefängnisse deines Lebens, aber du träumst auch deine Befreiung. Du fühlst dich eingesperrt in deinem Leben, du sitzt in deiner Ehe wie in einem Schneeloch, in das du offenbar nicht hineinwolltest. Du fühlst dich von deiner Mutter in deiner tiefsten Identität belästigt und angegriffen; ihr Nachthemd verrät, dass du dich von ihr in deiner Sexualität bedroht fühlst. Dein Vater erlegt dir unerfüllbare Prüfungen auf und spaziert nicht nur untätig vor deinem Gefängnis herum, sondern findet das Gefängnis auch noch normal.

Ich: Das ist doch die Hölle und nicht toll!

Dänu: Einverstanden. Toll hingegen ist die Tatsache, dass du von dieser Hölle träumst. Sie wird dadurch für dich fassbar. Und toll ist, dass du dich wehrst gegen sie.
Ich: Tue ich das?
Dänu: Aber bestimmt. Du fliehst im Traum vor Mutter und Ehefrau, und du reitest nackt auf einem Pferd. Wie fantastisch!
Ich: Aber in allen drei Situationen folgt doch eine Niederlage.
Dänu: Beim Traum von der Mutter nicht. Ein bisschen drastisch wehrst du dich schon ... aber schließlich ist die Mutter im Traum auch drastisch gegen dich.
Ich: Der Ausgang ist in diesem Fall offen. Nicht so in den anderen Fällen.
Dänu: Im Traum wirst du im Schneeloch entdeckt, und du steigst tatsächlich vom Pferd. Du hast Niederlagen erlitten. Aber das hast du in der Vergangenheit getan, und es steht nirgends geschrieben, dass du es wieder tun musst. Dein Traum ist ein Sprungbrett – ein Sprungbrett aufs Pferd!
Ich: Warum soll ich in der Lage sein, das in der Realität zu tun, was ich nicht mal im Traum schaffe?
Dänu: Weil die Träume von der Frau, mit der du schläfst, und von der wohltuenden Gegenwart von Jesus beweisen, dass du in deinem tiefsten Inneren das wunderbarste Geheimnis des Lebens begriffen hast: Die Erfüllung in der Sexualität ist Erfüllung des Schöpfungssinnes.
Ich: Das verstehe ich nicht ganz.
Dänu: Glaubst du, dass Gott alles erschaffen hat?
Ich: Das glaube ich voll und ganz, weil ich keine andere Möglichkeit sehe, wie all die Herrlichkeit entstanden sein soll – und weil ich keine andere Erklärung dafür habe, dass ich diese Herrlichkeit als Herrlichkeit empfinde. Ich meine die Natur. Das Tessin zum Beispiel ist ein Meisterstück des Schöpfers, finde ich.
Dänu: Dich selber meinst du nicht?
Ich: Sollte ich das?

Dänu: In deinem Traum bist du es, der die Herrlichkeit empfindet. Du empfindest sie gleichermaßen als tiefste Erfüllung in der Liebe und als tiefste Einheit mit Gott. Indem du sie erlebst, bist du ein Teil von ihr. Verstehst du? Was kann es mehr geben? Das meine ich, wenn ich sage, du hast das ganze Evangelium geträumt.

Ich: So habe ich es noch nie gesehen. Ich habe mich immer nach Erfüllung gesehnt, nach Genuss, Kraft und Frieden, aber mich selber habe ich immer als überflüssig empfunden.

Dänu: Woher, glaubst du, mag dieser Eindruck kommen?

Ich: Einmal hat meine Schwester zugehört, wie mein Vater der Mutter gesagt hat, wir zwei seien ihm zu viel, er verkrafte uns nicht. Aber gezeugt haben sie uns ja doch. Im Traum befiehlt meine Mutter mir und meiner Freundin, vom Pferd hinunterzusteigen. Ich glaube, es ist, weil wir nackt sind und es genießen, dass wir das sind. Mein Vater hat das Wort Sexualität, wenn überhaupt, so ausgesprochen, als sei es vom Teufel. Kinder gegeben hat es ja auch noch dabei. Einmal habe ich die Eltern mit einem Seufzer der Erleichterung sagen hören, nach mir sei es vorbei gewesen.

Dänu: Darum fühlst du dich überflüssig?

Ich: Ja. Aber auch, weil ich mit meinem Leben einfach nicht zurande komme. Ich möchte mich am liebsten neu erfinden.

Dänu: Also möchtest du leben.

Ich: Sicher möchte ich das. Wenn ich bloß wüsste, wie.

Dänu: Dein Traum verrät es dir ja!

Ich: Ich verstehe nicht... Soll ich denn wieder fliehen? Das habe ich gemacht, im Traum, mit zweifelhaftem Erfolg.

Dänu: Du sollst genießen, was Gott als Genuss erdacht hat.

Ich: Du meinst die Sexualität? Und das wäre alles?

Dänu: Nicht alles, aber das auch.

Ich: Die habe ich kaum je mit meiner Frau genossen. Schockiert dich das nicht?

Dänu: Das kann sich ja ändern!

Ich: Das klingt, entschuldige, etwas diffus.

Dänu: Es entspricht aber dem, was du geträumt hast. Deine Sexualität hast du als das Schönste der Welt geträumt, aber du hast die Frau nicht erkannt, mit der du sie erlebt hast. Mit der Änderung meine ich, dass die Frau im Traum ein Gesicht bekommen kann. Warum nicht dasjenige deiner jetzigen Frau? Deine ganze Sexualität, ja dein ganzes Mannsein kann ein Gesicht bekommen. Ein von Gott erschaffenes.

Ich: Wenn ich ein Gesicht sehe, dann ist es jenes meiner Freundin, die ich unter gütiger Mithilfe meiner Familie aufgegeben habe.

Dänu: Es ist doch schön, dass du das Zusammensein mit jener Freundin genossen und dass du eine gute Erinnerung an sie hast. Aber sei ehrlich dir selber gegenüber: Du hast im Traum nicht gewusst, wer die Frau war, mit der du Sex auf diese einzigartige Weise genossen hast. Zum mindesten ist deine Sexualität nicht ausschließlich an jene Freundin gebunden. Das eröffnet dir doch eine ganz andere Zukunft.

Ich: Das stimmt.

Dänu: Darf ich für dich beten?

Ich: Wenn du meinst.

Dänu: Jesus, ich danke dir für den nackten Reiter auf dem Pferd. Hilf deinem Geschöpf Bernhard wieder hinauf, damit er weiterreiten kann. Beweise ihm, dass er vielleicht ein Vogel ist, der noch nie richtig geflogen ist, aber dass auch er ein Teil deiner herrlichen Schöpfung ist. Schick ihm noch mehr Träume, auch solche, die ihm seinen Ritt weiterzeigen. Amen.

Auf der Nachhausefahrt von Dänu wird mir schlagartig bewusst, dass er mir kein einziges Mal irgendeine Sünde vorgehalten hat. Er akzeptierte mich einfach so, wie ich war. Er hat mich nicht bedrückt, sondern fröhlich gemacht. Ich habe ein Stück Wahrheit über mich vernommen, aber ich bin nicht deprimiert. Die Vergangenheit ist nicht weniger schlimm, aber sie wiegt weniger schwer. An diesem Abend bleibe ich vor dem Spiegel stehen, mustere mich und spreche zu mir: »Nicht schlecht, nicht schlecht.«

Und in der folgenden Nacht träume ich heftiger denn je. Maya und ich wohnen im Haus meiner Eltern, also im Pfarrhaus. Das Dach ist defekt, die Balken teilweise verfault, und man sieht von der Stube aus durch die Löcher direkt in den Sternenhimmel hinaus. Das Pfarrhaus ist im Traum an die Kirche gebaut. Plötzlich bricht ein Brand aus, und sowohl das Pfarrhaus wie die Kirche brennen vollständig nieder. Ich fürchte um uns, unsere Kinder und das Hab und Gut, aber alle und alles kommt in Sicherheit.

Eigentlich müsste ich mit diesem Traum nicht mehr zu Dänu Münger, dem Freund und Pfarrer gehen, er macht mir auch so Freude. Ich brenne trotzdem darauf, ihm diese Fortsetzung meiner Träumerei zu erzählen. Er grinst mich breit an und sagt: »Endlich brennt dieses fromme Gehütt ab. Das gibt Platz.«

22

Bald nach dem Traum vom Brand fahre ich in meinem grenzenlosen Enthusiasmus über mein neues Ich-Gefühl voller Selbstvertrauen und innerer Vergebungsbereitschaft zu meinen Eltern und teile ihnen mit, es sei trotz ihnen etwas aus mir geworden. Aber sie verstehen kein Wort. Vater protestiert und Mutter weint. Ich lache sie an, bis sie verwundert aufhören mit Protestieren und Weinen. Dann erzähle ich ihnen, es gehe mir ja gut. Früher sei ich sehr wütend auf sie gewesen, aber jetzt sei das vorbei. Worauf ich denn wütend gewesen sei? Dass mich Mutter nicht von der Nabelschnur habe lassen wollen, und dass Vater ein unbekannter Fremder geblieben, der höchstens als Polizist in mein Leben getreten sei. Da weinen sie beide. Ich beteuere ihnen, ich hätte ihnen vergeben, aber sie begreifen nicht, was es zu vergeben gab, sie hätten es doch nur gut gemeint. Endlich begreife ich, dass ich schweigen, wieder gehen und später, viel später wiederkommen muss. Wenn überhaupt.

Mit der Familie haben wir Ferien in Südfrankreich geplant. Meine Schwester Susanne hat uns eingeladen, nach St. Tropez mitzukommen, dessen Campingplatz im Frühling unheimlich schön sei. Wir willigen ein und fahren mit.

Wir hausen in einem Wohnwagen, Susanne und ihr Mann Fredi wohnen etwas nebenan. Baden können wir nicht, das Meer ist zu kalt und zu schmutzig. Die Kinder finden trotzdem ihre Spielgelegenheiten und sind glücklich. Es sind seltsame Ferien, was das Verhältnis zwischen Maya und mir betrifft. Ich habe, als meine Träumereien angefangen haben, aufgehört, ihr von mir zu erzählen. Früher machte ich das oft und ausgiebig, nach dem Motto: Der Mutter kannst du alles erzählen, warum nicht auch deiner Frau, wenn die Mutter nicht mehr im Haus ist oder du nicht mehr im Haus der Mutter. Jetzt sage ich nichts mehr, aber ich bin nicht bedrückt. Darüber ist Maya verwirrt. Sie ist zusätzlich verwirrt, dass ich nichts gegen sie vorbringe, womit sie sich mein Schweigen erklären könnte. Es bleibt ihr ein Rätsel. »Was ist los mit dir?«, fragt sie. »Ich habe nichts gegen dich«, versichere ich ihr. »Aber auch nichts für mich?«, fragt sie. »Doch«, sage ich. »Für dich habe ich Achtung und Respekt.« »Mehr nicht?«, fragt sie. »Nein, mehr nicht, jedenfalls nicht im Moment«, bestätige ich ihr. »Liebst du mich nicht mehr?«, fragt sie. »Ich hasse dich nicht«, erwidere ich.

In diesem Zustand sind wir nach Südfrankreich gekommen. Wir bewegen uns im Wohnwagen auf engstem Raum, aber wir schaffen es, einander zehn Tage lang absolut nicht zu berühren. Doch wir spielen miteinander. Intensiv. Stundenlang. Wir werfen einander die Frisbeescheibe zu und haben es nach zehn Tagen zu ansehnlicher Meisterschaft darin gebracht. So kommt es, dass ich die Frau, mit der ich seit neun Jahren verheiratet bin, neun Tage lang intensiv beobachten kann: Dank der Frisbeescheibe zwischen uns. Sie fliegt hin und her und hält uns auf Distanz. Am Ende der Ferien sage ich mir: Mit dieser Frau da drüben, am anderen Ende des Frisbee, schwarzglänzendes Haar, seidener Teint, sportlich, schlank und wach, mit dieser Frau würde ich gerne Sex haben. Sie macht mich an. Wie schaffe ich es nur, mit ihr ins Bett zu kommen? Im Wohnwagen will ich lieber nicht, da könnten die Kinder aufwachen und uns beobachten oder hören. Mal sehen, wie es nach unserer Rückkehr steht.

Mit einem Handgelenk, das vom Frisbee-Werfen schmerzt, mit Kindern, die sich kaum fassen können vor Begeisterung über den plötzlich so fröhlichen, kecken Vater, mit einer Ehefrau, die nicht weiß, was sie von mir halten soll, und mit einem grenzenlosen neuen Selbstvertrauen kehre ich aus Südfrankreich in die Schweiz zurück. Tief atme ich durch, als spät in der Nacht die Kinder endlich in ihren Betten liegen. Jetzt will ich das Leben genießen, sage ich mir, jetzt und keine Minute später. Maya kommt eben aus der Dusche, und mein Herz klopft. Ich sehe keine neun Jahre Eheleben, keine Gefängnisse und keine Zwänge vor mir, sondern nur eine schöne Frau im Bademantel, mit der ich alles genießen will, was ich genießen kann, und zwar hier und jetzt. Ich fühle mich stark wie noch nie, und dass ich die Frau vor mir wie eine Fremde empfinde, die ich schlecht kenne und die eigentlich wenig von mir weiß, bringt mich einen Augenblick lang auf den Gedanken, ich begehe eine Sünde, denn ich denke ja nur an Sex, ohne innerlich mit der Frau verbunden zu sein, mit der ich schlafen will, was nach meinen erlernten Maßstäben ja eigentlich Sünde sein müsste. Nur einen Augenblick lang denke ich das, dann lache ich und sage mir: Wie praktisch, dass ich mit genau der Frau, die ich jetzt haben will, verheiratet bin, da muss ich nicht mal ein schlechtes Gewissen haben, sondern ich darf ganz offiziell tun, was ich tun will.

Dann packe ich Maya und lasse meiner Leidenschaft freien Lauf. Sie ist immer noch verwirrt, bald aber restlos begeistert, und dann geschieht es: Ich verliere die Kontrolle über mich viel zu früh und falle in mich zusammen wie ein angestochener Ballon. Maya versucht mich zu trösten, was mich, und das ist neu sowohl für mich als auch für sie, unversehens wütend macht. Meine Kraft erwacht sofort wieder, aber nicht als Begehren, sondern als nackte Wut, und ich beginne laut zu fluchen, während sich Bilder und Empfindungen an Frauen aus vergangenen Jahren in mir aufbauen, mit denen ich jene Dinge erlebt habe, die ich für die richtigen halte, und ich fluche aus Wut darüber, dass sie mir in meiner eigenen Ehe nicht möglich sein sollen, jetzt, wo ich doch dran bin, die früher unversöhnlichen Hälften meines Lebens zusammenzubringen, nämlich das Eheleben einerseits und den Genuss andererseits. Jenen Genuss, der mir in den Träumen erschienen ist. Ich habe nie etwas lieber geglaubt, schon gar nicht einem Pfarrer, als das, was mir Dänu Münger über Sexualität und deren Erfindung durch Gott gesagt hat. Aber was er gesagt hat, wozu er mich aufgefordert hat, nämlich zum Genuss, das funktioniert bei mir ja gar nicht, fluche ich, irgendetwas schiebt sich im letzten Moment dazwischen, und das Irgendetwas muss die Tatsache sein, dass die Frau neben mir halt meine eigene ist, die ich nicht frei gewählt habe. Was soll ich da je den Sex genießen können?

Ich kann hinter Maya nicht nur den attraktiven Körper sehen, den ich beim Frisbee-Spielen in Südfrankreich neu entdeckt habe; der ganze Rest unserer Geschichte kommt ausgerechnet dann hoch, wenn der sexuelle Höhepunkt bevorsteht, und es ist aus... Anita erscheint vor mir, die junge Krankenschwester, welche die ganze Verzweiflung über die Ehe in mir ausgelöst hat; Jeanne in Marseille und viele andere, die eine Lawine von Erinnerungsgefühlen in mir auslösen, während meine Frau Maya in dieser Nacht wortlos neben mir auf dem Bett sitzt, mich ab und zu anschaut und weint. Ich empfinde immer noch nichts für sie, obwohl ich sie immer noch attraktiv finde; ich empfinde kein Mitleid, keine Liebe, auch keinen Hass, sie ist mir in diesem Moment so gleichgültig wie die Bettdecke. Wut empfinde ich, angereichert mit endloser Bitterkeit über mein Schicksal, dem ich anscheinend nicht entrinnen kann, obwohl ich doch so tolle Träume gehabt habe, obwohl mir doch Tom so viel dazu hat erklären können und mir Dänu Münger neuen Lebensmut eingeflößt hat, aber dieser Lebensmut ist ein schwaches Pflänzlein gewesen. Mit einem Schlag ist auch Clara wieder da, Clara, wie sie in mir drin immer noch festgeschrieben ist: Als diejenige, die ich gewollt habe, als meine Wahl, und *man* hat sie mir weggenommen und mir Maya in den Arm gedrückt, die ich an einem Sonntag einst im Mai unter den größten Qualen meines Lebens geheiratet habe.

Ich springe aus dem Bett, gehe in die Küche, packe eine Weinflasche und trinke sie in kürzester Zeit leer. Auf einmal steht Maya mit vor Entsetzen geweiteten Augen in der Küchentüre und fragt:

Maya: Was ist eigentlich los? Jetzt habe ich gemeint, wir hätten es gut miteinander, nach den Ferien in Südfrankreich, und du hast mich die ganze Zeit so angeschaut...
Ich: Wie habe ich dich angeschaut?
Maya: Ach, du weißt es ja schon.
Ich: Sag es mir doch! Vielleicht redest du ja mal mit mir!
Maya: Also... was hast du eigentlich? Ich rede doch mit dir!
Ich: Findest du? Ist das reden? Du bist da, tust alle deine Pflichten, du bist nett, ich mag dich ja, aber du redest ja nicht wirklich mit mir!
Maya: Was soll ich denn reden? Du tust ja, als hätten wir gar nie geredet miteinander.
Ich: Das haben wir auch nicht. Nebeneinander her haben wir gelebt, brav, nach außen harmonisch, Kinder haben wir auch gemacht, was alles gut und recht ist, aber...
Maya: ... Was aber? Das ist doch auch etwas, wenn es gut und recht ist. Jetzt tust du auf einmal so... so... wild, erst berührst du mich wochenlang nicht mehr, dann überfällst du mich, und ich denke, alles sei wieder gut zwischen uns, und dann plötzlich rennst du weg, saufst wie verrückt und schreist herum. Was ist eigentlich los?
Ich: Ich renne weg, saufe und bin wütend – und du fragst, was los ist? Hast du neun Jahre lang geschlafen?
Maya: Habe ich nicht! Ich bin neun Jahre lang oft genug wachgelegen, wenn du weg warst, und ich habe dich auch gerochen, wenn du gegen morgen ins Bett gekrochen kamst!

Ich: Aber geredet hast du nicht mit mir, zum Beispiel darüber, warum ich wegging...
Maya: Ich habe immer gehofft, es werde endlich besser. Aber es wurde nicht. Und ich traute mich nicht, etwas zu sagen. Einmal habe ich schon nach einer Wohnung Ausschau gehalten, um mit den Kindern auszuziehen, weil ich es kaum mehr aushielt.
Ich: Warum hast du die Sache denn nicht beendet? Wärest du doch fortgegangen! Aber nein, du spielst mir neun Jahre lang eine Komödie vor!
Maya: Du mir auch!
Ich: Sag, warum bist du nicht weggegangen?
Maya: Ich habe dich geheiratet, ich habe ja gesagt zu dir, da geht man nicht einfach weg. Und Kinder haben wir auch.
Ich: Aha, aus Pflichtgefühl bist du bei mir geblieben, aus elendem Pflichtgefühl...
Maya: Du bist mein Mann, und du wärest mein Mann geblieben, auch wenn ich weggegangen wäre. Ich gebe nicht einfach auf, was wir trotz allem aufgebaut haben.
Ich: Warum hast du mich eigentlich geheiratet?
Maya: Was soll diese Frage? Ich liebte dich, ich fand dich toll, ich war völlig glücklich...
Ich: Soso. Aha, wie romantisch. Und du hast rein nichts davon bemerkt, wie es mir ging. Am Hochzeitstag zum Beispiel.
Maya: Was hätte ich denn merken sollen?
Ich: Ach, nichts. Es liegt bestimmt an mir, dass du nichts gemerkt hast.
Maya: Jetzt bist du es, der nicht redet! Was hätte ich merken sollen?
Ich: Wie unglücklich ich war an unserem Hochzeitstag. Ich wollte nicht heiraten. Ich habe es gegen meinen Willen getan.

Es ist eine Weile ganz still. Der Alkohol tut jetzt seine volle Wirkung in mir. Ich spüre keine Grenzen mehr, sehe keine Warnlampe, da ist nur noch eine einzige große Erleichterung, endlich die dicksten Ungeheuerlichkeiten meines Lebens auszusprechen, ohne an ein Nachher zu denken. Nur die Wahrheit ist noch gut genug, rufe ich mir in Erinnerung, darunter mache ich es nicht mehr. Maya hat sich gesetzt und schaut mich an. Ihre Stimme ist ganz leise.

»Und jetzt würdest du am liebsten alles rückgängig machen. Die Heirat, die Kinder, unsere Ehe, alles. Alles rückgängig machen. Das ist es doch, was du möchtest, nicht wahr?«

Sie sagt es, denke ich, und meinen Beruf könnte sie auch noch dazunehmen. Und meine Kindheit. Mein ganzes bisheriges Leben. Alles möchte ich rückgängig machen. Ungeschehen. Noch einmal auf die Welt kommen, aus einer anderen Mutter, willkommen geheißen von einem anderen Vater, und dann möchte ich ein Leben haben, das ich selber lebe, nicht meine Mutter für mich. Wie ich mein eigenes Leben hasse. Wie ich mich selber hasse. Eine heiße Sehnsucht packt mich, endlich jemand zu sein, den ich selber gern haben kann und den auch andere gern haben können.

Ja, so ist es und nicht anders, nämlich dass ich mich hasse und lieben möchte. Wenn ich weiterleben will, muss ich die Ursachen für mein Scheitern am richtigen Ort suchen. Was ich Maya vorwerfen kann, ist, dass sie auf keines meiner Signale des Zweifels geachtet hat, die ich sehr wohl ausgesandt habe vor der Heirat, und die ihr hätten sagen können, dass etwas nicht stimmte. Aber sogar das kann ich ihr nicht wirklich vorwerfen, denn aus ihrer Sicht hat ja alles gestimmt. Sie hat den Mann geliebt und gewollt, den sie geheiratet hat, und diese Liebe hat sie blind und taub gemacht für meine kümmerlichen, ängstlichen Bremsversuche vor der Heirat.

Maya ist nicht gemein und nicht falsch, sondern sie ist lieb, denke ich, und vielleicht ist sie naiv. Sie hat ihren Willen durchgesetzt, indem wir geheiratet haben, aber ich, ich habe mich gefügt. Ich bin am Tag meiner Hochzeit einer Koalition aus Eltern und Ehefrau gegenübergestanden und habe mich gefügt. Der erste Traum kommt mir in den Sinn, in dem Maya und ich eine Prüfung absolvieren müssen, die uns von unseren Eltern auferlegt wurde; sie fügt sich, und ich entziehe mich. In der Realität habe ich mich ebenfalls gefügt, aber schon am ersten Tag innerlich und später auch äußerlich dem gewählten Leben entzogen. Beide dachten wir später an Trennung, aber getan haben wir es letztlich nicht, weiß Gott warum nicht. Es ist einfach so, dass wir als Verheiratete jetzt nachts in der Küche über unser bisheriges Leben erschrecken.

»Ich weiß schon, dass ich nichts rückgängig machen kann. Maya, glaube mir, eigentlich habe ich nichts gegen dich. Außer dass du nichts von meinen Zweifeln an der Heirat gemerkt hast. Aber ich sehe, dass du mich ausgehalten hast, und dafür respektiere ich dich. Ich bin dir dankbar dafür, auch wenn es vielleicht besser gewesen wäre, du hättest mich nicht ausgehalten, sondern wärest weggegangen. Ich kann dir jetzt nichts vormachen und behaupten, ich liebe dich. Ich habe lange genug allen möglichen Leuten etwas vorgemacht. Aber ich respektiere dich. Würde ich Hass gegen dich verspüren, dann würde ich bereits nicht mehr hier in der Küche sitzen. Ich wäre längst verschwunden.«

Maya schaut mich still an und sagt nichts. Ich rede weiter.

»Wie es weitergeht, weiß ich nicht. Lass uns einfach bis auf weiteres in diesem Haus wohnen bleiben und die gleiche Arbeit tun wie bisher. Du weißt, dass ich die Kinder gern habe, du hast sie auch gern, also verbinden sie uns, immerhin verbinden uns die Kinder. Ich selber muss eine Weile meinen Weg allein gehen. Er richtet sich nicht gegen dich, sondern gegen jene, die mir mein Leben eingebrockt haben. Wie ich es anstelle, um ihrer habhaft zu werden, weiß ich noch nicht.«

Maya schaut mich immer noch unverwandt an und bemerkt plötzlich: »Du hast auch etwas durchgemacht.«

Dieser letzte Satz löst eine Bremse, von der ich nichts gewusst habe. Ich lege den Kopf auf die Arme und beginne haltlos zu schluchzen. Ich weine über das Elend des überflüssigen Kindes, das vor zweiunddreißig Jahren auf die Welt gekommen ist, über dessen Vaterlosigkeit, über die Prügel des Jungen auf der Gasse, die ausgestandenen Höllenängste des Pubertierenden, die misslungenen Fluchtversuche, das Elternhaus, das doch ein Ort des Wohlbefindens hätte sein sollen, die Gewalt, die ich selber andern angetan habe, zum Beispiel Maya, über die verlorene Clara, die nach Italien geflohen ist. Ich weine vor Scham über meine ständige Haltlosigkeit, über meinen Selbstmordversuch, über den Niemand, als den ich mich empfinde, über den erzwungenen Rückzug des Versagers aus dem Reformierten Jugendbund, über mein Pendeln zwischen den Identitäten als Ehemann, Redakteur, Jugendleiter, Nachtschwärmer, Frauenheld, Zigeuner, Superfrommer und Auflöser aller Dinge, wie mich jene Malerin genannt hat, in deren Haus ich eine Zeit lang Unterschlupf fand.

Irgendwann im Morgengrauen vergegenwärtige ich mir noch einmal meine Situation: Ich bin zweiunddreißig, verheiratet, habe zwei Kinder und sitze auf einem Scherbenhaufen. Aber ich möchte mein Leben neu anfangen. Ja, dank Tom und Dänu verstehe ich besser, was in meinem bisherigen Leben passiert ist, aber es hat nicht gereicht, es zu bewältigen. Der Müeti-Geist des Pfarrhauses zu Bottigen hat mich, obwohl erkannt und enttarnt, noch einmal zu Boden geschlagen.

Könnte ich vielleicht bei meinen Geschwistern erfahren, wie man mit dem Müeti-Geist fertig wird? Nach Jahren fast ohne Kontakt wären sie bestimmt überrascht, wenn der kleine Bruder mit einer solchen Frage auftauchen würde. Vielleicht zu überrascht, um darauf antworten zu können. Am ehesten traue ich mich zu Susanne, und dann werde ich weitersehen. Ich rufe sie an, bitte sie um ein Gespräch und werde zum Kaffee eingeladen.

23

»Also, erzähl mal.«

»Was willst du denn hören?«

»Das, was du mir erzählen willst. Beginn einfach irgendwo.«

Das Tischchen im Wohnzimmer von Susanne und Fredi ist tatsächlich noch das gleiche wie beim Gespräch vor zwölf Jahren.

Susanne sitzt mir gegenüber und nippt an ihrem Kaffee. Ihre Haare sind voll und ziemlich grau. Über den Tassenrand hinweg behält sie mich scharf und freundlich im Auge.

»Siehst gut aus, Bruderherz.«

»Was du nicht sagst. Lass los. Erzähl mir von den Peterli.«

Susanne schaut eine Weile angestrengt in die Tasse hinein. Dann räuspert sie sich und beginnt zu erzählen.

»Ich war diejenige, die auf dich aufgepasst hat, mal von weitem, mal von nahem. Eine Zeit lang hätte ich dich auch gerne einmal gekämmt am Morgen, aber Ruth hat dieses Amt resolut verteidigt. Es sei ein Auftrag von Müeti, sagte sie. Also ging ich zu Müeti. Anstatt mir das Kämmen auch einmal zu übertragen, schlug sie vor, ich solle mit dir im Garten spielen, das könne ich viel besser als Ruth. Ruth sei eine »Dinehöcki« und ich eine »Dussehöcki«, und wir müssten ja nicht beide das gleiche machen mit dem Berni. Das sah ich ein, und ich gab mir redlich Mühe mit dir, auch wenn du dich gar nicht geeignet hast für die harten Szenen beim Indianderlis. Hingegen hast du immer weitergewusst, wenn es uns Kinderschar an Ideen für Rollen und die Fortsetzung der Geschichte mangelte. Woher du die nur alle hattest! Ich habe mich mit dir verbündet, als Vater dem Müeti erzählte, wir seien ihm zu viel. Was das dir gebracht hat, weiß ich nicht. Mich hat es gestärkt, indem ich lernte, auf eigenen Beinen zu stehen.«

Susanne schweigt, beugt sich vor und nimmt einen Schluck. Ich warte stumm und hoffe, sie spreche weiter, was sie dann auch tut.

»Mit fünf Jahren hast du zusehen müssen, wie ältere Buben mich verprügelt haben. Einer hat mich am linken Arm gehalten, einer am rechten, der dritte schlug mich, und alle drei riefen: ›Pfarrerstochter, Mistvieh, Pfarrerstochter, Mistvieh.‹ Ich habe auf die Zähne gebissen und keinen Ton gemacht. Du bist nach Hause gerannt und hast die Mutter geholt. Sie hatte keine Zeit und rief den Vater. Der hatte auch keine Zeit, schickte aber unsere Schwester Ruth. Ruth rannte los, kam aber zu spät in die vordere Kirchgasse, wo ich keuchend auf der Miststockmauer des Bauern Zbinden saß, über und über mit blauen Flecken übersät. Ruth hat mich nach den Namen der Buben gefragt, aber ich sagte keinen. Nach Hause hat sie mich fast tragen müssen. Zwei Tage lang konnte ich mich nicht rühren; Mutter hat mir Eisbeutel aufgelegt und an meinem Bett gebetet, dass ich den bösen Buben vergeben könne und dass der Herr Jesus in deren Herz kommen möge. Nach den Namen der Plaggeister aber fragte sie nicht.

Eine Woche später habe ich dem ersten der Buben aufgelauert und ihm einen faustgroßen Stein an den Kopf geschmissen, als er in die Kirchgasse einbog, um nach Hause zu gehen. Er blutete stark und wollte davonrennen. Da trat ich hinter der Scheune hervor, hinter der ich mich versteckt hatte, und stellte ihm ein Bein, bevor er mich recht gesehen hatte. Er fiel hin, blutete jetzt auch noch an den Ellbogen und an den Knien und rappelte sich hoch, um nach Hause zu wanken. Ich war zufrieden und ließ ihn gehen.

Am nächsten Tag erwischte ich den zweiten der Buben auf genau dieselbe Art wie den ersten, und am dritten rächte ich mich ausgerechnet an einem Sonntag, einem heiligen Sonntag, auf dem Heimweg von der Sonntagsschule. Er war zwei Köpfe größer als ich, aber ich stellte mich ihm bei der Brücke über den Bach mitten in den Weg, als er etwas zurückgefallen war, um die Schuhe zu binden. Er verzog schon spöttisch das Gesicht, als er mich erblickte, und ballte die Fäuste, da sprang ich blitzschnell zu ihm hin und trat ihn mit aller Kraft zwischen die Beine, worauf er vor Schmerz aufschrie und sich krümmte. Das genügte mir nicht. Er war derjenige, der mich geschlagen hatte, während die andern zwei, die schon bestraft waren, mich festgehalten hatten. Ich warf mich mit aller Kraft gegen ihn, den Prügler, und der Kerl stürzte fast zwei Meter tief über den Brückenrand in den Dorfbach hinunter. Ich blickte auf ihn hinab, wie er sich mit letzter Anstrengung aus dem Wasser zog und schluchzte, er habe sich das Bein gebrochen. ›Soso‹, rief ich, ›das soll dir aber gut tun. Kannst mich ja verpfeifen, wenn du willst.‹ Dann spazierte ich, als sei nichts gewesen, den Weg zum Kirchhügel empor nach Hause, wo ich den Sonntag genoss wie noch nie.

Die ersten zwei Buben haben mich nicht verpfiffen, der dritte auch nicht, aber beim dritten, der tatsächlich ein Bein gebrochen hatte, war ich beobachtet worden, und schon am nächsten Tag erfuhren unsere Eltern die Geschichte. Zuerst kamen die Tränen der Mutter, dann die Strafe des Vaters. Die drei Übeltäter hatten Gebete und Vergebung bekommen, aber ich bekam zu den schon empfangenen Prügeln noch mehr Prügel. Müeti stellte sich wie immer, wenn Strafe fällig war, oben an die Treppe und rief: ›Ernst, sei so gut und kümmere dich um Susanne.‹ Und Vater war so gut, ach, sooo gut, kam aus dem Studierzimmer und hatte schon den Lederriemen in der Hand, mit dem er sich um mich zu kümmern gedachte. Gebetet wurde anschließend auch noch, auf dass ich mich bessern würde.

Ich schrie, meine Taten seien eine Rache gewesen, aber Müeti zitierte die Bibel, wo der liebe Gott sage, die Rache sei sein. Lieb sei dieser Gott ja kaum, schrie ich, wenn er sich bloß rächen könne, aber mich nicht schütze vor stärkeren Buben, aber nicht mal gerächt habe sich Gott für mich, das hätte ich selber besorgen müssen, wie man sehe, denn Strafe müsse ja sein, wie sie, die Eltern, selber sagten. Müeti drohte mir unter Tränen weitere Prügel an, wenn ich es nicht endlich einsehe, ein Es, das ich nicht verstand, aber ich schwieg, weil ich wirklich nicht noch mehr Prügel wollte.

Ausgerechnet der dritte Junge war es, der seine Eltern anflehte, die Arztrechnung selber zu bezahlen, wie ich später erfuhr. Von ihm selber. Es war Fredi, der Sohn jenes Bauern, vor dessen Hof die drei mich anfänglich geschlagen hatten, und ich versprach ihm, als ich ihn im Spital besuchen ging, niemandem zu erzählen, dass er unter den dreien der Schläger gewesen war, wenn er es zustande brachte, dass meine Eltern die Arztrechnung nicht bezahlen müssten, denn sonst sei es aus mit mir, und ich müsste bestimmt in ein Kinderheim gehen. Er versprach es mir, und es herrschte von diesem Augenblick an eine eigentümliche Solidarität zwischen uns.«

»Ins Kinderheim musstest du ja nicht.«

»Ins Kinderheim musste ich nicht, aber ab jenem Zeitpunkt in jeder verfügbaren Zeit zu meinem Götti in die Ferien. Niemand musste mir erklären, dass ich für meine Eltern, vor allem für meinen Vater, nun endgültig zuviel geworden war, denn das wusste ich ja schon seit damals, als ich es mit eigenen Ohren gehört hatte. Bei meinem Götti, einem Bauern, lernte ich Traktor fahren, Fluchen, Rauchen und Küssen. All das brachte mir mein Cousin bei. Ich ging Jahr für Jahr zum Götti. Geschlagen hat mich nie mehr jemand, auch nicht meine Eltern, denn als sie es das nächste Mal tun zu müssen glaubten und ich zwecks Strafe ins Studierzimmer geschleppt worden war, streckte ich Vater blitzschnell mein bluttes Füdli entgegen und sagte: ›Die Rache ist mein, spricht der Herr, und wenn du seine Arbeit tun willst, dann schlag zu, immer feste, bitteschön.‹ Worauf er zündrot wurde, den Lederriemen auf einen Stuhl warf und mir befahl, mich auf die Couch zu setzen, auf der sonst Brautpaare und Leidtragende saßen. Eine geschlagene halbe Stunde ließ er mich dort sitzen, und auf das besorgte Rufen von Müeti, was denn mit der Susanne los sei, rief er zurück, sie gehe noch in sich. Von da an rührte Vater mich nie mehr an. An der Stelle des Lederriemens wurden Straf-Halbestunden zur Gewohnheit, und beinahe hätte ich sie schön gefunden, wären sie nicht wortlos gewesen.«

»Eine verrückte Sache. Und jedes von uns hat sein Stück abgekriegt.«

»Jedes in unserer Familie hat sich auf seine Art auf den elterlichen Terror eingestellt.«

»Terror?«

»Du staunst über das Wort Terror? Staune ruhig. Vielleicht brauchst du noch ein paar Jahre, um meine Einschätzung des Familienklimas nachzuvollziehen.«

»Vielleicht. Nein, so lange brauche ich nicht.«

»Nicht, dass ich glaube, die Eltern hätten aus Bosheit gehandelt. Und, versteh mich nicht falsch, es gab ja auch nicht nur Terror, beileibe nicht, sondern ebenso das pure Gegenteil: Feste, Bräuche, pralles Leben, Lachen und richtige Liebe. Aber den Terror halt auch. Sie haben es, meine Güte, doch immer bloß gut gemeint und immer bloß das getan, was sie tun zu müssen glaubten. Aber herausgekommen ist für uns Kinder Terror, trotzdem oder vielleicht auch deswegen. Nicht für alle Kinder gleichviel. Für dich, den Jüngsten, sicher am wenigsten, warst du doch der herzige Kleine, den sie beschützten; aber ich, die Rebellin, litt sehr darunter.«

»Mir ging es noch am besten, glaubst du?«

»Etwa nicht?«

»Ich finde Vergleiche schwierig.«

»Ein Rebell warst du jedenfalls nicht...«

»Denkst du das, weil ich nie herumgeschrien habe? Weil ich so brav war?«

»Immer warst du nicht brav. Einmal hast du mit dem Gartenschlauch von außen in mein Zimmer gespritzt wie ein Feuerwehrmann, als das Fenster offen stand. Ich wollte dich verprügeln, weil alle meine Schulsachen nass wurden, aber Müeti hat das verhindert und bloß verlangt, dass du dich entschuldigst. Tagelang war ich wütend, dass unsere Mutter den Kleinen beschützt, und niemals hätte ich zugegeben, dass ich den Streich mit dem Schlauch toll gefunden hätte, wenn nicht ich das Opfer gewesen wäre. Du hast mir nachher nie mehr einen Streich gespielt. Meine Flüche nach deiner Spritzerei müssen dir einen gewaltigen Eindruck gemacht haben.«

»Das haben sie.«

»Am Familientisch hast du jeweils den Gesprächen von uns Größeren gelauscht, und ich hatte immer den Verdacht, du verstündest mehr, als du zu erkennen gabst.«

»Du warst eine große Nummer am Familientisch.«

»Ich brachte es im Provozieren zur Meisterschaft.«

»Hat dich das befriedigt?«

»Vorübergehend. War alles wütend und das Essen fertig, ging ich in die Vorratskammer und aß weiter, keine Stunde nach dem Essen. Mit sechzehn war ich rund und stark. Ich preschte durchs Gymi wie ein Orkan. Niemand wollte sich mit mir anlegen, aber ich brachte alle so weit, wütend auf mich zu sein. In dieser Rolle fand ich mich einfach am besten zurecht. Niemand sollte wissen, wie grauenhaft einsam ich in Wirklichkeit war, aber ich war lieber einsam, als irgend jemandem ein kleines Teilchen meines Inneren preiszugeben.«

»Jetzt gibst du es preis.«

»Jetzt bin ich auch nicht mehr einsam.«

»Wie ging es weiter?«

»Mit sechzehn hatte ich den ersten Mann, mit achtzehn den ersten Strafzettel wegen zu schnellem Fahren, mit neunzehn verheiratete ich mich, um aus dem Elternhaus zu kommen. Nach der Scheidung begannen die Unterleibsoperationen. Heute bin ich mehr oder weniger ausgehöhlt, aber ich lebe.«

»Wo hast du deinen alten Erzfeind Fredi eigentlich wieder getroffen?«

»Fredi saß eines Tages unter den Teilnehmern eines Management-Seminars, bei dem ich Referentin war, und hat mich zu Tode geärgert, weil er sich von keiner meiner Bemerkungen provozieren ließ. Im Gegenteil: Er brachte es mit seiner stumm hochgezogenen Augenbraue schließlich so weit, dass ich die Fassung verlor und mitten aus dem Seminar davonrannte. Das war mir nie zuvor passiert.«

»Vielleicht war das seine Rache dafür, dass du ihm als Kind das Bein gebrochen hast.«

»Danach sah es nicht aus. Fredi kam mir nach, entschuldigte sich, dass er mich geplagt habe, und fragte ganz höflich und mit einem kaum merklichen Schmunzeln, ob die Sache diesmal ohne Beinbruch wieder eingerenkt werden könne. Zwei Monate später waren wir verheiratet.«

»Du siehst zufrieden aus.«

»Man kann wohl sagen, dass wir eine gute Ehe haben. Unser Fundament sind Schmerzen, die wir zwar einander zugefügt haben, die uns aber letztlich zusammengeschweißt haben im Kampf ums Überleben.«

»Du hast dich mit mir beschäftigt wie niemand sonst in der Familie.«

»Als ich von zu Hause wegging, verlor ich dich aus den Augen. Später kam mir zu Ohren, eine Frau wolle dich mit einem Auto an sich binden, das sie oder ihre Mutter dir schenken wollte. Da kam mir, lache nicht, der Überlebensbund in den Sinn, den ich mit dir geschlossen hatte, als du ein Baby warst, und ich bin eingeschritten, zusammen mit Fredi. Wir wollten dich vor einer Frühehe bewahren. Wir haben dir ja noch nach Paris geholfen, nicht wahr, mit finanzieller Unterstützung und Beziehungen. Menschenskind, das wäre ja schlimm herausgekommen; du hättest mit kaum zwanzig schon die nächste Frau am Hals gehabt, wo du doch die erste, deine Mutter natürlich, noch nicht einmal richtig los warst. Du wärest schnurstracks von einer Mutter zur andern getorkelt, wenn du verstehst, was ich meine. Wer weiß, ob du jemals gelernt hättest, auf eigenen Beinen zu stehen.«

»Wer weiß.«

»Bist du nicht einverstanden?«

»Ich kann jetzt nichts dazu sagen. Bitte erzähle mir noch, wie du es mit unseren Eltern hast.«

»Mit Vater hatte ich vor Jahren schon ein offenes Gespräch, bei dem er sich unter Tränen entschuldigt hat für die Gewalt, die er mir angetan hat. Ich hatte trotz der schlimmen Erfahrung Erbarmen mit diesem Mann, der auf der Kanzel die Liebe Gottes verkündigte, aber mit dem Weg zu seinen eigenen Kindern solche Nöte hatte. Mit Mutter kam ich nie weiter als bis zum zweiten Satz, weil sie dann in Tränen ausbricht und ruft, sie habe es doch so gut gemeint mit uns, und schließlich stehe doch das und jenes in der Bibel. So beschloss ich, sie in Ruhe zu lassen.«

Es bleibt lange still. Dann erhebe ich mich, gehe wortlos zur Toilette, wasche mein Gesicht mit kaltem Wasser, kehre ins Wohnzimmer zurück, küsse Susanne auf die Wange und sage: »Danke.«

24

Susanne hat sich also zur Wehr gesetzt und lebt ganz gut, finde ich. Was für eine Gewaltgeschichte. Ich beneide Susanne darum, weil ich spüre, dass sie vieles getan und gewagt hat, was ich selber gerne getan und gewagt hätte. Sind dazu auch männliche Peterlis in der Lage?, frage ich mich und besuche auch meine beiden Brüder, nachdem ich lange genug Mut dazu gesammelt habe.

Aber ich werde enttäuscht. Christians Vorort-Reihenhaus atmet zwar Behaglichkeit, aber als er mir erzählt, Gott habe ihm nach intensivem Gebet erlaubt, ein nagelneues Mountainbike zu kaufen, da muss ich unverzüglich an die frische Luft gehen. Köbi treffe ich auf der Vernissage seiner neuesten Holzskulpturen-Ausstellung, aber sobald ich in seine Nähe gerate, bekomme ich Angst vor seinem Ungestüm, und bevor wir richtig zu reden beginnen, verabschiede ich mich. Mit Sarah und Ruth bleibt es bei Telefonanrufen; Sarah braucht gerade mal zwei Sätze, um mir klar zu machen, wie wenig sie von Nachforschungen dieser Art hält. Ruth bestätigt mir, sie habe eine Kindheit lang lieb sein wollen, und ich bin nur einen kurzen Moment lang überrascht, dass Müeti »in vielem« ihr Vorbild ist. Dass Ruth als kleines Kind unter ein Auto geriet, habe ich schon gewusst; nicht aber, dass die Eltern sie innig in die Arme schlossen, beide, ja, auch der Vater, als sie unverletzt aus dem Straßengraben geklettert war. So habe sie, Ruth, zwar wie alle Peterli gewusst, was sie hätte anstellen müssen, um Schläge zu bekommen, aber wie man ohne Autounfall zu einer Umarmung komme, habe sie eine Kindheit lang nicht herausgefunden.

Was meine Geschwister mir erzählt haben, erschreckt und fasziniert mich gleichzeitig, und es entlastet mich vom Verdacht, ich hätte aus bloßer eigener Schwachheit und Unfähigkeit gelitten. Vielleicht kann ich für gar nichts etwas. Vielleicht bin ich nichts als ein Opfer. Vielleicht sind wir Peterli-Kinder das alle, und Schuld an unseren endlosen Schwierigkeiten trügen einzig und allein . . . die Eltern. An erster Stelle die Mutter. Müeti. Vielleicht ist sie die Alleinverantwortliche! Wie erleichternd das wäre. Wie erleichternd das ist, denn es bleibt auch nach anstrengendstem Grübeln kein anderer Name.

Ja die Eltern, denke ich an einem Montagmorgen, als die Kinder versorgt sind und ich im Freien die Füße auf einen Gartenstuhl lege.

Jetzt müsste ich zu ihnen fahren und sie mit allem konfrontieren, was sie angerichtet haben durch die frommen Mauern, in denen sie uns gefangenhielten. »Mögen sie es noch so gut gemeint haben, es bleiben Mauern«, sage ich laut vor mich hin. Furcht ist uns angezüchtet worden, Furcht vor allem und jedem, vor Liebe, vor Nähe, vor Erfolg, vor Sexualität, vor dem anderen Geschlecht, vor Kraft, vor Fehlern, vor Verantwortung, vor Sünden, vor dem Tod und vor dem Leben auch. Vor dem Teufel und vor Gott. Es ist uns fast unmöglich gewesen, etwas anderes hinter Gott zu sehen als den harten, ja brutalen Strafgott, der nie zufrieden ist mit dem, was man ihm auf den Altar legt, der unberechenbar ist in seinen Handlungen, und du kannst nur hoffen, dass du durch irgendeine Beschwörungsformel kurz vor dem Sterben die Pforte zur Himmelstür doch noch schaffst, und die Formel, die du im entscheidenden Moment auswendig können musst, ist selbstverständlich ein Bibelspruch, aber den richtigen bitte, und trotzdem kannst du bis zuletzt nie ganz sicher sein, dass dieser Gott dich dann wirklich auch hineinlässt. Einen solch furchtbaren Gott habt ihr uns vermittelt, ihr zwei alten Leute, sage ich voller Wut im Garten draußen an diesem Montagmorgen zu meinen Eltern, die ja gar nicht da sind. Wären sie bloß überhaupt nicht mehr da, dann wäre die Ursache meiner Lebensmüdigkeit weg, denke ich. So könnte ich endlich ein Leben anpacken, das diesen Namen verdient. In diesem Augenblick klingelt das Telefon im Haus drin, und ich eile hinein. Es ist Susanne.

Susanne: Wetten, dass du jetzt dasitzt und überlegst, was du unseren Eltern als erstes an den Kopf wirfst, wenn du deine Wut bei ihnen abladen gehst? Oder sie in Gedanken tausendmal ermordest?
Ich: Woher weißt du das?
Susanne: Wir anderen Geschwister waren schon alle an diesem Punkt. Du bist der letzte in der Reihe. Wahrscheinlich erwarten sie dich und deine mordenden Vorwürfe sogar.
Ich: Woher weißt du das?

Susanne: Du warst nicht der erste, der zu mir kam und über unsere Familie reden wollte. Es ist immer dasselbe: Wie konnten wir nur so grauenhafte Eltern haben.
Ich: Das sind sie doch auch.
Susanne: Soso.
Ich: Findest du nicht?
Susanne: Darauf kommt es jetzt nicht an.
Ich: Soso. Worauf denn?
Susanne: Ich wollte dich um etwas bitten, bevor du deine geistige Kanone lädst und die Eltern abschießen gehst.
Ich: Worum willst du mich wohl bitten? Dass du dabei sein darfst beim Erschießen? Oder kommt jetzt eine superfromme Pfarrer-Peterli-Nummer von der Vergebung?
Susanne: Ob du vergeben willst, ist deine Sache. Ich will dich bloß fragen, ob du dich je für die Kindheit unserer Eltern interessiert hast. Abgesehen davon, dass es sich bei unseren Eltern um achtzigjährige Greise handelt, die ihren Frieden mit Gott und den Menschen zu machen versuchen. Und fast draufgehen vor Gewissensbissen über die Fehler, die sie gemacht haben, besonders mit uns. Also, was weißt du von der Kindheit unserer Eltern?
Ich: Nichts.
Susanne: Wie bitte?
Ich: Nichts. Überhaupt nichts. Ich kenne die Berufe der Großväter: Einer war Sägereibesitzer, der andere Ingenieur.
Susanne: Hast du nie gehört, wie unsere Eltern von früher erzählt haben?
Ich: Nein. Ich kam zu spät zur Welt. Da war wohl alles schon erzählt. Ich weiß wirklich nichts von unsern Großeltern. Sie waren ja auch alle schon tot, als ich geboren wurde.
Susanne: Entschuldige. Das war mir nicht bewusst.
Ich: Es hat mich auch noch nie jemand danach gefragt.
Susanne: Auch du hast nie jemanden danach gefragt.

Ich: Nein, habe ich nicht. Ich kam gar nicht auf diese Idee. Du wirst lachen, aber ich habe erst in der Primarschule begriffen, was Großeltern überhaupt sind. Vorher glaubte ich, so nenne man alle älteren Menschen, wenn man sie näher kennt. Ich errechnete zwar aufgrund der Fortpflanzungsgesetze, dass unsere Eltern auch Eltern gehabt haben mussten, aber ich dachte nie an reale Menschen, sondern eher an eine nebelhafte Kette von Adam bis zu mir.
Susanne: Und die Geschichten, die Müeti von ihrem Vater erzählte?
Ich: Welche Geschichten?
Susanne: Machst du Witze? Die Geschichten, die er mit Tieren erlebte, zum Beispiel.
Ich: Stimmt, davon hat sie mir die eine oder andere erzählt. Da war ein Hund, der ihm das Leben rettete, und ein Kalb, das im Winter auf dem Hintern schlittelte. Solche Wundergeschichten machen Müetis Vater nur noch unwirklicher.
Susanne: Mehr hat dir Müeti wirklich nicht erzählt?
Ich: Doch, hat sie. Geschichten von Missionaren, die auch Wunder erlebt haben, mit Löwen und Kopfjägern, die in Afrika ums Haus schlichen und sie zu töten versuchten, und der Herr Jesus hat die Missionare immer gerettet. Später hat Müeti ab und zu einen Satz fallen gelassen über ihren Vater. »Er war hart und gerecht« und so. Aber wer er wirklich war, weiß ich bis heute nicht.
Susanne: Gefragt hast du auch nicht.
Ich: Das hast du schon einmal gesagt. Hätte ich sollen?
Susanne: Tu es doch einfach jetzt.
Ich: Da hast du Recht, ich weiß eigentlich nichts von ihrer Herkunft. Aber selbst wenn ich etwas wüsste oder gar alles, so würde sich ja doch nichts ändern an dem, wie wir geworden sind. Du hast richtig geraten, ich wäre in einer Mordsstimmung für das, was sie mir zugefügt haben. Uns zugefügt haben. Oder willst du bestreiten, dass sie uns Schlimmes zugefügt haben?

Susanne: Jetzt tätest du dir wirklich einen Gefallen, wenn du deine Wut vorerst einmal auf Eis legen würdest. Am Erlebten kannst du sowieso nichts ändern, aber deine Sicht des Erlebten könnte sich sehr wohl ändern, wenn du mehr wüsstest von ihnen. Und von deiner Sicht wiederum hängt es direkt ab, wie du in Zukunft leben kannst.
Ich: Das mag sein. Aber ich möchte trotzdem wissen, was die Eltern zu sagen haben, wenn ich sie mit dem Schlamassel meines Lebens konfrontiere.
Susanne: Sie werden weinen und dir beteuern, sie hätten es ja bloß gut gemeint. Wie bei allen. Aber wenn du diese Szene unbedingt auch noch erleben willst, wie alle andern, bitte sehr. Dann besuche sie halt.
Ich: Ich habe schon einmal einen kurzen Versuch gemacht. Es war genau so, wie du sagst.
Susanne: Willst du jetzt etwas hören über die Kindheit der Eltern? Von mir?
Ich: Warum nicht, wenn du mir unbedingt davon erzählen willst. Woher kennst du sie denn, diese Geschichte?
Susanne: Von ihnen selber und von Verwandten. Mosaiksteinchen, die ich über Jahre hinweg zusammengetragen habe, bis sie ein Ganzes ergeben haben.
Ich: Und wenn ich selber hingehe zu den Eltern und sie bitte, mir einmal alles zu erzählen? Wäre das nicht besser?
Susanne: Sie würden dir eine zensierte Fassung erzählen, das weißt du wohl. So gut kennst du sie ja auch.
Ich: Einverstanden. Also gut. Ich muss jetzt kochen gehen und habe keine Zeit mehr. Wann treffen wir uns?

Wir vereinbaren ein Treffen. Ich bin gespannt darauf, was Susanne mir zu erzählen hat.

»Gottfried Peterli hieß unser Urgroßvater. Er lernte, als er Geselle in Deutschland war, eine gewisse Lydia Seifert kennen und heiratete sie innerhalb von zwei Wochen. Als sie sich als Alkoholikerin entpuppte, ließ sich unser Urgroßvater von ihr scheiden, ein für die damalige Zeit unerhörter Vorgang.

Die zweite Frau des Gottfried Peterli wurde unsere Urgroßmutter. Ihr Name war Anna. Anna trieb allerlei Hokuspokus und hörte erst damit auf, als Gottfried ihr das verbot. Ob sie es heimlich trotzdem weitertrieb, kann man nicht sagen. Sie gebar zwei Söhne, wovon der ältere nach seinem Vater Gottfried getauft wurde. Gottfried junior ist unser Großvater. Der Senior zog nach Bern, wo er bei den Bundesbahnen einen einflussreichen Posten bekleidete. Im Hause aber herrschte uneingeschränkt Anna. So ist unser Großvater aufgewachsen: Mit einem Vater, der in der Öffentlichkeit ein großes Tier war und im Hause seiner Frau bedingungslos gehorchte. Hätte sie Alkohol getrunken, so wäre sie vom selben Mann auf der Stelle aus dem Haus geworfen worden. Aber sie rührte keinen Tropfen an, und so dachte er, es sei alles in Ordnung.

In Ordnung war alles, aber nur äußerlich. Denn Anna terrorisierte ihre Kinder auf subtilste Art. Sie befahl ihnen mit der freundlichsten Stimme, den Boden zum dritten Mal aufzuwischen, auch wenn er schon glänzte, und sie war ohne weiteres in der Lage, sie um sechs Uhr ohne Nachtessen ins Bett zu schicken, um, wie sie sagte, ihnen Gehorsam anzugewöhnen. Davon wusste Gottfried senior nichts; er sah nur die perfekte Ordnung und das freundliche Gesicht seiner sauber gekleideten Ehegattin, wenn er spätabends heimkam. Als Gottfried junior seine Gymnasialzeit beendet hatte, bezog er ein Zimmer in Zürich, um an der dortigen ETH ein Ingenieurstudium zu absolvieren. Seine ganze Jugendzeit rebellierte er nie gegen irgendetwas, und als er in Bern sein eigenes Ingenieurbüro eröffnete, es zu einem bedeutenden Unternehmen aufgebaut und eine Braut ausgesucht hatte, eine bildschöne Bernerin aus altem Adel, da zögerte er keine Sekunde, seiner Mutter zu gehorchen, als sie ihn zu sich kommen ließ und lächelnd befahl: Lass die da gehen, die ist nichts für dich, ich habe eine bessere für dich. Die Bessere war die Tochter von Annas eigener Dienstmagd, die sie sich im fortgeschrittenen Alter zugelegt hatte, ein bleiches, dünnes Mädchen, das kaum lesen und schreiben, aber bestens gehorchen konnte, wofür sie, die Dienstherrin, höchstpersönlich gesorgt hatte. Martha hieß die von Mutter Anna auserwählte Braut, und Gottfried junior heiratete sie ein halbes Jahr später. Diese Martha also ist unsere Großmutter väterlicherseits. Es verging kein Monat nach der Heirat von Gottfried junior mit Martha, die beiden hatten sich im Kirchenfeld draußen eine schöne Wohnung eingerichtet, als die Schwiegermutter vor der Türe stand und mit tonloser Stimme sagte: ›De Vatter isch gstorbe, gäuuit, ihr nämed mi scho bi nech uuf.‹ So geschah es. Urgroßmutter Anna hat noch dreißig Jahre gelebt, und zwar im Haushalt unserer Großeltern Martha und Gottfried. Martha, die Mutter unseres Vaters, konnte dort weitermachen, wo sie nicht mal ein ganzes Jahr vorher aufgehört hatte: Als Dienstmagd Annas. Und Gottfried junior? Auch er machte weiter, wo er vor seinem Studium aufgehört hatte: Als gehorsamer Sohn seiner Mutter. Getreulich dem Vorbild seines verstorbenen Vaters folgend, wurde er außerhalb des Hauses ein berühmter Mann, ein Pionier der Verkehrstechnik, und sobald er die Haustüre geschlossen hatte, übergab er sich mit Haut und Haar seiner Mutter, die das Haus beherrschte.

Es mutet wie ein Wunder an, dass es unter diesen Umständen doch noch zu einer zarten Liebe zwischen unseren Großeltern kam. Martha war überglücklich, als sie schwanger wurde, und Gottfried war glücklich, dass sie glücklich war. Ein Sohn kam zur Welt, der nach der Familientradition wiederum Gottfried genannt wurde. Das ist unser Onkel Göpf, der in Thun bis ins hohe Alter Fürsprech war. Vom Wochenbett weg nahm ihn Anna, die Schwiegermutter, unter ihre Fittiche. Martha musste froh sein, dass sie ihren Sohn in den ersten Tagen stillen durfte; nachher stellte Anna mit der Begründung, die Mutter sei zu zart, eine Amme ein, und Martha sah ihr Kind nur noch gelegentlich. Martha fügte sich, wie sie sich immer gefügt hatte, und das Gleiche tat Gottfried, der nicht auf die Idee kam, er könnte seiner Frau die ihr zustehenden Mutterrechte verschaffen. Martha hoffte, beim zweiten Kind sei es dann besser; aber es lief genau gleich ab. Robert hieß der zweite, unser Onkel Röbi, der Hoteldirektor aus Interlaken.

Gottfried, unser Großvater, startete neben seiner beruflichen Karriere eine zweite in der Kirche; er wurde Kirchenratspräsident, dann Synodalrat, dann Präsident des Synodalrates und Präsident eines guten Dutzend christlicher Organisationen, darunter ein paar Missionsgesellschaften. Er war ein begehrter Redner, aber nicht häufiger zu Hause als täglich genau dreißig Minuten, während denen das Nachtessen eingenommen, eine Lesung aus der Bibel vorgetragen und ein frommes Lied gesungen wurde. Dann ging er wieder aus dem Haus. Mit den Kindern hat er nie ein Wort gesprochen.

Dann kam Ernst auf die Welt, unser Vater. Schwiegermutter Anna war zu jener Zeit schon recht betagt, aber noch immer zuckten alle zusammen, wenn ihre Stimme durch die herrschaftliche Wohnung im Berner Nobelvorort krächzte, und so besaß Martha auch über ihren dritten Sohn keinerlei Rechte. Jetzt wäre das Kinderhaben nach dem Plan der Schwiegermutter zu Ende gewesen, was sie Martha auch mitteilte, freundlich wie immer: ›So, ig tänke, jetzt reicht's. Drüü strammi Söhn, das isch gnue, da chammer zfride sii.‹ Da regte sich in Martha, zum ersten Mal vielleicht in ihrem Leben, wer weiss, ein Widerspruch. Sie wollte noch einmal schwanger sein und hoffte sehnlichst auf eine Tochter. Der erste Wunsch erfüllte sich, und sie wurde noch einmal schwanger. Als Anna Marthas Bauch entdeckte, stand diese gerade auf einem Schemel, um den Kristallleuchter zu reinigen. Anna sagte: ›Nei so öppis, wieso machsch du dir itze gliich nomal en ticke Buuch, Dummerli‹, holte einen Besen und begann, den Raum aufzuwischen. Plötzlich krachte der Besen in die Beine des Schemels, dieser stürzte um, und die schwangere Martha fiel auf den harten Holzboden, wo sie das Bewusstsein verlor. In der Tür hatte, von beiden Frauen nicht bemerkt, die ganze Zeit der kleine

Ernst gestanden, unser Vater, und er hatte alles mitbekommen und verstanden, aber der Schreck lähmte ihn nur eine Sekunde lang, bis er lautlos in sein Zimmer huschte, wo er sich unter der Bettdecke verbarg. Er wurde sechzig, bevor er jemandem vom Anschlag der Schwiegermutter auf das Leben seiner Mutter erzählte, und dieser jemand war ich, Susanne.

Das Kind aber verlor Martha nicht. Auch ihr zweiter Wunsch ging in Erfüllung, denn es wurde ein Mädchen, unsere Tante Ida. Du kennst sie am besten von uns allen, weil sie dir, solange sie lebte, bei jedem Besuch eine Tafel Schokolade mitbrachte. Du warst ihr Liebling. Ida war hochbegabt, begabter als ihre Brüder, die alle ein Studium machten, und sie gedachte sich keineswegs kleiner zu machen, als sie selber es für nötig befand, und somit war Ida genau die Frau, die Anna hatte verhindern wollen. Anna wollte keine weitere Frau im Haus, und schon gar nicht eine mit Mut und Verstand, die ihre Macht hätte in Frage stellen können. Anna war eine Greisin fast ohne Stimme, aber mit ihrem Flüstern und ihren Augen übte sie die alte Macht aus, und Idas erste zwanzig Lebensjahre waren ein einziger Überlebenskampf gegen ihre Großmutter Anna. Zwanzig Jahre lang reichte Idas Lebenswille. An ihrem zwanzigsten Geburtstag öffnete sie morgens in der Früh das Stubenfenster und stürzte sich aus dem dritten Stock auf die Straße hinunter. Sie überlebte, verlor aber den Verstand und gilt seither als schizophren. Wer ihr am nächsten stand, war unser Vater, ihr Bruder Ernst. Er hat durch dick und dünn zu ihr gehalten. Darum war Tante Ida auch so häufig bei uns zu Besuch. Unser Vater hat sie nie abgewiesen. Unsere Mutter auch nicht. Sie haben sie gemeinsam getragen. Unsere Mutter hat einmal gesagt, wegen nichts sei Ida ja nicht geworden, wie sie sei. Das kann man wohl sagen.

Du musst dir das vor Augen halten: Unser Vater ist praktisch ohne Vater aufgewachsen, eher mit einem fremden Mann, der täglich zum Essen kam und laut aus der Bibel vorlas, aber jahrelang kein Wort an unseren Vater richtete; er hat zusehen müssen, wie seine eigene Mutter tyrannisiert, gedemütigt und fast umgebracht wurde, weil sie ein viertes Kind zur Welt bringen wollte, und wie dieses Kind den Verstand verlor. Ernst war der Kleine, immer der Kleine. Seine Brüder machten ebenso glänzende Karrieren wie der Vater. Ernst liebte die Technik auch, war aber eher ein Praktiker und Tüftler, der sich in die damals noch zahlreichen Werkstätten des Quartiers schlich und den Handwerkern bei der Arbeit zusah. Er konnte eine Lehre als Maschinenschlosser antreten, aber auch nur, weil es sein Vater vor lauter Beschäftigung mit Beruf, Ämtern und den älteren Söhnen, den Richtigen, wie es ihm einmal entglitt, verpasst hatte, Ernst ins Gymnasium zu befehlen. Jemand anderer kümmerte sich nicht um Ernst, auch nicht seine Großmutter Anna, weil die in Ernst keine ernst zu nehmende Bedrohung ihrer Herrschaftsansprüche sah.

Ernst war in der Werkstatt glücklich. Sein Lehrmeister verstand ihn, und er wäre ein guter Arbeiter geworden. Aber da kam Vater Gottfried eines Tages doch noch auf den Gedanken, er könnte seinen Jüngsten vor der Schmach eines einfachen Arbeiterlebens bewahren. Er schickte ihn in Abendkurse und fand einen Weg, ihn nach der Lehrabschlussprüfung die Matura nachholen zu lassen. Unser Vater gehorchte, krampfte Tag und Nacht über seinen Büchern und bestand knapp die Matura. Er verbrachte viel Zeit in einer Jugendgruppe des Blauen Kreuzes, wohin sein Vater ihn in Erinnerung an seine alkoholsüchtige erste Frau geschickt hatte, und dort entdeckte Ernst seine Musikalität und sein Talent, für gute Stimmung zu sorgen. Diese Jugendgruppe wurde zu seinem eigentlichen Zuhause.

Er fand aber auch einen ganz eigenen Zugang zur Bibel, die ihn faszinierte und die er ganz für sich allein durchstudierte, unbeirrt von den seltsamen Erfahrungen der täglichen lauten Bibellektüre zu Hause. So beschloss er, Theologie zu studieren. Er fragte niemanden um Rat, er bat niemanden um Zustimmung, sondern beschloss es und ließ sich von keinem Einwand und keiner Skepsis aus der Familie davon abbringen. Seine Brüder hatte der Vater während deren Ausbildung großzügig mit Geld versorgt. Ihn selber vergaß der Vater mehr oder weniger, so dass Ernst kaum durchkam und erleichtert war über die Möglichkeit, mit Aushilfspredigten etwas Geld zu verdienen. Diese Aushilfspredigten brachten Ernst nun regelmäßig aufs Land hinaus, was ihm gefiel. Wo immer es sich machen ließ, fuhr er mit seinem geliebten Fahrrad hin. Einmal sei er auch nach Bottigen geschickt worden. Er habe Bottigen schön gefunden.

An den Sonntagnachmittagen fuhr Vater häufig auf einen Bauernhof im Seeland. Ein Kollege hatte ihn eines Tages dorthin mitgenommen, dem Ernst tue das doch gut, und es war ihm unter der Schar von Kindern und Jugendlichen, die sich dort trafen, bald so wohl wie in seiner Blaukreuz-Jugendgruppe in der Stadt. Kaum tauchte sein Fahrrad in der Allee auf, die von der Hauptstraße zum Hof führte, rannten ihm die Kleineren unter den Kindern, die nach ihm Ausschau gehalten hatten, voll Vorfreude entgegen, denn immer brachte er eine neue Geschichte, ein Spiel oder ein Lied mit, und immer hatte er den Geigenkasten auf dem Rücken. Unter jener Schar von Jugendlichen war ein Mädchen, zu dem er sich stärker hingezogen fühlte als zu allen andern, und es entging ihm nicht, dass auch sie sich zu ihm hingezogen fühlte. Ihre Beziehung reifte über Jahre, und schließlich bat er sie, ihn zu heiraten: Es war unsere Mutter Meta, und der Hof war der Rotberg. Als Ernst sie bei sich zu Hause in Bern vorstellte, blieb sein Vater höflich, aber ohne eine Spur von Freude, während seine Mutter sich nicht zu äußern wagte. Die Großmutter war kurz vorher gestorben. Am Abend aber ließ sein Vater ihn zu sich ins Büro kommen und sagte: ›Was fällt dir ein, eine Bauerntochter.‹ Doch Ernst dachte überhaupt nicht daran, sich seine Meta ausreden zu lassen. Im Gegensatz zu seinem Vater, der seine erste Liebe auf Befehl von Großmutter Anna hatte fahren lassen und Martha geheiratet hatte, hielt Ernst an seiner Meta fest und heiratete sie. Aber der Preis war hoch. Nicht so hoch wie bei Ida, die ihren Kampf mit dem Verlust des Verstandes bezahlt hatte, aber immer noch hoch genug: Ernst bekam jahrelang die Ablehnung zu spüren, die sein Vater ihm und Meta, unserer Mutter, entgegenbrachte. Seine eigenen Brüder, selber mit Töchtern der Berner Prominenz verheiratet, gaben ihm ihre Verachtung zu spüren für seine Wahl. Auf dem Sterbebett

163

murmelte Gottfried dann in später Einsicht: ›Ärnschtli, hesch die bescht vertwüttscht.‹

Unsere Eltern hatten rein gar nichts an Gütern, als sie nach Bottigen an die erste Pfarrstelle zogen, die ihre einzige bleiben sollte. Vater hatte nichts als eine tiefe Freude an seiner Bibel und die Liebe zu seiner Frau, und zusammen hatten sie eine große Hoffnung auf ein erfülltes Leben. Dann bekamen sie Kinder, und sie gaben sich alle erdenkliche Mühe, ihnen bessere Eltern zu sein, als sie selber gehabt hatten. Sie meinten es weiß Gott tatsächlich nichts als gut. Bernhard, stell dir vor, das sind dieselben Leute, die du, und nicht nur du, am liebsten umbringen möchtest, weil du findest, dass sie dein Leben versaut haben. Ja, sie haben dir, uns allen, Schlimmes angetan. Ich dachte nur, wenn du selber in die Vergangenheit gehst, um Ursachen für dein jetziges Leben zu finden, dann müsstest du dasselbe auch bei unseren Eltern tun, wenn du ihre Taten beurteilst. Du müsstest auch in ihre Vergangenheit gehen und in Erwägung ziehen, dass auch sie nicht aus nichts das geworden sind, was sie sind. Und dann magst du dein Urteil fällen über sie. Aber gib acht: Du kennst ja die Bibelstelle über unser Urteil, das auf uns selber zurückfallen wird. Gib acht, du hast zwei Kinder, die eines Tages sehr kritisch über dich nachdenken werden, glaub es mir.«

Ich brauche Tage, um die Erkenntnis zu akzeptieren, dass mein Vater, den ich als großen Abwesenden, und wenn nicht abwesend, dann in erster Linie als Gewalttäter erlebt habe, dass dieser selbe Mensch mindestens ebenso um sein Leben gerungen hat wie ich selber, dass er, der für mich Täter ist, selber Opfer war, dass er seinen Jesus tatsächlich von ganzem Herzen liebte und sich vorgenommen hatte, seine Kinder mehr zu lieben, als sein eigener Vater das getan hatte. Seine Schwester Ida und er waren ein wenig wie meine Schwester Susanne und ich: Verbündete in einem Umfeld, in dem sie sich nicht angenommen fühlten. Eine merkwürdige Sache, dass Ida fast im gleichen Alter wie ich aus dem Leben hat scheiden wollen, und dass diese Ida später mich und niemanden sonst mit Süßigkeiten überschüttete.

Ich stehe vor der schwer zu akzeptierenden Tatsache, dass aus dem Opfer Ernst ein Täter wurde, der Pfarrherr Peterli, dass aus dem geselligen Blaukreuzler und Unterhaltungsstar auf dem Bauernhof von Müeti ein Vater wurde, der nicht recht zu seinen eigenen Kindern vordrang. Was für eine furchtbare Ähnlichkeit zu mir selber: Auch ich bin häufig unter Menschen, im Beruf und außerhalb; auch ich ließ mich manchmal als Star feiern; und es scheint mir, ich sei der einsamste Mensch der Erde. Es ist mir ein Rätsel, warum sich das nicht hat verhindern lassen, warum der ehrliche Glaube meines Vaters an diesen Gott, der doch die Liebe ist, die Schäden an unserer Peterli-Familie nicht hat verhindern können.

Oder ist Gott vielleicht gar nicht die Liebe, sondern wie mein Vater einer, der Menschen in die Welt setzt und sie dann ihrem Schicksal überlässt? Er kann mich ja eines Besseren belehren, wenn es anders ist. Falls er mich hört. Auf jeden Fall laufe ich eines Nachts in den Wald hinein, durch den ich voller Wut stampfe und rede.

»Hast du den Glauben meines Vaters denn gering geschätzt, Gott? Er kann doch nichts dafür, dass er so wenig Kraft mitbekommen hat von zu Hause. Warum stoppst du diesen Fluch nicht, der auf der Peterli-Familie liegt, diese fortgesetzte Perversion dessen, was ein Vater eigentlich sein sollte? Ich bin genauso schwach herausgekommen wie mein Vater, und es würde mich nicht wundern, wenn ich diese schlimme Erbschaft schon wieder an meine eigenen Kinder weitergegeben hätte, bevor ich sie überhaupt bemerkte. Wann unterbrichst du diese Kette des Verhängnisses, Gott, von dem es heißt, dass du die Liebe seiest? Warum wird Fluch, Perversion und Todesnähe von Menschen weitergetragen und vererbt, die doch deinen Willen zu tun glauben? Das kann dir doch nicht gefallen, Gott!«

Ich sehe durch dunkle Zweifel Sterne funkeln, höre den Wind und dann die inzwischen bekannte Stimme.

»Hast du eigentlich die Liebesgeschichte mitbekommen, die sich zwischen deinen Eltern abgespielt hat? Geh und erfahre etwas über die Frau, die dein Vater geheiratet hat.«

Was ich tat.

»Fritz Vonäsch hieß unser Großvater mütterlicherseits. Er wuchs in einem strenggläubigen Elternhaus auf, in dem jedes Kind auf den Altar Gottes gelegt wurde, um dem Herrn zu zeigen, dass man es nicht für sich selber wolle, sondern zu seinen Ehren aufziehe. Das geschah auf die Art, dass jedes Neugeborene nicht bloß getauft, sondern vom Vater in der Kirche hoch emporgehoben wurde, mit den Worten: ›Wir bringen dir, Allmächtiger, unsere Leibesfrucht dar, auf dass du darüber verfügen möchtest nach deinem souveränen Willen, und wir erflehen von dir, Allmächtiger, deine Gnade für uns Eltern, auf dass wir dieses Kind in Zucht und Gehorsam dir zuzuleiten in der Lage seien. Amen.‹ Diesen Segen fand unsere Mutter später in der Familienbibel aufgeschrieben.

Fritz wurde also wie alle seine vielen Geschwister dergestalt dem Allmächtigen entgegengezüchtet und unter die Furcht des Herrn gebracht. Er wurde wie alle andern Geschwister mit sechzehn einer genauen Prüfung unterzogen, ob er vielleicht dem Ruf in die Mission zu folgen habe, und bei ihm fiel die Entscheidung klar aus: Ja, er hatte den Ruf, und er hatte ihm zu folgen. So wurde Fritz in jungen Jahren ins Basler Missionshaus geschickt, um ja recht früh in seine Berufung einzutauchen. Den Hof hätte ja sowieso nicht mehr als einer übernehmen können, und dieser Platz war durch den älteren Bruder besetzt, der den Ruf in die Mission nicht hatte. Drei Jahre lang schnitt Fritz in Basel Sträucher und verpackte christliche Literatursendungen, und am Abend las er die verordneten erbaulichen Bücher. Im vierten Jahr seines Aufenthaltes in Basel wurde er nach einer strengen charakterlichen und geistlichen Prüfung ins Seminar für angehende Missionare aufgenommen, und über diese Sternstunde in der Vonäscher Familiengeschichte berichtete er überglücklich bei seinem jährlichen Besuch auf dem elterlichen Sägereibetrieb. Aber schon zwei Wochen später waren alle Hoffnungen, die man in Fritz gesetzt hatte, zerstört, und er ging als Versager in die Fremde. Was war geschehen?

Fritz war am Abend des allerersten Ausbildungstages ins Zimmer des Direktors befohlen worden, der ihn, kaum war Fritz in dessen Zimmer eingetreten, in scharfem Ton aufforderte, sich für die begangene Untat zu entschuldigen und sie wieder gut zu machen. Fritz fiel aus allen Wolken. ›Welche Untat, Herr Direktor?‹, stotterte er, und die Knie des kräftigen jungen Mannes wurden weich. ›Sie wissen genau, wovon ich rede, und übrigens hat man Sie beobachtet‹, antwortete der Herr Direktor schneidend. ›Also, los, die Entschuldigung. Es täte mir leid, wenn ich Sie aus dem Seminar ausschließen müsste wegen Uneinsichtigkeit, wo Sie ein so flotter Bursche wären, Fritz.‹ Aber Fritz brachte die längste Zeit keinen Ton heraus, denn er hatte keine Ahnung von einer Untat, die er begangen haben sollte, im Gegenteil: Es gab wohl keinen im Missionshaus, der so haarklein alle Vorschriften und Regeln beachtete wie er. Ein wenig wie der große Paulus, als er noch der Eiferer Saulus war. Aber Fritz wusste, dass wir Menschenkinder allzumal Sünder sind, und so dachte er, der Direktor spiele vielleicht auf seine grundsätzliche und verborgene Sündhaftigkeit an, die er bekennen solle und die jedem Menschen innewohnt, auch dem frömmsten, wie man aus der Bibel weiß, aber das konnte es auch nicht sein, denn diese grundsätzliche Sündhaftigkeit hatte er schon mehrere Male und erst kürzlich wieder bekannt vor dem Herrn und vor den Menschen, und der Direktor sprach ja davon, dass man das Ereignis beobachtet habe, was bei versteckter Sündhaftigkeit nicht gut möglich war.

So atmete Fritz tief durch, streckte sich und sagte mit fester Stimme: ›Herr Direktor, mir ist im Moment keine kürzliche Untat bewusst, aber wenn Sie sie mir nennen, könnte ich, falls ich es wirklich war, in mich gehen und sie wieder gutmachen.‹ ›Der Diebstahl!‹, rief der Direktor. ›Sie wollen behaupten, nicht Sie hätten den Apfeldiebstahl begangen? Wollen Sie jemand anderen beschuldigen?‹ Jetzt fiel bei Fritz der Groschen. Er hatte von zu Hause Äpfel mitgenommen, denn die Eltern hatten neben der Sägerei auch einen kleinen Nebenerwerb mit Obstbäumen, und diese Äpfel waren von der gleichen Sorte wie jene im Obstgarten des Missionshauses, den er nur zur Genüge kannte. Fritz hatte die mitgebrachten Äpfel am Mittag aus der Tasche genommen und im Freien einen davon gegessen. Jemand musste geglaubt haben, er habe sie unerlaubterweise von einem Baum gepflückt. Ein Missverständnis, das sich aufklären ließ!

Erleichtert atmete er auf, traute sich sogar zu lachen und erklärte dem Direktor alles. Aber Irrtum, der Direktor ging nicht darauf ein, sondern meinte bloß: ›Fritz, ich bin bodenlos enttäuscht von dir, dass du dich nicht mal entschuldigen kannst, sondern eine solch unwahrscheinliche Geschichte von Apfelsorten erzählst, die zufällig die gleichen seien wie zu Hause. Ich gebe dir Zeit bis morgen früh, und wenn du dich bis dahin nicht entschuldigt hast, wirst du im Seminar aussetzen und wieder im Hausbetrieb arbeiten, und zwar so lange, bis du in dich gehst. Wenn du verstockt bleibst, werden wir nicht anders können, als dich von deiner Verpflichtung für die Reichsgottesarbeit wieder zu entbinden. Das wäre schade, Fritz, du hast doch den Ruf vernommen, und Gaben hättest du auch vom Herrn bekommen. Und jetzt geh.‹

Fritz ging schockiert und geschlagen in den Schlafsaal, aber er lag die ganze Nacht durch wach und suchte einen Ausweg aus dem Dilemma. Er konnte doch nicht etwas zugeben, das er nicht getan hatte, und außerdem damit lügen. Er konnte doch nicht mit einer richtigen Sünde, der Lüge, eine falsche Sünde aus der Welt schaffen. Gegen Morgen kam ihn die rettende Idee: Er schlich sich in den menschenleeren Esssaal des Missionsseminars und schrieb einen Brief an seinen Vater, der ihm die Äpfel bei der Abreise ja in die Hand gedrückt hatte, mit der Bitte, dem Direktor alles schriftlich zu erläutern und so ihn, Fritz, zu entlasten. Dann brachte er den Brief vor dem Frühstück auf die Post und meldete nach dem Essen dem Direktor, er gehe jetzt in den Garten arbeiten, denn er habe den Diebstahl nicht begangen, und er werde im Garten bleiben, bis ein Brief seines Vaters eintreffe, der alles aufklären werde. Der Direktor nahm den Bescheid entgegen, ohne ein Wort zu sagen. Auch Fritz blieb stumm, acht Tage lang, und gab auch auf die neugierigsten Fragen der anderen Missionsanwärter keine Antwort. Am neunten Tag traf seines Vaters Brief ein. Er enthielt ein Stück Papier mit nichts als einem Bibelvers darauf, und der hieß: ›Wer sich selbst erniedrigt, der wird erhöht werden.‹

Fritz, dem stämmigen, gesunden Burschen, wurde es schwarz vor den Augen, als er das Papier in Händen hielt, und ihm klar wurde, dass ihm sein Vater nicht helfen würde. Man brachte ihn ohnmächtig auf die Krankenstation, und sobald er wieder auf den Beinen war, ging er zum Direktor und sagte: ›Ich bitte um meine Entlassung aus dem Missionsseminar.‹ Lieber verzichtete Fritz auf seine heiß ersehnte Missionsausbildung, auf die er volle drei Jahre gewartet hatte, als dass er etwas zugab, das er nicht getan hatte. In Fritz war mit dem Brief des Vaters etwas zerbrochen, das sein ganzes Leben lang nicht mehr recht heilen wollte. Der Direktor schüttelte tief enttäuscht den Kopf und seufzte: ›Fritz, das hätte ich nie von dir gedacht, nie, wirklich nie.‹ Am gleichen Tag machte sich Fritz auf die Heimreise.

Dann hatte Fritz seinem Vater gegenüberzutreten. Dieser schaute ihm erschüttert in die Augen. Fritz waren die Tränen zuvorderst, und beim kleinsten entgegenkommenden Wort des Vaters hätte er sich an dessen Hals geworfen wie der verlorene Sohn, der nach Hause zurückkehrt. Aber der Vater wies mit der ausgesteckten Hand zum Holzlager hinüber und sagte bloß: ›Geh und schneide Stapelhölzer.‹ Fritz legte sein Reisebündel auf der Stelle ins Gras und gehorchte. Nach einer Woche wurde klar, dass Fritz nicht zu Hause arbeiten konnte. Zu lange war er schon fortgewesen, aber auch sein Gemüt war angeschlagen, und er verkraftete die Befehle des Vaters nur mit größter Anstrengung. So sagte er eines Abends: ›Lass mich in die Fremde ziehen, Vater.‹ ›Wohin willst du?‹, fragte der Vater. ›Ich werde schon eine Arbeit finden‹, meinte Fritz. Da erhob sich der Vater, ging zur Kommode hinüber, öffnete eine gut verschlossene Schublade und entnahm ihr eine Schatulle. Die stellte er vor Fritz hin und sagte: ›Das gehört dir.‹ Fritz öffnete die Schatulle, und vor ihm lagen Dutzende von Goldstücken. Fritz wurde bleich und starrte den Vater an. ›Ist das mein Erbteil?‹, fragte er. ›Ja‹, sagte der Vater. ›Dann willst du gar nicht, dass ich wieder zurückkomme?‹, fragte

Fritz. ›Dir geb ich das, und deinem älteren Bruder den Betrieb‹, sagte der Vater. ›Ob du hierher zurückkehren willst, wenn ich dann tot bin, musst du mit deinem Bruder ausmachen. Ich wünsche dir trotz allem, was du dir und uns angetan hast, den Schutz und den Segen des Allmächtigen.‹

Das war der Rauswurf aus dem Elternhaus, wie Fritz sehr wohl verstand. Der zweite Rauswurf innerhalb weniger Tage. Die zwei Männer, die er am meisten verehrt hatte in seinem jungen Leben, warfen ihn wegen etwas, das er nicht getan hatte, aus der Laufbahn und aus dem Haus: der Missionsdirektor und sein eigener Vater. Fritz war zum Versager gestempelt, bevor sein Leben als Erwachsener richtig begonnen hatte.

Aber er war ein Versager mit sehr viel Geld. Damit reiste er nach England, wo er nicht nur Englisch, sondern auch den Beruf eines Chemikers lernte und innerhalb weniger Jahre zum Leiter eines renommierten Labors aufstieg, das sich die Verfeinerung der Dieseltreibstoffe zum Ziel gesetzt hatte. Da brach bei ihm eine Allergie aus, die von den Ärzten auf die Labordämpfe zurückgeführt wurde, und Fritz musste sich zum zweiten Mal in seinem Leben damit abfinden, dass er einen Beruf aufgeben musste. Er kehrte in die Schweiz zurück, wo er im Berner Seeland mit Vaters restlichem Geld und dem in England neu ersparten einen Bauernhof kaufte, den Grabenacher. Fritz wollte Bauer werden. Er verheiratete sich mit Hanneli, der Tochter eines Buchdruckers, die von der Landwirtschaft ebenso wenig verstand wie er selbst, aber sie hatten beide einen eisernen Willen und waren kräftig. So gelang es ihnen, eine ordentliche Viehzucht aufzuziehen und einen großen Obstgarten anzulegen, wovon Fritz ja etwas verstand. Er blieb ein Tüftler mit großem Ehrgeiz und erfand eine neuartige Obstpresse, die er in einer eigens gebauten Scheune unterbrachte. Es dauerte nicht lange, und Fritz war der größte Mostproduzent des Seelandes. Dann traf eines Tages ein Reiter mit einer Nachricht auf dem Grabenacher ein. Der Vater von Fritz liege im Sterben und habe nach ihm verlangt. Der Vater, der ihn hinausgeworfen und vor der Rückkehr gewarnt hatte, solange er, der Vater, noch lebe. Das galt jetzt offenbar nicht mehr.

Fritz holte auf der Stelle sein Pferd aus dem Stall und folgte dem Boten durch drei Dörfer zu seinem Elternhaus, das er mehr als zehn Jahre lang nicht mehr betreten hatte. Sein Vater war noch nicht sechzig, aber er war an Krebs erkrankt und konnte kaum mehr sprechen. Er winkte Fritz zu sich heran und krächzte ihm ins Ohr: ›Hast du die Äpfel wirklich nicht gestohlen, in Basel unten?‹ Fritz schnürte es den Hals zusammen, und mit größter Anstrengung beugte er sich über seinen todkranken Vater und flüsterte: ›Nein, Vater.‹ Der Vater musste drei Anläufe machen, bis Fritz verstanden hatte, was er sagte: ›Vergib mir, dass ich dir damals nicht geholfen habe. Ich glaubte, es sei nach dem Willen Gottes, sich in jeder Lage zu demütigen. Ich habe mich geirrt, Fritz. Bitte vergib mir und segne mich. Dann kann ich Gott vor das Angesicht treten.‹ Jetzt flossen endlich die Tränen bei Fritz, mit zehn Jahren Verspätung. Er legte seinem Vater die Hand auf die Stirne und sagte: ›Ich vergebe dir, Vater, und ich segne dich.‹ Darauf seufzte sein Vater auf und starb. So und nicht anders ist es abgelaufen. Fritz hat es vor seinem eigenen Sterben unserer Mutter erzählt.

Fritz hatte während den zehn Jahren seines Exils keine Bibel mehr angerührt, keinen Gottesdienst mehr besucht und kein Gebet mehr getan. Der Tod seines Vaters taute den Glauben seiner Jugend wieder auf, und auch wenn es für eine Missionslaufbahn zu spät war, so war es nicht zu spät, in seiner Umgebung die neuentdeckte Frohe Botschaft weiterzugeben, was er mit der wiedererwachten Entschlossenheit seiner Jugend in Angriff nahm. Drei Ereignisse kamen in der Folge fast aufs Mal: Ein erstes Kind, ebenfalls Fritz genannt; der Umzug vom Grabenhof, der verkauft wurde, auf den elterlichen Rotberg, denn der Bruder von Fritz war ein Taugenichts geworden und hatte den Betrieb verlottern lassen, worauf Fritz sich verpflichtet fühlte, an seine Stelle zu treten; und der Beginn einer Sonntagsschullehrer-Karriere, die Fritz im Verlauf der Jahre bis ins hinterste Emmental führen sollte.

Aber der neue Lebensabschnitt entwickelte sich nicht gut. Zwar kam Kind um Kind zur Welt, als zweites Meta, unsere Mutter, aber Fritz hatte auf dem Rotberg keine glückliche Hand mehr wie auf dem Grabenacher. Er kaufte eine der ersten dieselgetriebenen Sägemaschinen der Schweiz, ein Ungetüm, das ständig defekt war, worauf die Kunden wegblieben. Er experimentierte als gelernter Chemiker auf den spärlichen Grasflächen des Rotbergs mit Dünger, worauf die Kühe erkrankten, und spritzte das Obst mit selbstgebrauten Flüssigkeiten, worauf die Obstkäufer über schwere Darmbeschwerden klagten und sich bei andern Bauern eindeckten. Das alles hätte einigermaßen bewältigt werden können, wenn sich nicht auch noch eine Gemütskrankeit bei Fritz offenbart hätte. Fritz klammerte sich an seinen Glauben an Gott und an den Gedanken der Vergebung, aber immer häufiger sinnierte er, dass sein Leben trotz aller guten Wendungen eben doch gescheitert sei und er ihm wohl besser ein Ende setze. Bisweilen entglitt ihm ein lauter Gedanke in diese Richtung, worauf Frau und Kinder zu Tode erschraken und in ständiger Angst lebten, er tue sich etwas zuleide. Das andere Symptom war ein immer ärger werdender Jähzorn, bei dem er Frau und Kinder brutal schlug. Und doch stand der gleiche Mann Sonntag für Sonntag in einer Kirche oder einem Schulhaus, früh am Morgen noch vor dem Gottesdienst, und erzählte voll ehrlicher, glühender Überzeugung Sonntagsschulgeschichten vor einer begeisterten Zuhörerschar.

Es war Meta, das älteste der Mädchen und unsere Mutter, das jeweils in die Scheune geschickt wurde, um nachzusehen, ob der Vater noch am Leben war, wenn man eine Weile nichts mehr von ihm gehört hatte. Meta war es, die von ihrem Vater fürchterlich geschlagen wurde für irgendeine angeblich schlecht getane Arbeit. Da ging jeweils wahrhaftig die Sonne auf, wenn der junge Theologiestudent aus Bern sonntags mit seiner Geige zu Besuch kam. Er war so anders als der Vater und die Brüder: schlaksig, nicht kräftig, fröhlich, nicht bedrückt, gesprächig, nicht wortkarg. Erst fühlte sie sich zu ihm hingezogen, dann lernte sie seine tieferen Schichten kennen und schätzen, die sich hinter dem Unterhaltungskünstler verbargen, und nach unendlich langer Zeit, volle fünf Jahre brauchte sie dazu, entschloss sie sich, die verstörte, verängstigte Tochter ihres Vaters, dem jungen Mann Vertrauen zu schenken. Sie durfte auf ihre inständige Bitte hin noch eine Bibelschule besuchen, die ihr der Vater bezahlte, denn trotz seines Misserfolges verfügte er noch über genügend Geld, um den Misserfolg zu überdecken und seinen Kindern eine Ausbildung nach deren Herzenswunsch zu ermöglichen. Dieser gemütskranke, zu Jähzorn neigende Mann und berufliche Versager war und blieb gleichzeitig ein maßlos großherziger Vater und begeisternder Sonntagsschullehrer, und im fortgeschrittenen Alter, denn er brachte sich nicht um, wurde er gar ein gesuchter Seelsorger und Friedensrichter seiner Wohngemeinde.

So kam Meta Vonäsch zuerst auf die Bibelschule im Berner Oberland und dann mit ihrem Mann, den sie von Herzen liebte, ins Pfarrhaus zu Bottigen. Sie beschloss in ihrer Seele, ihre Kinder vor all jenem Bösen zu bewahren, das ihr Vater und sie selber durchgemacht hatten. Sie beschloss, immer gerecht zu sein, die Kinder uneingeschränkt zu lieben, zwar zu strafen, wo es nötig war, aber in Liebe zu strafen, ihnen Gott und die Gnade durch Jesus Christus früh nahezubringen und sie nie, nie von sich zu weisen. Ihre Kinder, beschloss Meta Peterli-Vonäsch, sollten nie das Gefühl bekommen, sie seien zu Hause nicht genehm; egal, was sie auch immer tun würden, sie wären bei ihr immer willkommen, sie würden der Mutter alles sagen können, und es käme immer wieder alles in Ordnung. Dafür würde sie, Meta Peterli-Vonäsch, unter Einsatz ihres ganzen Lebens sorgen, bis zum letzten Atemzug. Und ihren Mann, so schrieb sie in sich fest, würde sie uneingeschränkt unterstützen, aber mit offenen Augen und unter Zuhilfenahme ihres eigenen Verstandes, denn es sollte nicht so herauskommen wie bei ihrem Vater, aus dem ein Versager wurde, der ständig am Rande des Abgrundes wanderte, wenn er auch seine herzensguten Seiten hatte; es sollte auch nicht herauskommen wie bei ihrem Schwiegervater, dem berühmten Dr. Ing. Gottfried

Peterli, der seine eigene Frau der im Hause regierenden Schwiegermutter zum Opfer vorwarf, und darum würde sie, Meta Peterli-Vonäsch, dafür sorgen, dass es nur eine Mutter im Hause Peterli-Vonäsch geben würde, und zwar sie. Und Peterlis bekamen Kind um Kind, und jedes hießen sie getreu ihrem Vorsatz in Gottes Namen willkommen auf Erden und in der Familie. So, da wären wir, die Pfarrfamilie Peterli aus Bottigen.«

Also gut, auch meine Mutter war ein Opfer, sagte ich mir. Was ich gehört habe, macht mich noch wütender, als ich es vorher schon gewesen bin; mit dem Unterschied, dass sich meine Wut vorher ganz auf meine Eltern konzentriert hat, während ich jetzt überhaupt nicht mehr weiß, auf wen ich denn jetzt wütend sein soll. Auf Gott selber vielleicht? Ich weiß es nicht. Er war für mich ein ferner, strenger Richter, dem man davonlaufen muss, um das Leben genießen zu können, und ich bin, so glaube ich mehr und mehr, um die wahre Natur von Gott betrogen worden, auch wenn ich nicht recht weiß, wie er denn nun wirklich ist – eher habe ich zu ahnen begonnen, wie er nicht ist. Und wer betrügt mich denn die ganze Zeit, wer, wenn es doch, wie ich einsehe, alle bloß gut gemeint haben?

Ich sehe schon, dass es falsch ist, nur die schwarze Spur zu sehen, es ist falsch, nur das Elend ernst zu nehmen, ich sehe schon, dass auch neues Leben aus den Ruinen blüht, aber ich hadere, dass es überhaupt Ruinen gibt und ich mich als die traurigste von allen fühle, als Fortsetzung einer Versager-Dynastie, die zwar Befreiungsversuche macht, aber nie weit kommt. Mir steigt der Satz auf, der immer und immer wiedergekehrt ist in meinem Leben: Es gibt mich zwar, aber ich weiß nicht, ob ich überhaupt bin. So viele Peterlis und Vonäschs haben die Befreiung versucht, so viele sind steckengeblieben, die meisten haben sich durchgeschleppt, immer wieder von Krankheiten zurückgeworfen; durchgetastet wie durch ein Minenfeld, durchgekämpft bis zu einem Punkt, an dem sie den Tod als Befreier sehen mussten, als Ort der Wahrheit erkannten, der ihnen endlich und endgültig das zu schwere Lebensgewicht abnahm.

Der Tod hat eine eigene, eigentümliche Geschichte in unserer Verwandtschaft. Einerseits war er ständiger, drohender Begleiter, andererseits ständige Versuchung, in einen ewigen Trost zu fliehen. Das Leben aber hatte es immer schwer in unserer Verwandtschaft. Es wurde denunziert als Versuchung, als Erprobung auf die Ewigkeit hin, als Plage, ja, als Strafe, die man zu ertragen habe. Ich fühle mich auch jetzt, wo ich doch auf einer energiegeladenen Suche nach dem Modus vivendi anstelle des Modus krependi bin, als Schauplatz eines Kampfes zwischen Tod und Leben. Der Ausgang scheint mir ungewiss.

III. Die Entbindung

28

Zur Hausmannsarbeit hinzu beginne ich nach und nach, journalistische Gelegenheitsjobs anzunehmen, aber noch immer besteht mein Alltag zur Hauptsache aus Hausarbeit. Ich möchte es nicht anders. Ich gehe ab und zu bei Dänu Münger vorbei, dem Pfarrer und Seelsorger, der sich immer viel Zeit nimmt für den Pfarrerssohn, welcher die ersten Gehversuche macht. So drückt Dänu sich aus, und ich gebe ihm Recht.

Einmal ist Dänus Frau Hedi in einem Gespräch dabei. Sie soll auf Dänus Wunsch mit weiblichen Ohren zuhören und mit weiblicher Stimme Rat geben. Mitten in diesem äußerlich ganz ruhigen Gespräch breche ich ganz plötzlich zusammen. Meine Nerven machen exakt an der Stelle nicht mehr mit, an der sich Hedi über mich beugt, während ich frei und mit geschlossenen Augen von meiner Mutter erzähle. Hedi legt mir bei einer Zwischenfrage bloß kurz die Hand auf meinen Arm, als eine spontane, arglose Geste. Diese Berührung ist wie ein Blitzschlag, und er löst auf der Stelle eine Krise aus, bei der ich losheule wie ein fallengelassenes Baby. Es ist geschehen, bevor ich weiß, warum es geschieht. Aber schon Sekunden später weiß ich es: Diese Handberührung hat mich sexuell erregt. Ich wehre diese Empfindung einerseits total ab, weil ich sie nicht durch eine verheiratete Frau empfinden darf, und ich merke andererseits, dass ich diese Berührung mehr als alles auf der Welt will. Ich weiß auch gleich, dass ich gar nicht diese Frau wahrgenommen habe, sondern in Gedanken bei meiner Mutter war, dass sich meine Reaktion demzufolge auf meine Mutter bezogen haben muss, und ich empfinde gleichzeitig Mordlust gegen sie und tödliche Scham.

Meine Glieder und mein Kopf werden bleischwer. Ich verliere jeden Halt. Dänu und Hedi betten mich auf die Couch, sinken auf die

Knie und rufen laut Gott um Hilfe an, während ich haltlos schluchze. Gefühlswellen schlagen über mir zusammen, ohne dass ich zwischen Wut, Erregung, Einsamkeit, Scham und Sehnsucht unterscheiden könnte; ich bin in einen brennenden Gefühlssee geworfen, dessen Flammen mich verzehren. Die beiden Pfarrersleute beten ohne Unterbrechung. Unvermittelt öffnet sich vor meinen Augen ein Fenster, und ich sehe mich selber auf der Buche sitzen und ins Haus blicken. Dann sitze ich selber auf der Buche und kann, was in Wirklichkeit nicht der Fall war, ins Schlafzimmer meiner Eltern sehen, entdecke mich dort mit meiner Mutter, erst liege ich zwischen ihr und dem Vater, und ich kuschele mich an sie; dann schlägt sie mich, weil ich ein Gesetz gebrochen habe. Auf der Buche oben wird mir schlecht. Ich falle in einem endlosen Fall vom Baum, und während ich falle, träume ich denselben Traum, den ich schon einmal geträumt habe, dass mich nämlich meine Mutter im Nachthemd verfolgt und ich auf sie schieße, aber diesmal erkenne ich etwas Neues im Traum: Hinter meiner Mutter rennt ein Mann mit einem Lederriemen, das ist ihr eigener Vater, den ich erkenne, obwohl ich ihn in Wirklichkeit nie gesehen habe, und er verfolgt sie, seine fünfzehnjährige Tochter. »Die Kette«, sage ich unvermittelt zu Müngers und stütze mich auf, »die Kette des Unheils.« »Beschreibe sie uns«, fordert mich Dänu auf, und ich erzähle.

Ich erzähle vom Urgroßvater, der dem Großvater das Leben kaputtmachte, indem er ihn wider besseres Wissen nicht vom Verdacht entlastete, im Missionsseminar Äpfel gestohlen zu haben, weil er glaubte, seinen Sohn zu dessen Heil und Segen zur sogenannten christlichen Demut zwingen zu müssen; vom Großvater, der meine Mutter grausam züchtigte; von meiner Mutter, die mich züchtigte und meine Empfindungen dabei durcheinanderbrachte. Ich erzähle ihnen vom Lebenskampf meines Vaters in seinem Elternhaus, von der bösen Großmutter und deren Anschlag auf das Leben von Vaters Mutter, von all den abwesenden Vätern, die ihre Kinder nicht kannten, von all den entweder völlig hilflosen oder völlig beherrschenden Frauen.

Ich setze mich auf und rede weiter. Ein Sturzbach ergießt sich auf Dänu und Hedi. »Ich will mich wohlfühlen, aber es geht nicht. Nie ging es. Sobald ich mich irgendwo berge, bekomme ich Bauchschmerzen und muss fliehen. Ich hätte mich gerne wohlgefühlt, aber ich musste auf die Buche vor dem Haus hinauf, wo ich mich sicher fühlte, und das Gefühl der Sicherheit zog ich dem Gefühl der Geborgenheit vor. Das tat ich letztlich immer.« Hedi fragt: »Hast du je eine sexuelle Erfüllung erlebt?« Ich fahre zusammen wegen der Direktheit, mit der sie diese Frage stellt, aber dann erleichtert sie mich. Endlich kann ich mit jemandem von diesen Dingen reden. »Ja, das habe ich. Vor der Ehe mit meiner jetzigen Frau habe ich solche Erfüllung erlebt, mit ihr und vorher mit andern, aber das war schlagartig vorbei, als sicher war, dass wir heiraten würden. Während der Ehe erlebte ich es ein- oder zweimal, aber nicht mit Maya. Mit ihr fand zwar sexueller Kontakt statt, aber ich war gebremst.«

Es tut gut, davon zu reden, unendlich gut. »Was meinst du, hast du bei deinen Fluchten gesucht?«, fragt Dänu. »Eine Geborgenheit, die mich nicht gefangennehmen würde«, sage ich prompt, »und die ich einfach nicht fand, bis heute nicht. Ich konnte nie lange an Orten bleiben, an denen ich mich wohl fühlte. Eigentlich ist auch meine eigene Familie und meine Ehe ein solcher Ort, an dem ich mich wohl und unsicher zugleich fühle. Ich bin im Grunde genommen gerne mit meiner Frau zusammen, aber ich halte es nie lange bei ihr aus und gehe wieder weg. Sobald ich aber weggehe, ausbreche und etwas tue, worüber ich gar nicht groß nachdenke, vergesse ich alles andere und spüre, dass mir alles offensteht. Ich fühle mich nicht mehr wie ein Spielzeugauto, das über ein Kabel an eine Fernsteuerung gehängt ist und nur die Bewegungen tut, die in die Fernsteuerung eingegeben werden.«

Hedi schaut mir in die Augen und stellt fest: »Und jetzt denkst du, dass du endlich weißt, wer die Fernsteuerung bedient.« »Ja«, bestätige ich, »ich bin immer noch mit meiner Mutter verbunden.« »Dabei besuchst du sie bestimmt kaum mehr«, vermutet Dänu, und auch das bestätige ich. »Aber es ist, als ob sie einen Ableger in mich hineingepflanzt hätte, der ihren Befehlen gehorcht. Merken tu ich das am Anfang eines Ausbruchs und bei der Rückkehr. Dann habe ich das Gefühl, ich müsse mir ein Organ aus dem eigenen Körper reißen, das mich plagt. Ich habe eine Art Krebs und hoffe, dass ich operiert werde, bevor alles zerfressen ist in mir. Vielleicht ist es auch schon zu spät. Denn wenn ich es herausreiße, habe ich an jener Stelle ja ein Loch, und vielleicht reicht das, was von mir übrigbleiben würde, nicht aus zum Leben.«

»Hast du denn keine Wut auf deine Mutter?«, fragt Hedi.

»Doch, sie kommt immer wieder hoch«, bestätige ich, »es ging bis zur Mordlust. Dann habe ich von ihrer Jugend erfahren, und seither wechseln sich Wut und Mitleid ab. Ich begreife, dass sie alles immer nur gut gemeint hat, aber das ändert nichts daran, dass ich die Verbindung zu ihr wie ein Krebsgeschwür empfinde. Ich will doch gesund werden, ich will leben! Dazu muss ich doch dieses Müeti in mir loswerden, aber wenn ich das versuche, bekomme ich ein schlechtes Gewissen, weil ich denke, ich tue etwas gegen sie! Und jetzt wird es noch komplizierter, weil ich nicht mal mehr wütend sein darf auf sie! Ja, ich habe mitten in der Wut sogar plötzlich ein unendliches Verständnis für meine Mutter, die selber so viel ertragen und geleistet hat. Eigentlich möchte ich meine Mutter dafür in Ehren halten, aber ich kann nicht! Die Wut überdeckt alles! Aber gegen eine achtzigjährige Greisin, die sich vor dem Sterben fürchtet und sich über ihre Lebensfehler grämt, darf man doch nicht wütend sein!«

»Und ob du darfst!«, ruft Hedi. »Sei guten Mutes wütend, schrei alle Anklagen hinaus! Gefährlich wird es erst, wenn du diese Wut nicht loswerden würdest.«

»Aber ich will meine Mutter doch nicht mit Vorwürfen eindecken! Das bringt doch nichts! Und sie ist doch nicht an allem schuld!«

»Du sollst ja auch nicht deine Mutter anschreien gehen. Sie leidet bestimmt schon genug unter den Selbstvorwürfen, und schuld, schuld kann sie gar nicht allein an allem sein.«

»Wohin soll ich dann schreien?«

»Glaubst du an Gott?«

»Ja, ich glaube an Gott. Warum diese Frage? Soll ich vielleicht ihn anschreien?«

»Ja. Und gelegentlich einen Menschen als Zuhörer haben, der dir zur Seite steht.«

»Das tut ihr ja jetzt.«

»Schon, aber täusche dich nicht. Du hast zweiunddreißig Jahre gebraucht, um das Bedürfnis ausdrücken zu können, die Nabelschnur zu deiner Mutter zu kappen. So schnell lernt dein Organismus nicht um. Er wird es lernen, aber nicht über Nacht. Und dazu wirst du weitere Hilfe brauchen.«

Die Nabelschnur kappen? Mir kommt in den Sinn, was meine Mutter zu meinem Entsetzen vor allen Gästen meiner Hochzeit erzählt hat: Dass ich als Kleiner eine Schnur vorgeschlagen hätte zwischen ihrer großen Zehe und mir, an welcher ich nachts jederzeit ziehen könne, um sie zu mir zu rufen. Eine Nabelschnur, die ich selber vorgeschlagen habe... In den Sinn kommt mir auch mein Wunsch, ich könnte das bisherige Leben auslöschen und noch einmal auf die Welt kommen, aus einer anderen Mutter und mit einem anderen Vater.

»Meine biologische Mutter wünschte mich vor lauter Sorge die ganze Zeit in ihren Bauch zurück, um mich vor der Bosheit der Welt zu bewahren, nicht wahr, und was hat sie damit angerichtet? Sie hat mir die Flügel wie Fingernägel dauernd nachgeschnitten und mich verkrüppelt. Hat sie doch! Sie hat verhindert, dass ich stark genug wurde, um der Welt entgegentreten zu können! Und was hat mein Vater getan? Er hat mich lieben wollen, aber nicht gekonnt, und er hat sich schon bald wieder aus meinem Leben verabschiedet! Hat er doch! Und ich, ich will tatsächlich in einen Mutterleib zurück, um noch einmal auf die Welt zu kommen, aber geboren aus einer andern Mutter, gezeugt und in Empfang genommen von einem andern Vater. Ich will eine Mutter, die mich ausstößt, abnabelt, stillt und mir das Fliegen beibringt. Ich will einen Vater, der mich willkommen heißt, mit mir Verbindung aufnimmt, mir die Welt öffnet, mir den Rücken stärkt und stolz auf mich ist. So eine Mutter, so einen Vater will ich. Dann kann ich leben!«

Dänu lacht. »Wunderbar. Dann könntest du dich, als Fortsetzung des Traumes, mit dem du anfänglich zu mir gekommen bist, wieder aufs Pferd schwingen und weiterreiten. Siehst du nicht, dass alles bereit ist, damit du noch einmal auf die Welt kommen kannst? Du hast deinen Zustand genau erfasst, du weißt, was du möchtest, du hast einen starken Lebenswillen, und du kennst die Schnur, die du noch kappen musst, um ein anderes Leben zu beginnen. Es ist die Nabelschnur zu deiner Mutter. Es ist an dir, sie durchzuschneiden, weil deine Eltern, da bin ich mit dir einverstanden, es nicht wirklich getan haben. Ob sie es nicht wollten oder bloß nicht konnten, spielt für dich keine Rolle.«

»Was soll ich denn konkret tun? Eine symbolische Schnur entzweischneiden und irgendetwas dazu murmeln?«, wende ich ein.

»Ein wenig kommst du mir vor wie Nikodemus aus der Bibel«, meint Hedi. »Der hat Jesus auch gefragt, wie denn das gehe, neu geboren zu werden, er könne doch kein zweites Mal aus seiner Mutter herauskommen. Jesus erklärte ihm, das müsse er auch nicht, denn es gehe um einen inneren Vorgang.«

»Ich verstehe den Vergleich, aber ich kann mir nicht vorstellen, welchen praktischen Wert ein solcher innerer Vorgang für mich haben kann«, wende ich ein.

»Sprich einfach laut aus, dass du die unsichtbare Nabelschnur zu deiner Mutter kappst. Das sind mehr als symbolische Worte. Es ist eine Willenserklärung zur Selbständigkeit, und es tut einem gut, so etwas einmal laut und in Gegenwart von Zeugen auszusprechen. Die Zeugen sind wir. Wir sind sozusagen deine Hebammen.«

»Und was für Folgen wird das haben?«, frage ich.

»Deine Willenserklärung wird dich freier machen. Es wird dir Stück für Stück bewusst werden, was deine Mutter – und auch dein Vater – in dich hineingelegt haben, und zwar beides, Schlechtes und Gutes. Jedes Mal, wenn du eine solche elterliche Erbschaft in dir feststellst, hast du Gelegenheit, dich dafür oder dagegen zu entscheiden. Wie gesagt, es geschieht nicht von heute auf morgen. Es wird seine Zeit dauern, bis du auf wirklich eigenen Beinen stehst. Es wird schön sein, und es wird schmerzen.«

»Wie lange wird das dauern?«

»Letztlich bis zu deinem Tode. Aber die großen Happen, von denen du ja schon einige festgestellt hast, werden einige Jahre brauchen. Sieben, sagen erfahrene Therapeuten.«

»Und mein Wunsch, noch einmal auf die Welt zu kommen? Einen anderen Vater, eine andere Mutter zu haben? Muss ich sterben? Ich möchte ja leben. Im Gegensatz zu anderen Zeiten habe ich den Willen zum Leben.«

»Das ist eben der Vorgang, den ich eben beschrieben habe. Wenn du selber zu entscheiden lernst, wie du mit den Erbschaften in dir umgehst, dann kommst du noch einmal auf die Welt. Dazu brauchst du Hilfe von Menschen. Letztlich gibt es aber nur einen Vater und eine Mutter, bei denen du jene Geborgenheit findest, die dich eben nicht gefangen setzt. Es ist Gott selber, der beide Funktionen aufs Mal übernimmt, die mütterliche und die väterliche. Er ist es, der dich zeugt, empfängt, zur Welt bringt, säugt, aufzieht, dir den Rücken stärkt, an dir Freude hat. Er ist kein Hirngespinst. Er ist da, er war immer da, wie weit du dich auch immer entfernt glaubtest.«

»Das stimmt. Mit neunzehn habe ich meinem Leben ein Ende setzen wollen, und im allerletzten Moment sagte ich: ›So, Gott, jetzt liegt's bei dir.‹ Ich habe mich ihm damals hingeschmissen, und er wollte, dass ich lebe. Das habe ich versucht, bin aber wieder für Jahre in Resignation versunken, in einem aussichtslosen Kampf. Es hat so unendlich lange gedauert, bis ich wieder aufgetaucht bin. Ich spüre das Neue, aber ich bin wütend über die verlorenen Jahre dazwischen.«

»Ich verstehe deine Wut«, sagt Dänu. »Ich weiß auch nicht, wozu die Jahre gut waren, die du verloren glaubst. Ich weiß nur, dass du sie nicht auslöschen kannst, nur weil sie dich ärgern. Lass sie stehen, wie sie waren. Vielleicht beurteilst du sie mit der Zeit sogar anders. Freue dich an dem, was du erlebst. Freue dich zum Beispiel an deiner gewaltigen Erlebnisfähigkeit und deinem Lebenswillen.«

Noch eine Frage habe ich. »Was ist mit der Schuld, die meine Eltern mir gegenüber haben, auch wenn sie nicht an allem schuld sind?

Mit der Schuld der Vorfahren an ihnen? Muss ich denen einfach vergeben?«

»Nein«, meint Dänu. »*Einfach* kannst du das sowieso nicht. Es ist für dich sicher schwierig zu akzeptieren, aber die Schuld dir gegenüber ist in erster Linie eine Sache zwischen den Tätern und Gott. Gott ist frei, ihnen alles zu vergeben, auch das, was du ihnen noch nicht vergeben hast oder vielleicht nie vergibst. Wenn deine Eltern in Anspruch nehmen, dass ein anderer alle ihre Schuld getragen hat, auch jene dir gegenüber, dann ist sie vergeben, und zwar vollständig. Sie sind nicht erst schuldlos, wenn du ihnen vergibst.«

»Dann muss ich ihnen gar nicht vergeben?«

»Frage zuerst nach dem Sinn und nicht immer gleich nach dem Müssen und Dürfen! Wenn du deinen Eltern vergibst, entlastest du dich selber. Eine Anklage mit sich herumschleppen ist anstrengend, beansprucht Aufmerksamkeit, die du anderweitig konstruktiver gebrauchen könntest, und macht bitter. Vergeben tust du also in erster Linie dir selber zuliebe. Du schenkst dir Energie zurück. Vergebung und Anklage prägt aber auch die Beziehung zu denen, die dir etwas angetan haben. Wenn du vergibst, dann machst du ihnen den Weg frei zu dir. Und dir machst du den Weg frei zu ihnen. Andernfalls stehen immer die Tat, die Schuld und die Anklage zwischen euch.«

»Ich sehe schon ein, dass Vergebung richtig ist, aber ich kann doch Wut und Anklage nicht einfach wegwünschen oder wegerklären.«

»Tu nur das nicht«, schaltet sich Hedi wieder ein. »Sei nicht unehrlich. Die alten Vorwürfe kämen wieder und wieder. Warte, bis du eine Schuld konkret benennen kannst. Dann entschließe dich, dich von der Last zu befreien, welche durch die Anklage auf dir gelegen hat. Bitte Gott um Kraft zum Vergeben. Er wird sie dir geben, auf jeden Fall. Letztlich führt kein Weg an der Vergebung vorbei, sonst wird dir deine eigene Schuld auch nicht vergeben. Aber versuche keine fromm-verklärte Generalamnestie. Gehe einen geraden, offenen Weg.«

»Ich habe ja wohl auch nicht alles richtig gemacht.«

»Genau. Das hat kein Mensch. Halte es mit dir selber genau gleich wie mit andern: Vergib dir nicht zu schnell, aber klage dich auch nicht zu schnell und zu pauschal an. Gott schläft schon nicht. Er wird seinen Weg mit dir gehen und dir das in Erinnerung rufen, was an der Reihe ist. Sobald dir ein Fehler klar wird, klage dich an, bitte um Vergebung – bitte Gott, vielleicht auch Menschen – und vergib dir selbst. Dann machst du dir auch den Weg zu dir selber frei.«

Ich sage: »Jetzt will ich zu Gott beten.« Dänu und Hedi nicken, und ich bete. »Gott, ich bitte dich, dass du mich noch einmal auf die Welt bringst. Ich schneide die Nabelschnur durch, die mich noch mit meiner Mutter verbindet. Ich will noch einmal zur Welt kommen. Bring mich noch einmal zur Welt.«

»Habe Geduld mit dir selber«, mahnt mich Hedi beim Abschied unter der Haustüre, und Dänu grinst mich breit an: »Rauf aufs Pferd jetzt. So was Schönes möchte ich wirklich auch einmal träumen.« Also wirklich, an diesem Traum, dem ersten, den ich ihm erzählt habe, hat Dänu einen Narren gefressen. Dann fahre ich zu einem Waldrand in der Nähe. Eine milde Abendsonne scheint, und unendliche Müdigkeit befällt mich. Ich lege mich ins Gras und schließe die Augen. Alles löst sich in mir auf. Als ich leicht fröstelnd wieder erwache, steht zwischen den weiten Ästen über mir ein heller Mond am Himmel. Unversehens finde ich die Hügel, Ebenen und Wälder fast so schön wie das Tessin. Mein geliebtes Tessin, in dem ich mehr zu Hause bin als an allen anderen Orten meiner Welt. Vielleicht komme ich jetzt endlich nach Hause.

29

Tief atme ich am nächsten Tag durch. Ich trete vor das Haus, ziehe die frische Luft des frühen Morgens so langsam wie möglich in die Lungen, halte den Atem an und drehe mich gemächlich im Kreis. Das Kribbeln der Morgenluft verbreitet sich bis in die letzten Fasern meines Körpers. Ich bin, also bin ich, sage ich schließlich, während ich die Luft wieder aus den Lungen strömen lasse. Ich bin neu geboren. Ich fühle mich so sicher wie auf der Buche meiner Kindheit, mein Leben ist so offen wie der Blick von einem Tessiner Berggipfel Richtung Meer, und ich bin so frei wie jedes Mal, wenn ich ausbrach und unterwegs war, unerreichbar für alle. Ich halte nicht mehr Ausschau nach Brücken, unter denen ich mich wie als Schüler vor den bösen Buben verberge, sondern stelle meine Fußsohlen ins Gras vor unserem Haus in Lutwil und denke: Mich wird niemand mehr in irgendein Versteck jagen. Keine Berghänge drohen mehr auf mich herabzustürzen wie in jenen Ferien allein mit meinen Eltern, die mich als Sechzehnjährigen zum ersten längeren Ausbruch aus dem Elternhaus getrieben haben, sondern ich lasse mich schon gar nicht mehr in eine solche Enge locken. Ich entscheide fortan selber, welche Beziehungen ich haben will. Ich werde nie einen so schäbigen Kaffeetisch kaufen, wie einer in der Stube meines Elternhauses stand, schäbig und wackelig, sondern mir Dinge gönnen, derer ich mich nicht schämen muss. Ich werde keinem Menschen mehr gehorchen, nur weil er sagt, er spreche im Namen Gottes, sondern auf den Gott horchen, den ich selber kennengelernt habe und der so gänzlich anders ist, als ich meinte. Ich werde keiner Stimme mehr glauben, die mir mein Lebensrecht auf welche Art auch immer abspricht. Jetzt bin ich richtig zur Welt gekommen. Gott ist mein neuer Vater. Gott ist meine neue Mutter. Ich bin jetzt einfach einmal Ich.

Ich gehe ins Haus zurück und wecke die Kinder. Die Tageszeitung, sonst immer gleich überflogen, worauf mich die Bosheit der Welt schon am frühen Morgen in ihren Klauen hatte, bleibt heute im Briefkasten liegen. Stattdessen hole ich meine Trompete hervor, die jahrelang in einer Ecke gelegen hat – immerhin lag sie in einer Ecke und nicht auf dem Dachboden, als ob ich geahnt hätte, dass ich eines Tages nach ihr greifen würde – und blase an diesem frühen Herbstmorgen meinen überraschten und johlenden Kindern, mir selber und den Nachbarn eine Tonleiter vom tiefsten bis zum höchsten Ton vor. Maya ist wie üblich schon aus dem Haus gegangen, aber heute lasse ich den von ihr gefüllten Kaffeekrug unbenutzt stehen.

Ich, der ich sonst nur mit großer Anstrengung diese Morgenzeit mit Anstand überstehe, scherze mit den Kindern, bewirte sie wie Könige und stecke sie mit Heiterkeit an, die sie aus dem Haus tragen. Dann lasse ich den Haushalt liegen, steige ins Auto und fahre zu einem Café in die Stadt, wo ich mich meinerseits wie ein König bewirten lasse. Bis um zehn Uhr bleibe ich dort sitzen, lese ein bisschen Zeitung, wobei mir die schlechten Nachrichten diesmal nichts anhaben können, und schmiede Pläne, was ich alles in der nächsten Zeit in die Tat umsetzen könnte von all dem, wozu ich schon lange Lust habe. Schon lange, oder auch erst seit gestern Nacht. Ich könnte ein Trompetenstudium absolvieren, zum Beispiel; so richtig ausprobiert habe ich bisher nie, was eigentlich drinliegen würde. Oder Dolmetscher werden. Oder Gesandter der Schweiz in einem anderen Land. Oder Psychiater für Frömmigkeits-Geschädigte. Aber nein, da würde ich unter der Nachfrage zusammenbrechen, wende ich mir selber gegenüber ein und breche in lautes Lachen aus über meinen eigenen Witz. Vielleicht gehe ich doch lieber endlich selber auf eine Weltreise, statt meinen Bruder Köbi zu beneiden, der das in jüngeren Jahren gemacht hat. Mit oder ohne Familie? Zunächst muss ich zur ganzen Familie noch einmal auf Distanz gehen, glaube ich. Auf eine Frisbee-Distanz. So wie es mit Maya in Südfrankreich war. Als Ausgangspunkt. Ich habe neue Augen und will nicht mit der alten Sicht auf meine Angehörigen weiterleben. Eine neue Sicht braucht Zeit. Wenn es soweit ist, werde ich entscheiden, ob ich weiterhin mit ihnen zusammenleben will. Erst dann. Ich laufe nicht weg, bevor ich genug weiß. Das wäre dumm und sehr, sehr unpraktisch; eine Trennung oder Scheidung ist einfach zu kompliziert, als dass man sich an einem schönen Herbstmorgen in einem schönen Café mitten in der Bieler Altstadt einfach so dazu entschließen könnte. Aber ausgeschlossen ist sie natürlich nicht.

Ich schließe ab sofort rein gar nichts mehr aus, denn niemand wird mir je wieder etwas befehlen, kein System wird mich noch einmal so zum Gefangenen machen, wie ich es gewesen bin, und als Kind von Gott selber und von niemandem sonst lasse ich meine Entscheidungen nur noch vom Chef persönlich beeinflussen, jawohl. Vielleicht, ja vielleicht habe ich gar Lust, doch noch mit Clara zu leben, der Frau, mit der ich am meisten Freiheit erlebt habe. Vielleicht will ich das. Und wenn ich es will, werde ich es tun, jawohl. Vielleicht komme ich auch zu einem anderen Schluss und will es nicht. Vielleicht komme ich zum Schluss, ich möchte mein weiteres Leben mit Maya verbringen. Nicht genau wie bisher, klar, aber grundsätzlich doch mit ihr. Und den Kindern. Ja, das ist ein heikler Punkt, die Kinder. Sie sollen nicht büßen müssen, weder für vergangene Untaten meiner Vorfahren oder von mir selber noch für meine zukünftigen Taten. Aber nur keine Panik, keine voreiligen Schlüsse; entschieden ist nichts, gar nichts. »Vielleicht« ist das schönste Wort dieses übermütigen, grenzenlosen Morgens im Café. Es schmeckt so gut wie ein in den Kaffee getauchtes Gipfeli.

Zufrieden fahre ich von Biel nach Hause zurück, gerade noch rechtzeitig, um die Kinder in Empfang zu nehmen, die von der Schule kommen. Sie erzählen mir ihre Erlebnisse, und ich tue nichts anderes als zuhören, worauf sie mir noch mehr erzählen. Schließlich fragt mich Peter, was es denn zum Mittagessen gebe. Ach ja, das Mittagessen. Heute Fertighärdöpfustock und Sosse. Nein, kein Salat. Juhui, kein Salat! Maya trifft zum Mittagessen ein. »Was ist denn mit dir los?«, fragt sie mit Blick auf den morgendlichen Geschirrberg. Mit mir? »Einen schönen Tag haben wir heute!«, lache ich, packe sie um die Hüften und drücke meiner schönen schwarzhaarigen Frau einen Kuss mitten auf den Mund. Oh, reizend ist sie, meine Frau, flüstere ich ihr ins Ohr, worüber ihr Mund offen bleibt. Aber sie fasst sich wieder, auch wenn sie mich das ganze Essen hindurch in einer Mischung von Argwohn und Überraschung beobachtet. Wir essen Fertighärdöpfustock mit Soße, ohne Salat und trinken ganz süßen Sirup dazu. Ein Fest für die Kinder, und die Mutter ist verwirrt. Aber keine Angst, es gibt gleich Kaffee, den sie heiß liebt. Dann gehen alle wieder aus dem Haus, außer mir. Ich wasche Geschirr und singe laut dazu. Die alte Nachbarin sehe ich durchs Küchenfenster einen ähnlichen Blick zu uns hinüberwerfen wie Maya während des Mittagessens. Schön, Frau Nachbarin, dann singe ich auch für Sie.

Am Nachmittag fahre ich noch einmal in die Stadt, bringe meine Trompete zur Reparatur und leihe mir eine andere als Ersatz dafür, höre mir in einem Musikgeschäft ein halbes Dutzend Jazzplatten an, kaufe zwei davon und verbringe eine weitere halbe Stunde im gleichen Café, in dem ich schon morgens gesessen habe. Ich gerate mit einem flüchtig bekannten Berufskollegen ins Gespräch. Er erzählt mir von seiner bevorstehenden Scheidung und will wissen, wie es denn bei mir so laufe. »Gut«, antworte ich, »ich schäle mich langsam, aber sicher aus allerlei Zwangsjacken von früher, von denen ich bis vor kurzem nicht mal gewusst habe, dass ich sie trage.« Das interessiert meinen Kollegen ungemein, aber ich müsse sofort nach Hause, sage ich, die Kinder stünden gewiss schon vor der Türe und bräuchten ihren Zvieri. »Was, Kinder habt ihr auch?«, ruft der Kollege mir nach. »Treffen wir uns doch morgen um dieselbe Zeit hier!«, rufe ich zurück, und er nickt.

In der folgenden Nacht unternehme ich den zweiten Versuch seit der Rückkehr aus Südfrankreich, mit meiner Frau das zu erleben, was ich unter sexueller Erfüllung verstehe. Macht doch nichts, sage ich mir, nachdem auch dieser zweite Anlauf grandios scheitert. Dann halt nächstes Mal, oder eben schließlich und endlich doch nicht mit Maya? Schon wieder ein Vielleicht. Ein vorsichtigeres als am Morgen, denn, zum Donner, ich habe überhaupt rein gar nichts gegen meine Frau, wie ich sie jetzt gerade sehe. Wenn eine Trennung nicht sein muss, dann bin ich keinesfalls wütend.

Einige Tage vergehen, und Maya ist zusehends verwirrt über meinen neuen Zustand, über deren Ursachen ich kein Wort verloren habe. Ihr alles erzählen? Wie einst meiner Mutter? Das war früher. Ich lebe jetzt einfach einmal, wie es mir gefällt, und sie soll sich damit abfinden und sich bei mir melden, wenn ihr etwas nicht passt. Eigentlich ist das ein guter Test, ob wir wirklich zusammenpassen. Eine nachgeholte Verlobungszeit, deren Ausgang endlich einmal echt offen ist. Es kommt aber auch nicht zum Gespräch zwischen uns in diesen Tagen, wodurch mir auffällt, dass in der bisherigen Ehezeit immer ich es war, der ein Gespräch eröffnet hat. Tue ich es nicht, geschieht nichts. Ich kann nicht lange ohne Gespräche leben, aber ich verlege sie ins Café, wo ich mich jetzt regelmäßig mit jenem Kollegen treffe, der in Scheidung lebt. Wir haben viel Gesprächsstoff. Wenn Maya sich für mich interessiert, soll sie mich doch fragen. Aber sie tut es nicht. Sie tut es einfach nicht.

Eines Nachts tut sie es doch. Ich höre sie leise neben mir schluchzen und beschließe weiterzuschlafen, aber es gelingt mir nicht. Schließlich zünde ich die Nachttischlampe an, setze mich auf und schaue sie an, in der Hoffnung, sie sage etwas. Aber sie sagt immer noch nichts. »Was ist los?«, frage ich.

Da bricht ein Sturm los. Maya redet, unterbrochen von Schluchzen. Sie zählt auf, was sie in den vergangenen neun Jahren alles für mich getan, von mir erduldet, durch mich erlitten hat. Meine Unberechenbarkeit. Meine Hochs und Tiefs. Die Ungewissheit, wenn ich unterwegs war, irgendwo, für niemanden erreichbar, und wie sie Angst hatte, ich kehre einmal nicht mehr zurück. Die andern Frauen, mit denen ich mich getroffen habe. Die Verwirrung, wenn es mir gut gegangen sei, oder vielmehr die Angst dabei, die Fröhlichkeit nehme das bei mir übliche abrupte Ende. Mein Hang zur unkontrollierten Wut ihr und den Kindern gegenüber, ja, eigentlich eine Art Jähzorn. Der Wechsel vom großherzigen, begeisternden Vater zum großen Abwesenden, der seine Kinder ganz klein machen könne. Dass ich hart kritisiere, aber keine Kritik ertrage. Die Zeiten, in denen ich in tiefer Depression versinke und in denen sie um mein Leben fürchte. Dann wieder neue Hoffnung, auf die sie sich kaum zu verlassen traue. Und diese spezielle Art von Fröhlichkeit, die ich auch jetzt wieder zeige und der noch jedesmal, aber jedesmal ein Abschied gefolgt sei, entweder ins Ausland oder zu einer anderen Frau. Sie habe Angst und sei ratlos wie noch nie, und sie könne das alles einfach nicht mehr ertragen, aber sie wisse auch nicht, was tun, denn wir seien ja verheiratet, aber so könne es doch einfach nicht weitergehen. Sie könne nicht mehr.

Dann spricht sie nicht mehr weiter, sondern liegt ermattet da, mit geschlossenen Augen, wie tot. Ich betrachte sie und sehe, wie sich ihre Brust langsam hebt und senkt. Aha. Im Augenblick, in dem ich mich neu geboren und geborgen weiß, einen neuen Lebenswillen verspüre, kann meine Frau nicht mehr.

Ist dies das Ende? Ja, dies ist das Ende. Ich komme zu spät. Ich kann nicht einmal behaupten, ich sei verzweifelt. Ich selber habe ja auch an die Möglichkeit gedacht, unserer Ehe ein Ende zu setzen, und Maya ist mir lediglich zuvorgekommen. Eine Art Erleichterung ergreift mich, dass die Sache entschieden ist. Ent-scheiden. Scheiden.

Maya öffnet die Augen und schaut mich an. »Du bist noch da?«, fragt sie ganz erstaunt. »Ich dachte, du seiest schon über alle Berge, wie sonst üblich. Ist noch etwas?«

Ja, es ist noch etwas, denke ich und ziehe Bilanz. »Schon oft haben wir gedacht, jetzt komme alles anders, und ich bin wieder in die alten Muster zurückgefallen. Jetzt glaube nur noch ich, es habe sich etwas Grundlegendes geändert. Du hast die Kraft nicht mehr, das zu glauben. Ich mache dir keinen Vorwurf. Nein, ich verstehe dich eigentlich gut, dass du mich nicht mehr länger erträgst. Lass uns ein Arrangement finden, bei dem die Kinder möglichst wenig leiden.«

»Ich kann nicht mehr, ich habe keine Kraft mehr. Ich weiß nicht, was wir tun sollen.«

»Schlafen sollen wir. Hasst du mich? Erträgst du mich nicht mehr neben dir? Dann schlafe ich solange in der Stube, bis wir weiterwissen.«

»Es ist mir egal, wo du schläfst. Nein, ich hasse dich nicht. Ich weiß auch nicht, was ich fühle. Alles und nichts. Ich bin unendlich müde.«

»Dann gute Nacht. Oder vielmehr guten Morgen.«

Der Morgen graut. Wir sinken auf unsere Kissen und fallen in einen kurzen, schweren Schlaf.

30

Ich sehe den Tatsachen so gut ins Auge, wie ich kann. Es sind harte Wahrheiten, aber sie machen mich frei. Maya und ich sitzen auf einem Scherbenhaufen. Es ist nicht ein Zustand der Gleichgültigkeit, in dem ich mich befinde; ich empfinde Reue über verpasste Gelegenheiten und Dankbarkeit für viele schöne gemeinsame Erlebnisse.

Aber ich will jetzt vorwärts schauen. Anfänglich wehre ich den Gedanken an Clara ab, der bald zurückkehrt. Dann setze ich mich in das Café in der Stadt, das zu meinem neuen Refugium geworden ist, und versuche, in Ruhe nachzudenken. Was löst den Gedanken an Clara in mir aus? Was löst Clara in mir für Gedanken aus? Warum kehrt sie immer zurück, obwohl die Geschichte mit ihr längst zu Ende ist? Was erhoffe ich mir überhaupt von der Zukunft? Bin ich sicher, dass ich mit einer Frau zusammenleben will? Oder bin ich dazu gar nicht in der Lage? Wie immer ich es auch drehe und wende: Der Gedanke an Clara lässt mich nicht los. Lange bleibe ich sitzen und frage mich, ob es jetzt an der Zeit ist, zu ihr zu gehen, sie bei der Hand zu nehmen und zu sagen: Komm mit mir. Aber so ganz sicher, dass sie mit mir käme, bin ich doch nicht. Wenn wir uns sähen, würde sich alles klären. Ich beschließe, zu ihr zu fahren. Wieder einmal. Noch einmal. Es wird das letzte Mal sein: Entweder, weil wir dann für immer zusammen sein werden, oder, weil wir uns nie mehr sehen werden. Ich muss zu ihr und es herausfinden.

Diesmal breche ich nicht Hals über Kopf zu einer Reise auf wie in den vergangenen Jahren. Ich plane die Reise nach Italien sorgfältig. Maya und den Kindern teile ich mit, ich müsse mich für ein paar Tage zurückziehen, um einen klaren Kopf zu bekommen, was ja auch der Wahrheit entspricht. Auf welche Art ich das zu tun gedenke, sage ich ihnen nicht. So fahre ich an einem strahlend schönen Sonntagabend im kleinen, heruntergekommenen Bahnhof von Longano ein.

Angemeldet bin ich nicht bei Clara. Ich wollte nicht riskieren, dass unser Gespräch schon am Telefon stattfindet, und ich wollte verhindern, dass sie mich bitten würde, in der Schweiz zu bleiben.

Ich suche mir in Longano ein Hotelzimmer, erfrische mich und rufe Clara an. »Ja, bitte?«, fragt sie ohne jede Überraschung, als sei ich die ewige Kollegin von nebenan mit der ewiggleichen Bitte um etwas Salatöl. »Ich bin hier in Longano«, sage ich, »wann und wo können wir uns treffen?« »Kannst du mich wirklich nicht in Ruhe lassen? Ich habe dich doch bei deinem letzten Besuch darum gebeten«, meint sie. »Einmal noch«, bitte ich, »triff mich nur einmal noch.« »Wann und wo?«, fragt sie ohne Interesse und Bewegung. Wir verabreden uns für den nächsten Morgen. Dann sind ihre Kinder in der Schule und ihr Mann bei der Arbeit. Sie wird mich im Hotel abholen kommen, und wir werden einen Spaziergang auf der Stadtmauer machen und uns vielleicht in eine Bar setzen. Vielleicht.

Ich schlafe nicht gut in dieser Nacht. Der Tag bei Dänu und Hedi kommt mir in den Sinn, an dem mein Leben eine Wende genommen hat. Bin ich hier, um das Rad meiner Lebensgeschichte zurückzudrehen, oder will ich, so wie ich jetzt bin – und ich bin nicht mehr derselbe wie damals – tatsächlich mit dieser Frau zusammenleben, die vor zwölf Jahren meine Gefährtin war, die jetzt Mutter und Ehefrau eines andern ist und sich jetzt, in dieser Nacht in ihrer Wohnung eines Außenquartiers von Longano, fragen wird, was der Kerl denn noch von ihr wolle, der sie damals im Stich gelassen hat?

»Mit der einen Frau ist die Wahrheit zutagegetreten«, sage ich zu Gott. »Schenke mir morgen auch bei der andern Frau die Wahrheit. Nur die Wahrheit ist gut genug, darunter mache ich es nicht mehr, Gott. Ein Teil dieser Wahrheit ist, dass mir seit zwölf Jahren immer wieder Clara in den Sinn kommt. Ich bin bereit, die restliche Wahrheit zur Kenntnis zu nehmen und anzuerkennen. Zum Beispiel, wo Clara steht und was sie empfindet. Ich kann ja nicht herkommen und über sie bestimmen. Aber, Gott, wenn ich die Hand ausstrecke und sie ergreift sie und kommt mit, mein Gott, ich würde sie nicht mehr loslassen, glaube mir.«

Jetzt habe ich wieder geweint. Ich stehe am Fenster meines Hotelzimmers in Longano, schaue in den heraufdämmernden Morgen hinein, gehe mein Gesicht waschen und lege mich noch ein wenig hin. Als es an meiner Türe klopft, schrecke ich aus einem schweren Schlaf empor und greife zur Uhr. Es ist zehn, die Zeit der Verabredung mit Clara. »Einen Augenblick!«, rufe ich, springe auf, wasche mich hastig, kleide mich an, schüttle mich und gehe zur Tür. Vor der Türe steht Clara.

31

Lange bleiben wir stehen und schauen uns an. Clara scheint noch zierlicher geworden zu sein, noch zerbrechlicher, als ich sie in Erinnerung hatte. Wie bin wohl ich in ihren Augen geworden?

Was ich im kurzen Telefongespräch am Vortag gehört habe, sehe ich jetzt in ihren Augen: keine Überraschung, aber auch kein Feuer. Eher eine Spur Fatalismus. Zögernd strecke ich ihr meine Hand entgegen, und sie gibt mir die ihre. Wie klein ihre Hand ist, und wie warm. »Komm herein«, fordere ich sie auf. Meine Stimme versagt beinahe. Clara schüttelt den Kopf: »Gehen wir doch spazieren, wie abgemacht.« Ich werde rot und nicke. »Entschuldigung. Ich bin nur verwirrt. Selbstverständlich. Warte, ich hole nur noch meine Jacke.« Ich hole sie, schließe die Zimmertür ab, und wir gehen die Treppe hinunter und aus dem Haus. Zielstrebig geht Clara die Straße entlang, und ich marschiere mit. Bis zur Stadtmauer, die wir nach fünf Minuten erreichen, wechseln wir kein Wort. Erst als wir auf den mächtigen Steinen stehen und in die weite Ebene vor Longano hinunterblicken, beginnt sie zu sprechen.

»Kommst du aus dem gleichen Grund wie beim letzten und beim vorletzten Mal?«, fragt sie. »Willst du wieder einmal hören, dass ich dich immer noch liebe, und mir dann sagen, dass du leider zu deiner Frau und zu deinen Kindern zurückgehen müsstest? Oder was willst du diesmal?«

Clara spricht in sachlichem Ton, mit kaum erhobener Stimme, aber ihre Worte schlagen mich wie eine Peitsche. Doch sie hat Recht, und ich gebe ihr Recht.

»Du hast Recht, ich wollte alles und nichts. Ich konnte die Tatsache nicht ertragen, dass wir nicht zusammen sind, aber ich versuchte nie ernsthaft, diesen Zustand zu ändern. Diesmal will ich nicht hören, dass du mich nicht vergessen hast oder gar noch liebst. Ich will dir sagen, dass ich mich der Tatsache stellen will, dass du mir seit zwölf Jahren immer wieder in den Sinn kommst. Ich weiß, dass du nicht frei bist. Aber was soll ich tun? Wenn ich jetzt deine Hand ergreifen und dich mit mir nehmen würde, kämest du mit?«

Clara geht zu einer Bank auf der Stadtmauer, setzt sich, birgt die Augen in den Handballen und sagt: »Ja, jetzt kommst du zu mir und willst wissen, ob ich mitkäme. Du fragst, anstatt es zu tun, nämlich meine Hand wirklich zu nehmen. Du willst mich, aber du willst die Verantwortung dafür nicht übernehmen. Darum fragst du, anstatt zu handeln. Du bist anders als früher, aber du bist auch gleich wie früher.«

Ich eile zu ihr hin, sinke vor der Bank nieder und packe ihre Hände, aber sie schnellt auf, schüttelt mich ab und tritt von mir weg. »Zu spät, Bernhard, es ist und bleibt zu spät. Du hast es nie getan, und auch jetzt hast du es erst versucht, nachdem du dich vorgetastet hast. Aber du hast es endgültig zu spät getan. Darin bist du wie vor zwölf Jahren: Du brennst, aber du bist schwach. Du übernimmst keine Verantwortung, und den Händen eines solchen Mannes kann ich mich nicht anvertrauen.«

Ist das die Wahrheit, um die ich Gott in der vorigen Nacht gebeten habe? Ich bleibe stumm, weil ich spüre, dass sie es ist. Ist es die Art Wahrheit, die mich befreien soll? Jetzt gerade schlägt sie mich zu Boden wie ein Faustschlag.

»Clara, ich liebte dich, aber ich wusste es nicht«, sage ich, und auch das ist die Wahrheit, geht es mir durch den Kopf. Wir setzen uns wieder auf die Bank, mit einer Armlänge Distanz zwischen uns.

»Ich weiß es ja«, schluchzt Clara auf, »und ich ... ach, ich weiß nicht, was es ist, aber du warst mein erster Mann, dem ich alles geschenkt habe, was ich hatte, und ich spüre, dass ich es wieder tun könnte. Aber du kannst nicht bei mir hereinmarschieren, mich zurückhaben wollen und glauben, ich folge dir und übernehme gleich auch noch die Verantwortung für uns beide. Auch ich bin nicht stark genug dafür. Ich brauche eine Stütze und Schutz, das sind die Formen der Liebe, von denen ich leben kann. Die gibst du mir nicht. Die gibt mir mein Mann. Von deinen und vielleicht meinen Gefühlen kann ich nicht leben.«

Wie konnte ich nur so herkommen, frage ich mich. Ich wollte etwas herausfinden, aber ich schaffe bloß neues Leid. Wie kann ich die Sache beenden, ohne sie noch schlimmer zu machen? Clara lebt hier in Italien, sie kann hier leben, vielleicht nicht in der großen Leidenschaft, aber in Ruhe und Sicherheit, und ich habe kein Recht, ihre Ruhe noch länger zu stören oder ihr die Sicherheit zu rauben. Ich muss ihr versprechen, nie mehr herzukommen. Ich muss meine wieder erwachten Gefühle tief in mir vergraben. Aber Clara spricht weiter, und ich kann nur stumm die nächsten Schläge entgegennehmen, welche ihre Wahrheit mir erteilt.

»Weshalb hast du die Beziehung zu mir angefangen?«, fragt sie. »Du siehst mich als dein großes Fenster in die Freiheit, das ich für dich gewesen bin, damals, und du glaubst, du habest nach wie vor ein Recht auf mich. Du denkst, nur die andern hätten dein Glück verhindert, irgendwelche andern Leute hätten dich von mir abgehalten. Deine Mutter, die dich manipuliert hat, und deine Schwester, die dich davon abgehalten hat, nach der Trennung wieder nach mir zu fragen; bis es dann zu spät war. Die andern waren es, denkst du, nur nicht du selber. Du siehst dich als Opfer, nur als Opfer.

Nein, du warst es, nicht die andern! Was immer dich dazu gebracht hat: Du wolltest die Trennung von mir, du! Schieb die Verantwortung auch nicht auf Susanne und Fredi. Gib es doch zu: Du hast Angst bekommen wegen jenes blauen Fiats, den meine Mutter dir kaufte, und Susannes und Fredis Schützenhilfe war dir willkommen, mich loszuwerden. Du warst sogar stolz, dass du dich nicht hast kaufen lassen, nicht wahr? In Wirklichkeit hat es einfach ernst gegolten, lieber Bernhard. Du hast Farbe bekennen, dich für oder gegen eine Heirat entscheiden müssen. Du hast dich gegen mich entschieden.

Vielleicht auch gegen deine Gefühle für mich, mag sein; aber du hast so und nicht anders entschieden.

Was war ich denn für dich? Ja, eine Fluchtinsel vor deinen Eltern. Eine Rache gegen Maya, die eure Beziehung aufkündigte, als ihr achtzehn Jahre alt wart, und die dich damit tödlich beleidigte. Staunst du, dass ich das weiß? Ich war dein Abenteuer, mit dem du dich getröstet hast. So jedenfalls hat unsere Beziehung angefangen, hinter der du jetzt nur noch Liebe siehst. Betrüge dich nicht selbst. Du warst mir untreu, sobald du glaubtest, ich sei dir sicher. Du hast mich verraten an andere. War es wirklich Liebe, was du für mich empfunden hast?

Hast du dir überlegt, was du für mich warst? Ich habe eine Mutter, deren Mann davonlief, als sie mit mir schwanger war. Meine ganze Jugend hindurch wusste ich nicht, wem ich trauen konnte. Dann traf ich dich im Hause einer älteren Freundin, der ich Vertrauen entgegenbrachte, und das war deine Schwester Ruth. Ich habe ihr und auch dir vertraut. Ich habe auf dich gehofft. Ich hoffte auf ein Zuhause, ein richtiges. Ich habe dich geliebt, und vielleicht würde ich dich wieder lieben.« Clara redet sehr sachlich und sehr still, ihr Gesicht ist traurig und verletzt; es drückt aus, dass ich ihr keine Ruhe gelassen habe, bis heute nicht, und dass sie jetzt halt redet. »Ich habe dir deine Untreue nicht angerechnet, sondern weitergehofft. Ich wollte einen Mann, einen Menschen, der zu mir stehen würde. Mir ging es um das ganze Leben, und das wollte ich mit dir verbringen. Sage nicht, du habest das nicht gewusst; ich habe es dir gesagt und geschrieben, immer wieder. Du hast gewusst, mit wem du zusammenwarst.

Und dann wolltest du nicht mehr. Du kamst zu mir ins Spital Burgdorf und hast mir mitgeteilt, du wollest nicht mehr mit mir. Jaja, du hast von einer Pause gesprochen, aber es ging um mehr als um eine Pause, gib es doch zu. Ich war vollkommen verwirrt. Ich hatte dir alles gegeben. *Du* hast mich verlassen *wollen* ... Du hast den Entscheid gefällt. Was hätte ich denn tun sollen?

Noch einmal: War das Liebe, was du für mich hattest? Sicher, du hast mich gewollt, es hat sehr intensive Momente gegeben wie damals, als wir einander auf dem Bett sitzend erzählten, was wir für unsere zukünftige Beziehung tun wollten, und natürlich das Treffen in Biel Jahre später, als wir eine Nacht lang redeten und eine tiefe Übereinstimmung fanden – aber hast du überhaupt jemals mir gegenüber aus Liebe gehandelt?

Ich ging nach Italien und habe, wie ich dir einmal geschrieben habe, Menschen gefunden, die mir Geborgenheit gaben. Was hätte ich denn sonst tun sollen? Ich habe bei dir Geborgenheit gesucht und nicht erhalten, im Gegenteil: Du hast mir das wenige, das ich hatte, auch noch unter den Füßen weggezogen. Jetzt habe ich sie, meine Welt, mein Leben, mein kleines Glück. Es ist zerbrechlich geblieben. Willst du es zerbrechen – für dich? Oder gönnst du mir meinen Frieden, den ich teuer bezahlt habe?«

Ich habe stumm gelauscht.

»Warum soll dir widersprechen«, sage ich jetzt, »und doch weiß ich heute, dass ich dich liebte. Was kann das, was ich für dich empfinde, dir noch bedeuten?«

Clara schluchzt, dass es sie schüttelt, aber ich traue mich nicht, ihr die Hand auf die Schulter zu legen. Es dauert eine Weile, bis sie sprechen kann. Sie sagt: »Liebe mich, indem du mich respektierst. Respektiere mich, meine Familie hier in Italien, respektiere meine Geborgenheit und meinen Frieden, und brich nicht gewaltsam hier ein, nur um doch noch zu dem zu kommen, was du glaubst verpasst zu haben. Und, ach, du wolltest erst noch mir die Verantwortung dafür überlassen. Lass mich in Frieden! Ja, wenn du damals nicht aus Liebe gehandelt hast, aber jetzt und heute aus Liebe handeln möchtest, dann tue das, was mir jetzt und heute hilft: Lass mich in Frieden. Lass uns in Frieden: Mich, meinen Mann und unser Kind.«

Ich erhebe mich und atme langsam tief durch. »Ich werde dich in Frieden lassen, Clara. Du wirst nie mehr etwas von mir hören. Komm, wir gehen.« Aber Clara möchte noch eine Weile sitzen bleiben, um sich zu erholen. Ich setze mich neben sie, und wir blicken in die gleiche Richtung: Ich, der ich in diesem Moment auch noch die andere Frau in meinem Leben verloren habe, und sie, die mich viel früher verloren hat als ich sie und die schon längst Geborgenheit gefunden hat. Ich werde sie weiter suchen müssen, meine Geborgenheit, mein Zuhause. Vielleicht wird die Suche bis an mein Lebensende dauern, aber dieser Gedanke beunruhigt mich seltsamerweise nicht. Es gibt keinen anderen Weg, und ich werde ihn gehen, ohne Bitterkeit. Ich weiß, dass ich eben das Letzte verloren habe, was ich zu haben glaubte, aber ich fühle mich nicht wie damals im Tessin, als ich aufhören wollte zu leben. Damals empfand ich nichts als Leere und Hoffnungslosigkeit. Jetzt empfinde ich nichts als Schmerz. Aber er verzehrt mich nicht. Etwas aber ist gleich wie damals im Tessin: dass ich mich Gott hinschmeiße. Nein, es ist mehr: Ich erkenne ihn in diesem selben Augenblick so klar wie noch nie, und er bietet mir seine Hand an. So schlimm der Schmerz ist, so nah fühle ich Gott. Im Tessin fühlte ich nichts mehr, weil ich tot war. Jetzt merke ich alles.

Sicher eine halbe Stunde lang saßen wir noch auf der Bank oben auf der Stadtmauer von Longano an jenem Morgen, Clara und ich. War es eine Ohnmacht, in die ich hineinglitt, oder ein kurzer Schlaf? Auf jeden Fall war jenes Gesicht voller Güte auf einmal wieder über mir.

»Habe keine Angst, Bernhard. Dein Schmerz ist gut. Das Baby Bernhard spürt das Leben.«

»Ich, ein Baby?«

»Ja, das bist du. Eben so richtig zur Welt gekommen.«

»Und wohin, bitte sehr, soll ich denn nun gehen? Ich sitze noch immer in Italien. Dort, wo ich einigermaßen zu Hause war, ist eine Frau, die mich nicht mehr erträgt. Eigentlich bin ich nirgendwo zu Hause. Einzig um meine Kinder mache ich mir Sorgen.«

»Sorgen sind das nicht, nur ein schlechtes Gewissen hast du, weil du glaubst, du lassest sie im Stich. Aber schau auch hier den Tatsachen ins Auge: Es ist gut, dass deine Kinder von der Last deines bisherigen Lebens vorerst einmal befreit sind. Nicht jeder Vater ist ein hilfreicher Vater, das hast du selber erfahren. Lass dir Zeit. Ich gebe sie dir.«

»Zeit wofür?«

»Aufzuwachsen. Kraft zu entwickeln. Liebe empfangen und geben zu lernen.«

»Ich bin aber ganz allein...«

»Ja, und das ist vorläufig gut so.«

»Wer kümmert sich denn um Baby Bernhard?«

»Ich. Schließlich liebe ich dich. Jetzt ziehe ich dich auf und mache aus dir ein Zeichen meiner besten Schaffenskunst. Wenn du mich lässt.«

Ich drehe den Kopf zu Clara.

Sie fragt: »Hast du geschlafen?«

»Nein«, sage ich, »ich hatte ein Gespräch mit dem da oben.« Ich zeige mit dem Finger himmelwärts.

»Ich auch«, sagt Clara, und wir lächeln.

IV. Das Lächeln

32

Den Weg auf den Berg finde ich so spielend wie seinerzeit die Äste hinauf auf die Buche, so oft bin ich ihn inzwischen gegangen. Mein Tritt ist fester geworden und mein Rhythmus beständiger seit damals, als ich von Longano aus auf direktem Weg hinaufeilte und meinen Schmerz in die Tessiner Bergwelt hinausheulte.

Die kühle Luft ist ein köstlicher Schauer in meinen heißen Lungen und auf dem schweißüberströmten Gesicht. Es zieht mich mit einer Macht gipfelwärts, die meinen siebenunddreißigjährigen, etwas übergewichtigen Körper federleicht macht. Hier oben kann ich in Ruhe nachdenken und beten. Von hier oben sehe ich in mein Leben hinein, und es ist kein verstohlener Blick durch die Fenster des Peterli-Pfarrhauses, in dem ich mich nicht zurechtfand, sondern ein offener und befreiender, egal, ob es Schmerz bedeutet oder Freude. Manchmal bedeutet es beides gleichzeitig, wie jenes Mal, als mir, dem Vater von zwei selbstgezeugten Kindern, dämmerte, dass es aus biologisch-technischen Gründen nicht die pure Unlust gewesen sein konnte, die mich ins Leben gerufen hatte. Ich saß im Gras und stellte mir das Gesicht meines Vates bei meiner Zeugung vor. Ich lachte und weinte und dankte Gott für diese einfache Sicherung seiner Schöpfung; dass jeder Vater, folglich auch mein eigener, aus nichts als aus Lust heraus zeugen kann, ganz gleich, welcher Art diese Lust ist, aber es ist Lust, weil es nicht Unlust sein kann. Wie konnte ich so dumm sein und das so lange übersehen? Auf dem Gipfel oben sah ich es, und ich hätte wetten können, dass die leichte Wolke über dem Gebirge lächelte.

Satt sehen kann ich mich nie, wenn ich es wieder einmal geschafft habe und mich keuchend, klatschnass und überglücklich auf den Felsen zuoberst auf den Gipfel stelle. Was für eine unbeschreibliche

Landschaft! Die Landschaft ein Meisterwerk, und der Mensch drin ein Werk zum Wegwerfen? Was für ein perverser Gedanke. Und doch habe ich das einmal geglaubt. Schlimmer noch, es war sogar die Schönheit des Tessins, die dem Neunzehnjährigen seine angebliche eigene Hässlichkeit und Nutzlosigkeit derart unerträglich machte, dass er sich gleich selber wegwerfen wollte. Und jetzt stehe ich mitten in dieser Pracht und finde, ich passe prima hinein. Gott machte das Tessin für mich. Ich liebe Gott. Ich liebe ihn so, dass es mir den Hals zusammenschnürt. Mein Leben steht eine Weile ganz still.

Clara habe ich nie mehr gesehen. Nach dem Abschied und der Bergbesteigung im Tessin verbrachte ich einige Tage vorwiegend schlafend in einem abgelegenen Gasthaus und kehrte schließlich nach Lutwil zurück, weil mir nichts Besseres einfiel. Weder Maya noch sonst einem Menschen erzählte ich auch nur ein Wort vom Erlebten, und sie stellte keine Fragen. Das Leben unter dem gleichen Dach ging weiter. Ich hatte meinen Seelsorger, und was sie hatte, wusste ich nicht. Vielleicht ging es darum, weil wir einfach nicht mehr miteinander über das redeten, was über die nackte Alltagsbewältigung hinausging.

So vergingen die Jahre. Keiner von uns beiden verachtete die kleinen Freuden des Alltags, und schon gar nicht jene der Ferien, die wie früher Lachen und Unbeschwertheit brachten. So die drei Wochen in Frankreich diesen Sommer. Wir gondelten quer durchs Land. Auf den Fahrten hörten wir Musik, sangen lauthals, oder die Kinder und ich beschwatzten einander mit verrückten Geschichten; auf den Campingplätzen fand jeder von uns seinen Auslauf; wir trieben Sport oder lagen herum. Ein paar Mal ertappte ich Maya, wie sie mich nachdenklich musterte, und andere Male ertappte ich mich selber, wie ich sie nachdenklich musterte. Wer war sie eigentlich? Am ehesten noch kannte ich ihren schönen Körper. Aber ich schwieg, denn ich wollte auf keinen Fall den distanzierten Frieden stören, der seit meinem italienischen Abschied zwischen uns war.

Drei Tage vor dem Ferienende bestiegen wir alle zusammen einen gewaltigen erloschenen Vulkan in der Auvergne. Maya und ich ließen uns auf dem kreisrunden Kraterrand nieder, während Viviane und Peter sich begeistert den steilen Abhang auf den Kraterboden hinunterstürzten, wo sie irgendein verrücktes Rollenspiel begannen. Es würde seine Zeit dauern, und da waren Maya und ich plötzlich ohne Ablenkungsmöglichkeit. Minutenlang saßen wir wortlos nebeneinander und schauten abwechslungsweise auf unsere spielenden Kinder hinunter und aufs Land hinaus. Ein herrlicher Blick über mehr als hundert Kilometer Vulkanlandschaft eröffnete sich uns, ein starker, warmer Wind trieb einige wenige Wolken über uns hinweg, und die Sonne wärmte uns. Noch drei Tage, dann war diese köstliche Frankreich-Zeit zu Ende.

»Schön ist es hier oben«, sagt Maya.

Ich atme tief durch, reibe mein Gesicht, als ob ich mich wecken müsste, und sage: »Ja.« Dann ist es wieder eine Weile still zwischen uns.

»Wie geht es dir?«, fragt Maya.

Will sie mit mir reden? Ich weiß nicht, ob ich selber will. Auf jeden Fall sage ich: »Es ist wirklich schön hier oben.«

Wieder Stille.

»Die Kinder sind total glücklich«, sagt Maya.

»Das hört man«, sage ich.

»Für die Kinder war es schön«, meint Maya.

»Du denkst immer an die Kinder«, bemerke ich.

»Nicht nur«, sagt Maya.

Wieder spricht eine Weile lang keiner von uns. Triumphgeheul kommt aus dem Kraterboden. Wir drehen den Kopf und sehen unsere Tochter einen gewaltigen Lavastein über den Kopf stemmen. »Den nehme ich nach Hause!«, brüllt sie zu uns herauf.

»Das fehlte noch«, knurre ich, »wir eröffnen doch keinen Steinbruch zu Hause.«

»Würdest du mit Clara leben, wenn sie doch noch zu dir zurückkäme?«, fragt Maya.

Ich falle aus allen Wolken. Hat Maya fünf Jahre lang über Clara nachgedacht? »Was soll Clara plötzlich? Hör auf mit Clara.«

»Nein, ich höre nicht auf. Gib mir bitte eine Antwort.«
»Wie du willst. Die Clara meiner Vorstellungswelt war eine Fata Morgana, die sich aufgelöst hat, als ich mich ihr zu nähern versuchte. Seit fünf Jahren ist das Thema Clara für mich erledigt.«
»Wie soll ich das wissen, wenn du mir das nie erzählt hast?«
»Warum soll ich erzählen, wenn du mich nie etwas fragst?«
»Jetzt frage ich.«
»Warum plötzlich?«
»Weil ich keine Angst mehr haben möchte. Ich hatte jahrelang Angst, du würdest einmal nicht mehr zurückkommen von deinen Reisen.«
»Wer sagt denn, dass du jetzt noch Angst haben musst?«
»Wer sagt, dass ich keine mehr haben muss?«
Wir schweigen wieder. Ich drehe den Kopf zum Kratertrichter und sehe, dass sich unsere Kinder an den Aufstieg zum Kraterrand gemacht haben.
»Die Kinder werden in zehn Minuten da sein«, sagt Maya.
»Es müssen ja nicht die letzten zehn Minuten unseres Lebens sein, in denen wir miteinander reden.«
»Ich will einfach wissen, dass du nicht eines Tages doch noch verschwindest.«
»Mehr willst du nicht wissen?«
»Einen richtigen Lavastein nehme ich mit nach Hause!«, jubelt hinter uns Viviane. »Schaut mich an! Ich bin stark! Ganz allein nach oben geschleppt habe ich ihn, und ich schleppe ihn auch zum Auto, keine Angst, Vati, du musst ihn nicht tragen, ich kann das!«
Viviane tritt zwischen uns, schaut von einem zum andern, kneift die Lippen zusammen, geht zu ihrem Bruder, und ich höre sie sagen: »Jetzt hatten sie nie, nie Krach, und ausgerechnet jetzt, wo die Ferien so schön sind, fangen sie damit an. Komm, Peter, wir suchen uns noch ein paar Steine.«
Die Kinder suchen ein paar Steine mehr, und ich suche nach Worten. Unruhe packt mich. »Mehr willst du nicht wissen? Es haben sich doch auch Dinge verändert in den letzten Jahren. Sicher, wir leben

ein ... nun, sagen wir, einigermaßen entspanntes Leben, aber im Grunde genommen könnten wir auch mehr ...«

»Mehr was?«

Ich starre in die Ferne und schweige. Aus dem Augenwinkel sehe ich Mayas pechschwarzes Haar im Wind der Auvergne flattern. Die Kinder sind wieder auf den Vulkanboden hinuntergestiegen und gehen mit vornübergeneigten Oberkörpern langsam im Gras umher. Ich verberge das Gesicht in den Händen, denn Maya soll nicht erkennen, dass in mir etwas zu brennen begonnen hat. Noch nicht. Zuerst will ich es auf einen andern Gipfel hinauftragen als auf diesen erloschenen Vulkan.

Jetzt, einige Wochen später, frage ich Gott: »Was hat mich damals gepackt, auf dem Vulkan oben?«

»Du weißt es selber. Hast du Angst, es auszusprechen?«

Ich atme tief durch, stütze mich mit beiden Händen ins Gras und rede. »Also gut. Maya und ich leben nebeneinander her. Ich war dankbar, dass sich unser Leben beruhigte, dankbar für alles, was den stummen Frieden zwischen uns nicht störte. Plötzlich kommt sie daher und will eine Garantie, dass ich nicht eines Tages weggehe, und im selben Moment entdecke ich, dass mir dieses Leben nicht mehr genügt.«

»Was wünschst du dir?«

Noch einmal atme ich durch.

»Seit jenem Tag auf dem Vulkan fühle ich mich einsam. Einerseits möchte ich, dass sich das ändert, andererseits habe ich Angst. Ich weiß nicht, was geschehen wird, wenn ... wenn ...«

»... wenn du mich ohne Vorbehalt jetzt auch in deine Ehe hineinbittest?«

»Ja. Aber wir haben es doch nicht schlecht, und wir haben zwei Kinder, herrliche Kinder ...«

»Wer sagt denn das Gegenteil? Darum geht es jetzt nicht.«

»Worum geht es denn?«

»Du musst dich entscheiden. Wenn du eine Veränderung willst, dann darfst du nichts unter Denkmalschutz stellen. Ich bin nicht der fremde Mann, der zu dir ins Badezimmer steigt, sondern dein Vater. Meine Leiter ist lang genug, um bis an deinen Eheraum hinaufzugelangen, und ich klopfe ganz freundlich ans Fenster. Aber mach nur auf, wenn du dich wirklich auf Neues einlassen willst.«

»Ohne zu wissen, was herauskommt?«

»Dieses Risiko musst du schon eingehen. Ich dränge dich zu nichts, und auch Maya dränge ich nicht.«

»Heißt das, du redest auch mit Maya?«

»Das lass meine Sorge sein.«

»Was wirst du denn tun?«

»Ich zeige dir dein Herz. Du bist einen weiten Weg gegangen und ein Mann geworden. Jetzt bist du stark genug, um dich deiner Einsamkeit zu stellen, die du tief in deinem Herzen vergraben hattest.«

»Ich will nicht noch mal den Schmerz unerfüllter Hoffnung ertragen müssen, Gott.«

»Warum soll sie sich nicht erfüllen? Was habe ich dir auf der Stadtmauer von Longano versprochen, Bernhard?«

»Liebe.«

»Und jetzt öffne die Augen. Was siehst du?«

Sprechen kann ich nicht mehr. Durch etwas verschleierte Augen schaue ich in den verschwenderischen Reichtum der Landschaft hinein und weiß mich geborgen in dieser riesengroßen Wiege. Es sind Dinge möglich geworden, die ich vor meiner zweiten Entbindung mit zynischem Lachen für unmöglich erklärt hätte. Noch nicht lange her ist es, dass ich meinen alten Vater umarmt habe. Wir sind uns nahegekommen, er als Greis und ich als sein nicht mehr ganz junger Sohn, und wir haben einander ungesagte Dinge zu sagen begonnen. Der lauernde Blick von Müeti ist nicht verschwunden, aber er trifft mich nicht mehr. Ich lebe gerne. Ich mag mich selbst.

Und dann kommt mir der letzte Tag der vergangenen Frankreichferien in den Sinn. Maya und ich hatten uns von den Kindern überreden lassen, auf einen Reiterhof zu fahren. Sie saßen längst auf ihren Pferden, lachten übers ganze Gesicht, und Peter rief: »So, hinauf mit euch! Habt ihr etwa Angst?« Maya ließ sich vom Bauern den Steigbügel halten und kletterte hinauf. Nur ich stand noch vor meinem Braunen, in Gedanken weit weg in einem Traum, den ich den andern nicht gut erzählen konnte. Der Bauer riss mich aus meiner Erinnerung. »Wollen Sie nicht?« – »Doch doch, ich will schon. Ich bin nur noch nie auf einem Pferderücken gesessen.« – »Wirklich nicht? Dann mal los!«

Aber der Bauer musste mir nicht helfen. Mit jäher Freude packte ich den Sattel und schwang mich in einer einzigen Bewegung hinein. »He!«, schrie Peter. »Wo hast du das gelernt?« Ich lachte bloß und rief dem Bauern zu, der inzwischen auch im Sattel saß und uns vorausreiten würde, es könne losgehen. Und wie es losging! Bald schon war mir der Schritt zu langsam, und ich hielt meinen Braunen zum Trab an. Wir überholten die kleine Kolonne, und als wir zuvorderst waren, fiel das Pferd in Galopp. Eigentlich tat ich, der ich tatsächlich zum ersten Mal in meinem Leben ritt, gar nichts, und das muss genau das Richtige gewesen sein; auf jeden Fall flogen wir dahin in bester Harmonie, das Pferd und ich. Hinter mir aber hörte ich Hufgetrappel, und der Bauer holte mich ein. Wir galoppierten eine Weile nebeneinander her, und dann schrie er herüber: »Das stimmt doch gar nicht, dass Sie zum ersten Mal reiten! Wer hat Ihnen das beigebracht?« Und ich schrie zurück: »Ihr Pferd, Monsieur, Ihr Pferd!«

Es ist die Erinnung an den Pferderücken, die auf dem Tessiner Berg oben den Ausschlag gibt. Ich flüstere: »Gott, ich habe mich entschieden. Was immer auf mich wartet: Ich will galoppieren.«